Poppy J. Anderson

# Taste of Love –
# Mit Sehnsucht verfeinert

Weitere Titel der Autorin:

Taste of Love – Geheimzutat Liebe
Taste of Love – Küsse zum Nachtisch
Taste of Love – Zart verführt

Titel auch als Hörbuch erhältlich

POPPY J. ANDERSON

# Mit SEHNSUCHT verfeinert

TASTE OF LOVE

Roman

LÜBBE

BASTEI LÜBBE TASCHENBUCH
Band 17 660

Dieser Titel ist auch als Hörbuch und E-Book erschienen

MIX
Papier aus verantwortungsvollen Quellen
FSC® C019821
FSC
www.fsc.org

Originalausgabe

Lektorat und Textredaktion: Bettina Steinhage und Steffi Korda
Umschlaggestaltung: ZERO Werbeagentur, München unter Verwendung von Motiven von © shutterstock: FinePic
Satz: Urban SatzKonzept, Düsseldorf
Gesetzt aus der Scala
Druck und Verarbeitung: Druckerei C. H. Beck, Nördlingen
Printed in Germany
ISBN 978-3-404-17660-1

2 4 5 3 1

Sie finden uns im Internet unter www.luebbe.de
Bitte beachten Sie auch www.lesejury.de

Für Ari und Pippa,
die ganz unverhofft in mein Leben gestolpert sind

# 1

»Ab morgen ist das süße Leben vorbei, Frischling.«

»Ich will dir deine Illusionen nicht rauben, Nick, aber mit dir als Chef waren bereits die letzten Wochen nicht besonders süß.« Hailey nippte an ihrem Glas Champagner und maß Nick O'Reilly, der sie um Haupteslänge überragte, mit einem kurzen Blick. »Außerdem bin ich alles andere als ein Frischling. Das solltest du längst bemerkt haben, immerhin schlägt meine Bouillabaisse deine um Längen.«

Dass ihr Chefkoch Humor besaß, bewies er, als er glucksend lachte. »Oho – klingt das nur in meinen Ohren wie eine Kriegserklärung?«

Hailey verdrehte die Augen und wandte sich an die Frau an seiner Seite: »Benimmt er sich immer so?«

»So?« Claire, die rothaarige Journalistin, die schon den ganzen Abend stolz neben ihrem Freund stand und die Neueröffnung seines Restaurants feierte, war bestens gelaunt. »Mit *so* meinst du sicherlich selbstgefällig, selbstbewusst, übergriffig ...«

»Hey«, beschwerte Nick sich prompt. »Baby, jetzt liefere meiner neuen Souschefin keine Munition gegen mich. Du solltest auf meiner Seite sein.«

Amüsiert verfolgte Hailey Sinclair, wie die beiden miteinander flirteten, sich neckten und nicht die Augen voneinander lassen konnten. Obwohl Hailey erst seit ein paar Wochen für ihren neuen Chef arbeitete, hatte sie längst erkannt, dass er bis über beide Ohren in seine Freundin verliebt war, auch wenn er gerne den coolen Typen spielte.

Und dabei war er wirklich cool.

Hailey hatte bereits in einigen Spitzenküchen gearbeitet und nicht selten ihre Ellenbogen einsetzen müssen, weil sie sich als Frau in einer typisch männlichen Domäne befand, in der sie nicht immer herzlich willkommen war. Es gab jede Menge Küchenchefs des alten Kalibers, die Frauen in ihrem Reich nicht gerne sahen. Nick gehörte glücklicherweise nicht dazu.

Ihr machte es Spaß, mit ihm zu arbeiten, obwohl sie natürlich noch nicht wusste, wie es sein würde, wenn das *Bonfire* seine Tore öffnete. In den letzten Wochen hatten sie an Rezepten gefeilt, das neue Küchenteam eingearbeitet, die Gerichte immer und immer wieder gekocht, bis sie perfekt waren, und sich die Nächte um die Ohren geschlagen, damit der Ablauf in der Küche reibungslos klappte, sobald sie Gäste bewirten würden. Was ab morgen offiziell der Fall sein würde.

Ehrlich gesagt konnte Hailey es gar nicht erwarten.

Sie liebte den Stress in einer Restaurantküche, liebte die Hektik und liebte die anspruchsvollen Aufgaben, die auf sie warteten. Alles in ihr brannte darauf, wieder am Herd zu stehen, die Hitze der Küche zu spüren und kleine Kunstwerke zu erschaffen. Als Souschefin war sie die rechte Hand des Küchenchefs und würde ihn vertreten, wenn er nicht auf seinem Posten war. Und sie würde mit ihm zusammen das *Bonfire* zu einem vollen Erfolg führen.

Endlich hatte sie die Chance, allen zu beweisen, was wirklich in ihr steckte! Ganz besonders die Aussicht darauf, sich nicht einfach in ein bestehendes Küchenteam einarbeiten zu müssen, sondern es von Anfang an mitgestalten zu können, hatte sie gereizt. Sie war ein ehrgeiziger Mensch, und ihre Freunde behaupteten gerne, sie wäre stur. Hailey beschrieb sich selbst lieber als durchsetzungsfähig und ambitioniert. Und ihre Ambitionen waren, das *Bonfire* zum besten Restaurant der Szene zu machen und irgendwann selbst Küchenchefin zu werden.

Als ihr Chef leise auflachte und seiner Freundin etwas zuraunte, was diese lächeln ließ, sah Hailey diskret beiseite und nippte an ihrem Glas. Anstatt die beiden weiter zu beobachten, betrachtete sie nun lieber die Partygäste um sich herum.

Die Eröffnungsparty schien ein voller Erfolg zu sein. Das frisch renovierte und durchgestylte Restaurant, in dem vor allem Holz und Stein vorherrschten, erstrahlte im neuen Glanz, überall unterhielten sich die Gäste angeregt und der Champagner floss in Strömen.

Der Anblick so vieler gut gekleideter und anscheinend extrem betuchter Menschen auf einem Haufen war nichts Neues für Hailey. Zu solchen Gelegenheiten trugen die Damen der Gesellschaft gerne ihren besten Schmuck zur Schau, während ihre Ehemänner nicht nur die Gunst der Stunde nutzten, um mit dem jüngst erworbenen Sportwagen zu prahlen, sondern auch, um Networking zu betreiben. Die meisten Geschäftsabschlüsse fanden nicht hinter Konferenztüren statt, sondern auf Partys wie der heutigen, auf denen sich das Who is Who der Elite von Boston traf.

Hailey bekochte die Superreichen nicht nur, im Grunde gehörte sie selbst zu ihnen. Immerhin war ihr Dad Bill Sinclair. *Der* Bill Sinclair. Als seine Tochter kannte sie die Gepflogenheiten der Upperclass sehr gut und war froh, dass ihr Dad stets auf dem Boden geblieben war. Dank dieser Bodenständigkeit war auch sie nie abgehoben, sondern arbeitete hart für ihren Lebensunterhalt, selbst wenn sie es nicht musste. Und sie verfolgte ihre eigenen Ziele ohne das Geld und den Einfluss ihres Dads. Sie liebte ihren Vater, aber sie wollte es selbst schaffen. Glücklicherweise hatte er vollstes Verständnis dafür.

»Natürlich stehe ich auf deiner Seite, Nick, aber Hailey besitzt alle meine Sympathien, schließlich weiß ich, wie anstrengend du in der Küche sein kannst.«

Claires Worte rissen Hailey aus ihren Gedanken. Möglichst gelassen wandte sie sich wieder dem Paar zu und ignorierte Richard Summers, den derzeitigen Bürgermeister Bostons, der lediglich ein paar Meter entfernt mit seiner grauenvollen Schwiegermutter Alma Fletcher stand. Sie konnte nur hoffen, dass keiner der beiden auf die Idee kam, herüberzukommen und sie zu begrüßen, weil Hailey nun wirklich nicht der Sinn danach stand, sich mit ihnen zu unterhalten. Sie hatte bereits mit neunzehn Jahren weder Richard noch Alma leiden können, die sich beide bei ihrem Dad eingeschleimt hatten, damit der eine nicht unbeträchtliche Summe für Richards politischen Werdegang spendete. Aber heute, mit neunundzwanzig Jahren war sie regelrecht abgestoßen, als sie Almas protzigen Schmuck und die Luxusuhr am Handgelenk des Bürgermeisters funkeln sah.

Patek Philippe.

Da schien es jemand zu etwas gebracht zu haben, überlegte sie zynisch und nippte ein weiteres Mal an ihrem Glas.

»Ich bin ganz und gar nicht anstrengend in der Küche«, echauffierte sich gerade der Küchenchef empört. »Ich besitze Durchsetzungsvermögen, Claire. Das ist etwas völlig anderes.«

»Hailey«, warf Claire ein, die im Gegensatz zu Nick die Gelassenheit in Person war. »Was ist der Unterschied zwischen einem Küchenchef mit Durchsetzungsvermögen und Nick?«

Hailey verdrehte die Augen. »Hey, ich hänge an meinem Job, Claire, und halte lieber die Klappe, bevor mich Nick feuert, ehe ich überhaupt zu kochen anfangen konnte.« Weil ihr Chef zufrieden nickte und anscheinend glaubte, dass er gegen seine Liebste hatte punkten können, setzte Hailey versonnen hinzu: »Und deshalb würde ich auch niemals verraten, wie tief seine Zornesfalte auf der Stirn wird, wenn der Gewürzhändler keine Guadeloupe-, sondern nur Tahiti-Vanille bekommen hat.«

Während Nick brummte, lachte Claire hell auf. Sie schnalzte mit der Zunge und tadelte ihn. »Du bist so ein Kontrollfreak!«

Das liebevolle Necken der beiden versetzte Hailey für eine Sekunde einen Stich, der ihr mitten ins Herz fuhr.

Seit sie zurück in Boston war, fiel es ihr zunehmend schwer, nicht an das zu denken, was drei Jahre zuvor passiert war und weshalb sie aus der Stadt geflohen war. Ja, Boston war ihre Heimat, der Ort, in dem sie aufgewachsen war und in dem sie die große Liebe gefunden hatte. Boston war aber auch der Ort, an dem sie es einfach nicht mehr ausgehalten hatte, morgens wach zu werden und sich zu fühlen, als hätte man ihr das Herz aus der Brust gerissen.

Dass sie anschließend fortgezogen war, um erst in San Francisco und dann in Dubai zu arbeiten, war für sie eine logische Konsequenz gewesen. Sie hatte Abstand dringend gebraucht, um wieder einen klaren Kopf zu bekommen. Wenn sie geblieben wäre, dann wäre sie vermutlich durchgedreht.

Nach so langer Zeit war Hailey davon ausgegangen, dass es

ihr nichts mehr ausmachen würde, zurück in Boston zu sein, schließlich besagte doch schon ein Sprichwort, dass die Zeit alle Wunden heilte. Nun ja ... in ihrem Fall traf dies offenbar leider nicht zu. Zwar lenkte sie sich mit Arbeit ab und stürzte sich förmlich in ihre neuen Aufgaben, um keine Zeit zu haben, großartig nachzudenken – aber insbesondere in Momenten wie diesem, wenn sie ein Paar dabei beobachtete, wie es miteinander lachte, bekam sie einen Kloß im Hals. Und dann fragte sie sich, was geworden wäre, wenn damals nicht alles den Bach hinuntergegangen wäre.

Leider war diese Frage schmerzhaft.

»Wenn du glaubst, dass ich ein Kontrollfreak bin, solltest du mal Hailey erleben.« Nick grunzte laut. »Unser Gemüsehändler hat mir bereits damit gedroht, uns nicht mehr zu beliefern, wenn weiterhin Hailey die Abnahme durchführt. Anscheinend kontrolliert sie jedes einzelne Stück Gemüse, untersucht jedes Salatblatt und befragt dabei den armen Mann so forsch, dass der sich wie bei der CIA vorkommt.« Nicks Mundwinkel zuckten. »Carl denkt, du würdest bei ihm am liebsten einen Lügendetektortest machen, weil du ihm nicht glauben wolltest, dass die Zitrusfrüchte aus Israel kamen.«

Nicht schon wieder diese Geschichte!

»Sie kamen auch nicht aus Israel«, beharrte sie. »Die Form war viel zu perfekt. Man konnte sehen, dass sie gespritzt waren.«

»Himmel, Hailey!« Nick verdrehte gut gelaunt die Augen.

Verächtlich rümpfte sie die Nase. »Der Mann wollte dich übers Ohr hauen und dir Gewächshausobst andrehen.«

»Ich kenne Carl seit Ewigkeiten.«

»Schön für dich, aber das Obst hatte dennoch einen wässrigen Geschmack.«

»Mit dem Geschmack war alles in Ordnung!«

»Wenn du lasche Pampelmusen für in Ordnung hältst...« Hailey zuckte mit den Schultern und gab sich völlig unbeteiligt. »Beim nächsten Mal werde ich nichts sagen und danebenstehen, während du mit minderwertiger Ware abgespeist wirst, Chef.«

Nick knurrte geradezu. »Hat dir schon einmal jemand gesagt, dass du einem auf den Sack gehen kannst?«

»Das eine oder andere Mal.« Zuckersüß lächelte sie ihn an und hob prostend das Glas.

Neben ihnen erklang ein männliches Räuspern, als Andrew Knight zu ihnen stieß. Der blonde Vorbesitzer und Nicks ehemaliger Küchenchef war zur Restauranteröffnung des *Bonfire* aus Maine nach Boston gekommen. Hailey kannte ihn flüchtig aus New York, wo sich ihre Wege gekreuzt hatten. Die Welt der Profiköche war klein.

»Hey, Nick! Heute ist dein großer Tag, also mach nicht so ein Gesicht, als hätte Claire bereits eine vernichtende Kritik über das *Bonfire* geschrieben. Vielleicht ist sie mittlerweile gnädig und nimmt Rücksicht darauf, wie sehr du schmollen kannst, wenn jemand dein Essen zu stark gesalzen findet.«

»Mein Essen ist nie zu stark gesalzen«, blökte Nick los. »Außerdem schmolle ich nicht, und Claire würde niemals eine vernichtende Kritik über das *Bonfire* schreiben.«

Im Gegensatz zu dem mittlerweile richtig grantig wirkenden Küchenchef versprühte Andrew Knight beste Laune. »Das bleibt abzuwarten. Und warum machst du dann ein Gesicht, als wäre dir eine Laus über die Leber gelaufen?«

»Hailey und Nick streiten sich über Zitrusfrüchte«, erklärte Claire hilfsbereit, die tatsächlich eine ziemlich üble Kritik über Nicks Gerichte geschrieben hatte, als er noch Küchenchef des vorherigen Restaurants gewesen war. Hailey kannte die Kritik: Immerhin hatte die Küchenbrigade den Zeitungsausschnitt an

Nicks Bürotür gepinnt und machte sich immer wieder einen Heidenspaß daraus, ihren Chef damit aufzuziehen.

Weil Claire Nicks Essen damals indirekt mit Fast Food von der Tanke verglichen hatte, konnte es sogar vorkommen, dass einer der Scherzkekse Nicks Kopf auf das Foto eines Tankwarts kopierte und an die Küchentür klebte. Besonders einfallsreich waren auch die Kommentare darüber, dass Nick doch lieber in einem ölverschmierten Blaumann statt in einer Kochjacke zur Arbeit erscheinen sollte. Die vielen Fernfahrerwitze hingegen hingen Hailey bereits zu den Ohren raus.

»Himmel.« Andrew sah zwischen Nick und Hailey hin und her und schüttelte den Kopf, während seine Schultern vor unterdrücktem Lachen bebten. »Es gibt also doch einen Gott.«

Gerne hätte Hailey Claire widersprochen, dass sie nicht stritt – vor allem nicht über geschmacksneutrale Pampelmusen –, aber es war viel unterhaltsamer, die Blicke zu beobachten, die sich Nick und Andrew zuwarfen. Auch ihre Mimik war sehr interessant: Während ihr neuer Küchenchef die Stirn runzelte und die Lippen aufeinanderpresste, glich der Gesichtsausdruck von Andrew dem eines unschuldigen Engels.

»Was soll das bedeuten, Drew?«

»Das soll bedeuten, dass du hoffentlich herausfinden wirst, wie es ist, mit einem nervtötenden Souschef geschlagen zu sein, der ständig seinen Kopf durchsetzen will.«

Nick plusterte sich auf. »Ich war nie ein nervtötender Souschef, der seinen Kopf durchsetzen wollte.«

»Wer sagt denn, dass ich von dir spreche? Drückt der Schuh?«

»Drückt bei dir der Schuh, wenn ich einen Küchenchef erwähne, der außergewöhnliche Rezeptideen nicht ausprobieren wollte, weil sie nicht von ihm kamen?«

»Deine Freundin kann bestätigen, dass viele deiner Rezeptideen nicht so außergewöhnlich sind, wie du vielleicht denkst, Nick.«

»Zufälligerweise weiß ich, dass *deine* Freundin besser kochen kann als du, Drew.«

»Ha!«

Zwar hatte sich Hailey nicht angesprochen gefühlt, als über einen nervtötenden Souschef gesprochen wurde, der ständig seinen Kopf durchsetzen wollte, aber sie zog dennoch die Augenbrauen in die Höhe, um den beiden Männern zu signalisieren, dass sie sich albern benahmen. Leider nahmen sie es nicht zur Kenntnis, da sie bereits mitten in einer Diskussion darüber steckten, wer von ihnen beiden anstrengender in der Küche war und wer besser kochen konnte.

Sie schaute zu Claire, die bedeutungsvoll die Augen verdrehte. Dann räusperte sich diese herrisch. »Oh bitte.« Der Tonfall der britischstämmigen Restaurantkritikerin war durch und durch gelangweilt. »Weder Hailey noch mich beeindruckt euer gastronomischer Pinkelwettbewerb.«

»Gastronomischer Pinkelwettbewerb?« Nick wirkte amüsiert.

»Ganz genau. Ihr benehmt euch wie halbwüchsige Idioten, die sich vor ihren Mitschülerinnen produzieren und beweisen wollen, wer den größeren ...« Sie unterbrach sich und wirkte beinahe erschrocken.

Nick O'Reilly grinste breit. »Nur weiter, Schatz. Was wolltest du sagen?«

Hailey schaute aufmerksam zu Claire, der anzusehen war, dass sie nicht wusste, wie sie fortfahren sollte. Und plötzlich bildete sich ein typisches männliches Konglomerat zwischen den beiden Köchen, die sich gerade noch wie zwei Streithähne aufgeführt hatten.

Andrew räusperte sich vernehmlich. »Ich glaube, Claire

wollte sagen, dass wir uns wie zwei halbwüchsige Idioten aufführen, die beweisen wollen, wer den größeren *Was-auch-immer* hat.«

»Stimmt, Drew. Genau da war sie stehen geblieben. Also, Schatz? Was meintest du mit dem größeren *Was-auch-immer?*«

Obwohl Claire die Abgeklärtheit in Person war, nahmen ihre Wangen einen zartrosa Hauch an. Hailey fühlte mit ihr, schließlich trieben sich hier irgendwo ihre Eltern herum – ein gebildetes Paar aus der britischen Oberschicht, das Hailey bereits kennengelernt hatte. In deren Gegenwart würde auch sie einen Teufel tun und über *Was-auch-immer* reden, obwohl sie sonst nicht auf den Mund gefallen war.

Um der anderen Frau hilfreich beizustehen, warf Hailey gelassen ein: »Du meintest sicher einen Füllfederhalter.«

»Was?«

»Ein Füllfederhalter«, wiederholte sie ruhig und nippte erneut an ihrem Glas, während sie von Nick zu Drew sah. »Von der Form und von der Größe ähnelt es dem, was ihr gerade im Sinn hattet, auch wenn Männer insbesondere bei der Größe gerne so tun, als besäße es eher die Ausmaße einer Zucchini.«

Claire gurgelte vor Lachen. Die beiden Männer nicht.

Andrew sah sie sehr nachdenklich an. »Eigentlich war ich voller Schadenfreude, dass Nick eine Souschefin bekommt, die ihm so sehr auf die Nerven gehen wird, wie er es bei mir getan hat. Aber weißt du was, Hailey? Er fängt an, mir leidzutun.«

»Mir nicht«, warf Claire fröhlich ein.

»Ich werde ihm nicht auf die Nerven gehen, sondern die beste Souschefin sein, die er sich wünsche kann – ohne gastronomischen Pinkelwettbewerb«, erwiderte Hailey ruhig und in der Gewissheit, dass sie ihr Licht nicht unter den Scheffel stellen musste. Da ihr Glas nun leer war, hielt sie es demonstrativ in die Höhe. »Meine Herren, würdet ihr mich entschuldigen? Mein Glas ist leer.« Sie zwinkerte Claire zu, stellte das leere Glas weg und ließ die drei stehen, um zum Buffet zu schlendern.

Auf dem Weg dorthin griff sie nach einem neuen Champagnerglas, als ein Kellner mit einem voll beladenen Tablett an ihr vorbeieilte. Der Abend war ein großes Ereignis, auf das sie lange hingearbeitet hatten. Das Team des *Bonfire* hatte Tage damit verbracht, die erlesenen Köstlichkeiten vorzubereiten, von denen die Gäste nun probieren konnten: mild gebackene Hummerkrabben an einer Feigen-Limonen-Creme, getrüffelte Polentataler an einem Gartenkräuterschaum, Steinpilzcrostini mit karamellisierten Feigen, gratinierte Jakobsmuscheln mit einer Chili-Koriander-Tapenade, pochierte Wachteleier auf Avocadosalat, Creme brûlée von der Entenleber und in würzigen Blätterteigmantel gehüllte Rinderfiletspitzen. Nick hatte heute Abend nicht nur die Speisekarte seines Restaurants enthüllt, sondern mit den wunderbaren Häppchen auch einen Einblick geben wollen, was die Gäste in Zukunft kulinarisch im *Bonfire* zu erwarten hatten.

In den letzten Wochen hatte sich Hailey mit ihrem Chefkoch und der restlichen Küchenbrigade mehr als nur eine Nacht um die Ohren geschlagen, um die perfekte Speisenauswahl zu kreieren, für die das *Bonfire* berühmt werden sollte. Hailey war ganz versessen darauf, dass das Restaurant mit ihrer Mithilfe erfolgreich und bekannt wurde. Und sie wollte einen weiteren Schritt nach oben machen – auf dem Weg zur Chefköchin eines Spitzenrestaurants. Das hier war genau der richtige Ort dafür.

Das *Bonfire* war ein neues, junges und vor allem innovatives

Restaurant, ohne den angestaubten Ruf, den viele Gourmetrestaurants besaßen. Sie passte in Nicks Konzept. Ihre neuen Aufgaben waren nicht nur anspruchsvoll und forderten ihren Ehrgeiz heraus, sondern könnten ihr auch über den Kopf wachsen. Sie wollte keinesfalls versagen, sondern beweisen, dass sie eine fabelhafte Souschefin war, Frau hin oder her. Der Erfolgsdruck war gigantisch, aber Hailey würde niemanden wissen lassen, dass sie sogar ein wenig eingeschüchtert war. Nein, da hielt sie sich lieber an ihr loses Mundwerk. Irgendwann würde ihr Name auf einem Restaurantschild stehen, und sie würde den Ton angeben. Bis dahin wollte sie in so vielen Küchen wie möglich arbeiten, alles lernen und sich ihren Erfolg selbst erarbeiten. Für ihren Dad wäre es ein Leichtes gewesen, ein Restaurant zu kaufen und sie zur Chefköchin zu machen, aber das wollte Hailey nicht. Und ihr Dad hatte es auch nie angeboten, weil er wissen musste, dass sie es allein schaffen wollte.

Ohne das Geld ihres Vaters.

Sobald ein Kollege erfuhr, wer ihr Vater war, ging das Getuschel los, und ihre Kollegen spekulierten, ob sie sich den Abschluss an der erstklassigen Kochschule erkauft hatte und ob der Job, den sie gerade bekleidete, etwas mit den Beziehungen zu tun hatte, die ihr Vater besaß. Wer sie wirklich kannte, wusste aber genau, dass es Hailey zuwider war, auf ihren Vater und dessen geschäftlichen Erfolg reduziert zu werden. Wer sie war und was sie tat, hatte sie sich selbst erarbeitet.

Deshalb wollte sie sich ihre Sporen selbst verdienen.

Sie konnte stolz auf das sein, was sie bisher erreicht hatte. Nachdem sie in New York, Boston und San Francisco gearbeitet hatte, war sie vor einem Jahr in Dubai gewesen, um im *La Petite Maison* zu arbeiten. Es war eine kleine Sensation gewesen, dass sie als Frau in diesem preisgekrönten Restaurant in einem arabischen Staat Souschefin geworden war. Nach ihrem Einsatz dort hätte sie beinahe überall arbeiten können, aber es hatte sie nach Hause gezogen. Zurück nach Boston. Das Angebot von Nick O'Reilly war zu verlockend gewesen.

Und nach drei Jahren, so hatte sie gedacht, war genug Gras über die Sache gewachsen, dass es für sie kein Problem sein sollte, wieder in Boston zu arbeiten und zu leben.

Sie war sich sicher, dass es ihr nichts mehr ausmachte. Nur in Momenten wie gerade, wenn ein Paar besonders zärtlich wurde oder vertraut miteinander sprach – ja, in solchen Momenten dachte sie noch an *ihn*.

Hailey ließ den Blick über die Häppchen gleiten und kontrollierte beinahe reflexartig, ob alles seine Richtigkeit hatte. Alle Portionen waren ansprechend angerichtet und auf edlem Geschirr serviert. Die Gäste wirkten höchst zufrieden.

Dieser Abend war zwar nicht die Feuerprobe, aber das *Bonfire* war gut gestartet.

Sie atmete erleichtert aus und beobachtete die Gästeschar, die sich in den frisch renovierten Räumen verteilt hatte.

Das Prickeln in ihrem Nacken hätte sie vielleicht warnen sollen, bevor sie nach links in Richtung der bodentiefen Glasfronten schaute, durch die man die Lichter des Hafens erspähen konnte. Wenn sie gewarnt gewesen wäre, hätte sie es vermutlich geschafft, dass ihr die Gesichtszüge nicht vollständig entgleisten, sobald sie den blonden Mann entdeckte, der lässig ein Glas Scotch in der einen Hand hielt und die andere in der Hosentasche seines schwarzen Anzuges vergraben hatte. Im Gegensatz zu Hailey, die sich fühlte, als wäre ein Schnellzug über sie hinweggerollt, blieb er die Ruhe in Person, als sich ihre Blicke trafen, und nickte ihr zu. Er hatte sie also schon gesehen, bevor sie ihn entdeckt hatte.

Sie hatte das Gefühl, dass sich vor ihr der Boden auftat. Die Zeit schien für einige Sekunden stillzustehen.

Was zum Teufel hatte er hier zu suchen?

In ihrem Kopf rotierte die Frage hin und her, während er sich in Bewegung setzte und langsam auf sie zukam.

Bevor Hailey überhaupt auf die Idee kommen konnte, sich umzudrehen und zu gehen, stand er plötzlich vor ihr. Groß, selbstsicher, gelassen. Sie bebte innerlich.

»Du hast dir die Haare abgeschnitten. Das steht dir, Hailey.«

Sie konnte nicht einmal blinzeln und starrte ihn mit einer Mischung aus Fassungslosigkeit und Hilflosigkeit an. Drei Jahre waren vergangen, seit sie sich das letzte Mal gesehen hatten. Drei Jahre! Und er begrüßte sie mit einem Kommentar zu ihren Haaren.

Auch wenn es in ihren Fingerspitzen kribbelte, automatisch ihre kurzen Haare anzufassen, die früher bedeutend länger gewesen waren, zwang sich Hailey dazu, es nicht zu tun. Stattdessen erwiderte sie beinahe kühl: »Scott.«

Er lächelte knapp – nicht unfreundlich, jedoch auch nicht besonders warmherzig.

Dabei war Scotts Lächeln immer etwas Besonderes gewesen. Sobald er sie angeschaut hatte und sich dabei seine Mundwinkel gekräuselt hatten, war ihr regelrecht warm geworden und ihr Herz hatte schneller und schneller geschlagen. Scott hatte diese eigenartige Magie über sie besessen. Er hatte sie nur anlächeln müssen, um Hailey weiche Knie zu bescheren.

Jetzt konnte sie lediglich daran denken, dass sein Lächeln aufgesetzt wirkte und dass auch seine dunkelgrauen Augen nicht den humorvollen Schimmer besaßen, den sie noch von früher kannte.

Er wirkte ganz anders. Irgendwie härter, ernster und geschäftsmäßiger. Anscheinend hatte er den Weg weiterverfolgt, den er vor drei Jahren eingeschlagen hatte.

»Was tust du hier?«, stieß sie mit einem Krächzen aus.

Eine dunkelblonde Augenbraue wanderte in die Höhe. »Ich stehe auf der Gästeliste, falls du das wissen willst.«

Beinahe hätte sie mit den Zähnen geknirscht und sich selbst in den Hintern getreten, dass sie vorher nicht wenigstens einen kurzen Blick auf die Gästeliste geworfen hatte. Wenn sie es getan hätte, wäre sie für diese Begegnung gewappnet gewesen. Scott hatte sie kalt erwischt. »Wusstest du nicht, dass ich hier sein würde?«

»Du bist die Souschefin. Natürlich wusste ich das.« Seine Miene war unergründlich. »Ich weiß so ziemlich alles, was sich in Boston abspielt.«

Bittere Magensäure stieg ihr in die Kehle.

Scott hätte sie nicht darauf hinweisen müssen, dass er sich in den letzten Jahren zu einem der einflussreichsten Männer der Stadt gemausert hatte. Sogar bis nach Dubai war die Kunde von seinen Erfolgen gedrungen. Mit einer Investition in ein marodes Unternehmen, das sich dank seines Engagements innerhalb weniger Monate zu einer rentablen Firma gemausert hatte und für eine Rekordsumme verkauft worden war, hatte er nicht nur ein Vermögen gemacht, sondern galt nun auch als unternehmerisches Wunderkind.

Haileys Stimme klang nicht ehrlich, als sie sagte: »Herzlichen Glückwunsch zu deinem Aufstieg.«

»Danke.«

»Über wie viele Leichen musstest du dafür gehen?«

Seine Antwort bestand aus einem schwachen Lächeln. »Als es zweistellig wurde, habe ich aufgehört zu zählen.«

Sie fand das nicht besonders lustig.

»Wenn wir schon dabei sind, uns zu gratulieren: Ich habe gehört, dass sie dir im *La Petite Maison* noch immer hinterhertrauern. Mein Kompliment, Hailey.«

Beinahe hätte sie abfällig geschnaubt.

*Mein Kompliment.*

Gestelzter hätte er wirklich nicht klingen können. Wer redete denn so reserviert daher, wenn man jeden Zoll des anderen in und auswendig kannte und wenn man wusste, welche Laute der andere ausstieß, wenn er zum Höhepunkt kam?

»Danke.«

»Ich hätte nicht gedacht, dass du zurück nach Boston kommen würdest.«

Hailey wusste nicht, weshalb seine Worte ihr ins Fleisch schnitten. Auf jeden Fall wollte sie ihm nicht zeigen, dass er sie verletzen konnte, und hob deshalb das Kinn, um sich möglichst unbeteiligt zu geben. »Das Angebot war verlockend.«

»Das kann ich mir vorstellen.« Taxierend ließ er seinen Blick über ihr Gesicht wandern. »Ein neues Restaurant, ein junges Küchenteam und ein ehrgeiziger Küchenchef. Hier musst du ganz in deinem Element sein.«

Darauf erwiderte Hailey nichts. Eine andere Frage brannte ihr auf der Zunge – die Frage, was er hier tat. Sie hätte nämlich einiges dafür gegeben, ihn nicht zu treffen. Und irgendwie glaubte sie nicht, dass es ihm da anders ging. Warum war er also hier, wenn er gewusst hatte, dass er auf sie treffen würde?

Hailey hörte selbst, dass ihre Stimme bebte. »Bist du meinetwegen hier, Scott? Weil du wusstest, dass ich hier sein würde?«

Seine Miene zeigte keinerlei Regung, und trotz aller Wut und sogar Verachtung, die Hailey nach drei Jahren noch immer für ihn empfand, war das darunterliegende Gefühl von Trauer geradezu greifbar, denn diesen emotionslosen, kalten Scott kannte sie nicht.

»Sco-ott!« Eine kurvige Blondine mit rot geschminkten Lippen und einem winzigen Kleid in dem gleichen Farbton stand plötzlich neben Scott und klammerte sich förmlich an seinen Arm. »Können wir endlich gehen? Bitte! Mir ist so-o langweilig.«

»Jetzt nicht, Mandy.« Das kam von Scott, barsch und abweisend.

Die Blondine namens Mandy schob die Unterlippe vor und schmollte, schwieg aber und betrachtete Hailey nun so interessiert, als wäre sie ein seltenes Insekt.

Hailey wusste nicht, was sie mehr schockierte. Die Tatsache, dass Mandy nicht alt genug zu sein schien, um legal Alkohol trinken zu dürfen, oder dass sie Silben wie ein jammerndes Kleinkind in die Länge zog. Oder dass Scott sie wie ein unliebsames Haustier behandelte, das nicht schnell genug auf seine Befehle reagierte. Mit ihr hätte er damals ganz sicher niemals so geredet. Davon mal abgesehen, hätte sie sich das auch nicht gefallen lassen.

Seine jetzige Begleitung kam nicht auf die Idee, dass er sich wie ein Idiot benahm, sondern klammerte sich weiterhin an seinen Arm und stieß gequälte Laute aus, die ihm wohl signalisieren sollten, dass sie sich langweilte. Gleichzeitig funkelte sie Hailey wütend an. Wenn es sich um jemand anderen als Scott gehandelt hätte, wäre sie vermutlich in prustendes Gelächter ausgebrochen.

Doch statt Belustigung fühlte Hailey Groll. Und sie konnte sich einen Kommentar nicht verkneifen. »Du bist einunddreißig, Scott. Ist sie mit achtzehn nicht ein bisschen zu jung für dich?«

»Ich bin neunzehn«, widersprach Mandy empört und setzte hinzu: »Neunzehneinhalb. *Ich* habe noch keine Falten.«

Sollte das etwa eine Beleidigung sein? Beinahe hätte Hailey über den putzigen Versuch des Teenagers gelacht. Noch größer war der Drang, das Mädchen beiseitezunehmen und ihm zu sagen, dass es lieber nach Hause gehen und sich einen Jungen in ihrem Alter suchen sollte.

Ihr Blick begegnete Scotts, und er musste wissen, dass sie ihn für übergeschnappt hielt. Früher hatte er schließlich immer ihre Gedanken lesen können.

Seine Kinnlinie wurde starr, als würde er die Zähne zusammenbeißen – ein untrügliches Zeichen, dass ihn etwas störte. »Warte bitte draußen auf mich, Mandy.«

»Aber …«

»Ich komme sofort nach …«, er räusperte sich, »… Süße.«

Die schmollende Neunzehneinhalbjährige schaute finster zwischen ihnen hin und her und hob beinahe patzig das Kinn. »Die Party ist sowieso total lahm. Beeil dich, Sco-ott.« Dann drehte sie sich wortlos um und stöckelte auf hohen Absätzen durch das Restaurant davon.

Hailey blickte ihr kopfschüttelnd hinterher. Was war mit Scott passiert? Der Scott, den sie kannte, wäre nie mit schmollenden Teenagern ausgegangen. Der Scott von früher hatte sich mit Frauen, mit denen er schlief, auch unterhalten wollen.

»Neunzehneinhalb«, erklärte Hailey in seine Richtung. »Sie spricht, als würde sie noch mit Puppen spielen. Kommst du dir nicht wie ein Triebtäter vor, wenn Bibo der Bär euch beim Sex beobachtet?«

Weil er nicht antwortete, wandte sie den Blick von der in der Menge verschwundenen Blondine ab und schaute wieder zu ihm. Er wirkte wütend. Hailey wusste wirklich nicht, warum ausgerechnet *er* wütend sein sollte, schließlich war er derjenige, der hier mit einer Neunzehneinhalbjährigen aufgetaucht war. Eigentlich hätte *sie* wütend sein sollen. Aber sicherlich nicht Scott.

Gut, sie wollte hier keinen Aufstand anzetteln – nicht auf der Eröffnungsfeier ihres neuen Arbeitgebers. Also wandte sie sich zum Gehen. Es gab sowieso nichts mehr, über das sie beide hätten reden können.

Scott schien das anders zu sehen: Er griff nach ihrer Hand und hielt sie wie in einem Schraubstock fest.

Die Berührung spürte sie bis in die Fußsohlen. Eins war plötzlich glasklar: Drei Jahre waren wirklich nicht genug gewesen.

# 2

Drei Jahre waren mehr als genug gewesen.

Seit drei Jahren wartete Scott nun schon darauf, dass Hailey nach Hause kam, nachdem sie ihn Hals über Kopf verlassen und für sie beide entschieden hatte, dass es vorbei war. Er selbst hatte damals nichts dazu zu sagen gehabt – ihrer Meinung nach jedenfalls.

Zu gut erinnerte er sich an den Abend, an dem es aus gewesen war. Nach sieben Jahren Beziehung, einer gemeinsamen Wohnung und einer Verlobung hatte Hailey ihren Koffer gepackt und war nach San Francisco gegangen. Zwei Jahre später nach Dubai.

Und er war in Boston geblieben und hatte darauf gewartet, dass sie zur Vernunft kam.

Wie es aussah, war Hailey zwar nach Hause gekommen, aber das hieß nicht, dass sie vernünftig geworden war. Und sie mied ihn noch immer. Warum sonst hatte sie sich umgedreht und offenbar nicht länger mit ihm reden wollen?

Nachdem Scott drei Jahre lang Geduld bewahrt und sich gesagt hatte, dass sie irgendwann einsichtig sein und sich beruhigen würde, konnte er es jetzt kaum ertragen, dass sie ihn stehen lassen wollte. Deshalb hatte er ihr Handgelenk gepackt, obwohl er es eigentlich hätte besser wissen müssen. Schließlich kannte er seine Hailey. Stur bis zum Schluss.

Ja, sie war stur wie ein Esel und würde sich erst dann von der Stelle bewegen, wenn sie es so wollte.

Diese Entschlossenheit hatte er immer an ihr bewundert. Heute machte sie ihn verrückt, weil Scott am eigenen Leib erfahren hatte, wie es war, wenn Hailey nicht einfach das tat, was er wollte. Dummerweise würde sie nur dann zu ihm zurückkommen, wenn es ihr fester Wille war. Also hatte er sie gehen lassen, ohne ein Wort zu verlieren, und darauf vertraut, dass sie ihn vermissen und deshalb zurückkommen würde. Scott war der felsenfesten Überzeugung gewesen, dass sie gar nicht anders konnte. Sie waren füreinander bestimmt.

Hailey selbst war es gewesen, die das zu ihm gesagt hatte.

Damals hatten sie sich gerade ein paar Monate gekannt und waren verliebt gewesen. Sie waren auf die Art verliebt gewesen, wie man es mit Anfang zwanzig ist, wenn man eine rosarote Brille auf der Nase trägt. Aber auch ein Jahr danach hatte sich nichts geändert. Und in dem Jahr darauf ebenfalls nicht.

Sieben Jahre lang waren sie das perfekte Team gewesen, das sich blind verstand, das sich liebte und das seine Zukunft bis ins letzte Detail geplant hatte.

Leider konnte man das Leben nur selten planen.

»Lass mich los, Scott.«

Er biss die Zähne zusammen und zog sie langsam zu sich, anstatt sie loszulassen. Hailey sollte begreifen, dass er nicht mehr das tat, was sie von ihm verlangte. Vor drei Jahren hatte er sie gehen lassen, aber heute würde er einen Teufel tun und seelenruhig zusehen, wie sie wieder verschwand. Sie mochte sich äußerlich verändert haben und eine Kurzhaarfrisur tragen, er aber hatte sich innerlich verändert und war nicht länger der verständnisvolle Mann, der sie schalten und walten ließ, wie es ihr passte.

Jetzt war er am Zug.

»Wieso sollte ich das tun? Vielleicht bin ich gerade erst auf den Geschmack gekommen, mit dir einen kleinen Plausch zu halten.«

Ihre blauen Augen funkelten, während sie warnend seinen Namen hervorbrachte. »Scott.«

Sie standen so nah beieinander, dass er nicht nur den wütenden Schimmer über ihren Augen wahrnahm, sondern auch ihren unverwechselbaren Duft einatmete. Hailey schien noch immer die gleiche Bodylotion zu benutzen, Mandelmilch mit Früchten. Das leichte Apfelaroma stieg ihm in die Nase und war für das Prickeln auf seiner Haut verantwortlich, während er jeden Quadratmillimeter ihres Gesichts betrachtete und die Veränderungen wahrnahm.

Da war eine winzige Narbe, die kaum auffiel, aber Scott kannte ihr Gesicht so gut wie sein eigenes und registrierte den blassen Strich unter der elegant geschwungenen Augenbraue sofort. Die Sommersprossen auf ihrem Nasenrücken waren ein wenig verblasst, und ihre Wangen wirkten schmaler. Generell musste sie ein paar Kilos abgenommen haben. Ihm war bereits zuvor aufgefallen, dass sie den blauen Hosenanzug nicht mehr so sehr ausfüllte, wie sie es vor drei Jahren getan hätte. Ihre Kurven waren weniger geworden, ohne dass Hailey mager wirkte. Der Babyspeck war vollends verschwunden. Als er sie mit neunzehn Jahren kennengelernt hatte, war sie nicht dick gewesen, aber ihr Gesicht hatte rundlicher gewirkt. Mit sechsundzwanzig war sie kurvig gewesen und hatte vor Gesundheit gestrotzt. Jetzt, mit neunundzwanzig, wirkte Hailey athletisch. Wäre sie einen Kopf kleiner gewesen, hätte Scott sie als elfenhaft bezeichnet, aber da sie für eine Frau ziemlich groß war, passte der Ausdruck nicht wirklich zu ihr.

Sie war eine wunderschöne Frau mit zarten Gesichtszügen, großen blauen Augen, dunklen Haaren und einem breiten Mund, der vielleicht etwas zu groß für ihr Gesicht war, aber ihren Ehrgeiz und ihre Durchsetzungskraft perfekt charakterisierte.

Während Scott sie ansah, wurde ihm von Sekunde zu Sekunde bewusster, wie sehr er sie vermisst hatte.

Zwar hatte sie ihm mit ihrem Umzug etwas beweisen wollen, aber die Trennung hatte ihm lediglich gezeigt, dass er ohne Hailey nicht glücklich sein konnte.

»Nach drei Jahren ist es doch selbstverständlich, dass wir uns einiges zu erzählen haben«, sagte er möglichst leichthin und war erleichtert, dass man seiner Stimme das Gefühlschaos nicht anhörte, das in seinem Inneren tobte.

Ihre Mundwinkel fielen herab, und ihr Tonfall klang abfällig. »Du solltest deine Zeit nicht mit mir verschwenden, wenn Mandy draußen auf dich wartet. Vielleicht vermisst sie bereits ihre Stofftiere und lässt sich von einem anderen Mann nach Hause fahren, der nur zu gerne ihr neuester Sugar Daddy wird.«

Gott, am liebsten hätte er laut gelacht. »Bist du eifersüchtig, Hailey?«

»Mach dich nicht lächerlich! Wieso sollte ich eifersüchtig auf eine Neunzehneinhalbjährige sein?!«

»Sag du es mir.«

»Mir ist es egal, was du treibst – und mit wem.«

»Ist das so?«

»Ja!« Sie kniff die Augen zusammen. »Wenn es dir egal ist, dass du dich lächerlich machst, weil du mit einem Grundschulkind gesehen wirst, ist es mir erst recht egal.«

»Die Grundschule hat sie bereits hinter sich. Sie kann sogar bis einhundert rechnen, ohne dabei ihre Finger zu Hilfe zu nehmen.«

Das Schnauben, das Hailey ausstieß, klang verdächtig nach einem unterdrückten Lachen. »In meinen Ohren hört sich das perfekt an. Neunzehneinhalb, blond und kann bis einhundert zählen. Schnapp sie dir, bevor sie auf die Idee kommt, den Busfahrplan zu entziffern und sich jemanden in ihrem Alter zu suchen, mit dem sie spielen kann.«

»Egal, wie sehr du es abstreitest, du klingst eifersüchtig, Hailey.«

»Du verwechselst Eifersucht mit Abscheu.« Sie riss ihren Arm zurück, sodass Scott dazu gezwungen war, ihr Handgelenk freizugeben.

Er hörte wohl nicht recht. »Abscheu?«

»Ja, du bist genauso geworden, wie du es nie sein wolltest.« Verächtlich schüttelte sie den Kopf. »Anscheinend ist dir der Erfolg zu Kopf gestiegen. Warum sonst solltest du hier mit einem Kind auftauchen, das nicht versteht, dass es nur schmückendes Beiwerk ist und auf seine Brüste reduziert wird?«

Nach wie vor schaffte es Hailey, ihn wütend zu machen. Scott ballte die Hände zu Fäusten. »Du redest von Dingen, von denen du keine Ahnung hast.«

»Du vergisst, dass ich weiß, mit wem ich rede.« Ihr Blick war stahlhart. »Ich rede mit Scott MacIntosh, der niemals skrupellos sein und über Leichen gehen wollte, um erfolgreich zu werden, und der zur Schau gestellten Reichtum nicht leiden konnte. Der Scott MacIntosh, den ich einmal kannte, wäre hier nie mit einem Trophäenweibchen aufgetaucht, um es seiner früheren Verlobten unter die Nase zu reiben.«

Ihr letzter Satz fühlte sich wie ein Schlag in den Magen an.

Ganz automatisch machte er einen Schritt auf sie zu, aber Hailey wich zurück und drehte sich um. Bevor Scott auch nur ein einziges Wort hätte sagen können, war sie schon verschwunden.

Natürlich hatte er sie eifersüchtig machen wollen.

Scott hatte eine Reaktion von ihr sehen wollen – er hatte sie regelrecht provoziert, schließlich war er in den vergangenen drei Jahren mit seiner Passivität nicht weitergekommen. Aber er hatte sie nicht verletzen wollen. Doch der erstickte Laut, den Hailey von sich gegeben hatte, ließ genau darauf schließen.

Niedergeschlagen verließ er das Restaurant.

Im Vorfeld hatte er sich ausgemalt, was passieren könnte, wenn er auf Hailey treffen würde. Er hatte alles genauestens geplant, aber nicht damit gerechnet, dass er das Restaurant in dieser Stimmung verlassen würde. Es war deprimierend, denn heute Abend hatte er den ersten Schritt machen wollen, um die Frau zurückzubekommen, die er liebte.

Und er hatte es versaut.

Als er Mandy entdeckte, die mit biestiger Miene neben seinem Jaguar stand und die Arme vor ihren Brüsten verschränkt hielt, von denen Mitch behauptete, dass sie echt wären, sank seine Laune noch mehr, auch wenn er hätte schwören können, dass sie ihren Tiefpunkt schon davor erreicht hatte. Wenn er ehrlich war, wäre es ihm am liebsten gewesen, sie wäre bereits beleidigt abgezogen. Er war sich wie der letzte Idiot vorgekommen, als er sie *Süße* genannt hatte. Das musste so gestellt gewirkt haben, als wäre er ein Laiendarsteller in einer Reality-Show. Und jetzt hatte er nur noch wenig Lust, mit ihr den restlichen Abend zu verbringen. Bestimmt war sie ein nettes Mädchen – aber er konnte mit ihr nichts anfangen.

*Neunzehneinhalb.*

Er sollte mit seinem Freund ein ernstes Wort sprechen,

denn kein Mann bei Verstand ging mit jemandem aus, der wie ein Kind darauf bestand, bereits neunzehneinhalb und nicht erst neunzehn zu sein.

Himmel!

Sein Kumpel hatte in Scotts Augen den grauenvollsten Frauengeschmack der Welt. Solange sie hübsch und jung waren und nicht viel Wert auf zu viel Kleidung legten, waren sie Mitchs Typ.

»Können wir jetzt endlich ge-hen?«

Scott reagierte auf den jammervollen Tonfall seiner Begleitung, indem er seinen Autoschlüssel aus der Hosentasche zog.

Die schmollende Blondine stieß sich von seinem Jaguar ab und runzelte die Stirn. »Ich bin hungrig. Mitch hat gesagt, hier gäbe es etwas zu essen.«

»Es gab doch etwas zu essen.« Er drückte auf den Autoschlüssel, um die Zentralverriegelung zu deaktivieren.

»Aber das mochte ich nicht«, entgegnete Mandy genervt. »Zu dem Fleisch gab es nicht einmal Ketchup. Und was das andere war, wusste ich nicht.«

Allein die Vorstellung, wie Hailey geguckt hätte, wenn man nach Ketchup zu ihren Rinderfiletspitzen vom Wagyu-Rind gefragt hätte, ließ ihn schmunzeln. Sie wäre vermutlich Amok gelaufen.

»Können wir nicht irgendwo einen Burger essen gehen?«

Scott hatte heute vor Aufregung zwar kaum etwas hinunterbekommen, aber von den Häppchen hatte er dennoch probieren müssen. Sie waren ein Gedicht gewesen – jedes einzelne war eine Köstlichkeit für sich. Und seine Begleitung wollte jetzt Burger und fettige Pommes essen.

Aber er wollte kein Arsch sein, schließlich hatte er sie hergebracht. Außerdem war sie eben erst neunzehneinhalb. In dem Alter hatte er auch lieber Fast Food als filigrane Häppchen gegessen.

Und so endete sein Abend an einem Plastiktisch eines Schnellrestaurants, wo er zum ersten Mal seit Ewigkeiten einen doppelten Cheeseburger aß.

***

»Mandy hat mich heute Nacht angerufen und sich bei mir über dich beschwert.«

Scott sah von den Unterlagen auf seinem Schreibtisch auf und begegnete dem Blick seines Freundes und Anwalts Mitch. »Ach ja?«

»Sie war ziemlich wütend.« Sein Kumpel schien darüber nicht sonderlich besorgt zu sein, immerhin grinste er breit. Außerdem setzte er sich unaufgefordert in den Besuchersessel, der vor Scotts Schreibtisch stand, und streckte die Beine von sich. »Hast du sie wirklich auf einen Burger mit Pommes eingeladen und sie danach zu Hause abgesetzt, obwohl sie dich auf einen Kaffee nach oben gebeten hat?«

»Das hat sie dir erzählt?« Scott sah seinen Freund ungläubig an und warf den Stift beiseite, mit dem er gerade ein paar Notizen an den Rand eines Vertrages gesetzt hatte.

Mitch war die Ausgelassenheit in Person. »Was Dating betrifft, gehörst du nicht gerade zu den Experten, oder? Mit einer Imbissbude reißt du bei Frauen wie Mandy nicht viel. Mandy möchte ein bisschen hofiert werden, bevor sie ihre Klamotten ablegt. Und wenn sie dich auf einen Kaffee zu sich in die Wohnung bittet, solltest du Kondome dabeihaben.«

Scott zeigte ihm den Mittelfinger.

Als Antwort lachte Mitch fröhlich auf. »Mandy ist eigentlich ein unkompliziertes Mädchen ...«

»Du sagst es: Sie ist ein Mädchen.«

»Ein nettes Mädchen.« Er zwinkerte eindeutig zweideutig.

»Sie hat mir in einem zehnminütigen Monolog erklärt, warum es so wichtig für aufstrebende Blogger ist, neben ihrem YouTube-Kanal eine eigene Seite auf Instagram zu haben, und warum nur alte Leute um die dreißig Facebook benutzen«, erwiderte Scott trocken. »Außerdem spricht sie in einem Tonfall, der mich an sechzehnjährige Cheerleader erinnert.«

»Also es gab da eine Zeit, in der haben mich sechzehnjährige Cheerleader ziemlich scharf gemacht.«

»Mich auch, aber da war ich zwölf«, entgegnete Scott schnaubend. »Wo zum Teufel findest du diese Frauen immer?«

Mitch zuckte mit der Schulter. »Wenn du ab und zu vor die Tür kommen und dich nicht immer in deinem Büro oder deiner Wohnung vergraben würdest, dann hättest du keine Schwierigkeiten damit, Frauen kennenzulernen. Und du müsstest nicht auf meine Ex-Freundinnen zurückgreifen, wenn du ein Date brauchst.«

»Wenn ich in einer Bar nur Frauen finde, die mir ihre Instagramseiten zeigen und darüber lamentieren, dass andere Blogger ihre Follower kaufen, dann bleibe ich liebend gern in meiner Wohnung und gehe nicht mehr vor die Tür.«

»Ich rede hier von Dates, nicht von Beziehungen.« Mitch zuckte mit den Schultern.

»Und ich wollte ein Date, keinen Sex mit einer Neunzehneinhalbjährigen.«

»Wenn ich mich recht erinnere, wolltest du, dass ich dir ein Date mit einer bombastisch aussehenden Blondine verschaffe.«

Scott biss die Zähne zusammen, denn Mitch hatte nicht unrecht. Er hatte ihn gebeten, ihm ein Date zu verschaffen, mit dem er Hailey hatte eifersüchtig machen können. Zwar hatte Hailey entsetzt ausgesehen, als sie Mandy in ihrem knappen roten Kleid entdeckt hatte, doch leider war der Plan nach hinten losgegangen, als die Sexbombe neben ihm den Mund aufgemacht hatte.

»Noch besser wäre es gewesen, wenn Mandy einen Hauch Interesse an der Party gezeigt und sie nicht als *lahm* bezeichnet hätte«, warf er ein und lehnte sich in seinem Sessel zurück.

Er hatte eine extrem anstrengende Telefonkonferenz hinter sich, musste sich auf eine Vorstandssitzung vorbereiten und einen etwa zweihundert Seiten langen Vertrag durcharbeiten. Unter diesen Umständen hatte er keine Zeit und keine Lust, sich ausgerechnet über Mandy Gedanken zu machen, die er erst gestern zusammen mit einer fettdurchtränkten Papiertüte, in der sie die Reste ihrer Pommes verwahrt hatte, vor ihrem Appartementhaus abgesetzt hatte, bevor er nach Hause gefahren war. Heute Morgen war der widerliche Gestank nach Friteusenfett noch immer in seinem Auto gewesen und hatte ihm Übelkeit bereitet.

Nein, über Mandy wollte er nicht nachdenken.

Seine Gedanken drehten sich um Hailey. Die ganze Nacht hatte er kaum ein Auge zugetan und sich während der Videokonferenz am frühen Morgen mehrmals dabei erwischt, wie er nicht über die Fusion der beiden Energiefirmen nachgegrübelt hatte, sondern über sie.

»Von Mandy erwarte ich keine Gespräche über Wohnungskauf und Kindererziehung, Scott. Aber man kann mit ihr eine tolle Zeit verbringen, wenn man nicht nach einer Beziehung sucht.«

»Weiß Mandy das?«

Mitch hob beide Hände entschuldigend in die Höhe. »Wir

sind beide erwachsen und sehen uns gelegentlich. Außerdem treffen wir uns auch mit anderen Menschen.«

Was das Erwachsensein betraf, hatte Scott eine andere Meinung, aber dazu erwiderte er nichts. »Interessant. Deshalb hat sie dich vermutlich mitten in der Nacht angerufen, um dir zu erzählen, dass ich ihre Einladung zu einem Kaffee ausgeschlagen habe.«

»So in etwa.« Sein Freund schüttelte belustigt den Kopf. »Du hast dir da wirklich etwas entgehen lassen.«

Das sah Scott anders, denn Sex mit Mandy war so ziemlich das Letzte, worauf er aus gewesen war. Hailey hatte schon recht gehabt, denn mit einer Neunzehneinhalbjährigen zu schlafen würde sich für ihn vermutlich wirklich so anfühlen, als wäre er zu einem Triebtäter mutiert. Als er das letzte Mal mit einer Neunzehnjährigen geschlafen hatte, war er einundzwanzig gewesen und bis über beide Ohren verknallt. Für sie war es das erste Mal gewesen und für ihn das erste Mal, dass er dabei Gefühle gehabt hatte.

Scott kannte den Unterschied zwischen Sex und Liebe. Und weil er Hailey liebte, konnte er keinen Sex mit irgendjemandem haben. Er wollte das ganze Paket. Aber das hätte er Mitch nicht erzählen können, schließlich lebte sein Freund nach der Devise, dass zwei Frauen besser waren als eine und drei besser als zwei. Scott hatte es längst aufgegeben, die Gespielinnen seines Kumpels zu zählen, schließlich tauchte Mitch ständig mit einer anderen Begleitung am Arm auf und ward mit ihr anschließend nicht mehr gesehen.

Beide Männer waren gleichaltrig, aber im Gegensatz zu Mitch wusste Scott, mit wem er sein Leben verbringen wollte. Er hatte es schon mit einundzwanzig gewusst und wollte jetzt, mit einunddreißig, alles tun, um Hailey zurückzubekommen.

»In meinen Ohren klang Mandy ziemlich enttäuscht über das abrupte Ende des Abends. Vielleicht willst du sie irgendwann einmal anrufen?«

Ganz sicher nicht!

Er wollte dieses Gespräch beenden, weil er viel zu tun hatte und mit Mitch nicht noch länger über den verkorksten Abend reden wollte. Also räusperte er sich bedeutungsvoll und griff wieder nach dem Stift. »Hast du nichts zu tun?«

»Zufälligerweise mache ich gerade Pause und wollte meinen Kumpel besuchen.«

»Aber zufälligerweise habe *ich* zu tun.«

Mitch erhob sich mit einem Zungenschnalzen. »Keine Sorge, Workaholic, ich bin schon wieder weg.«

»Wunderbar.«

Sein Kumpel klopfte auf die Schreibtischplatte. »Mandy lässt außerdem ausrichten, dass sie es beim nächsten Mal gerne wüsste, wenn du Hailey mit ihr eifersüchtig machen willst.«

Scott brauchte einen Moment, bis er begriff, wovon Mitch gerade sprach. Verwirrt sah er seinen feixenden Freund an. »Was?«

»Du wolltest doch Hailey mit Mandy eifersüchtig machen, oder?«

»Woher …?« Er brach ab und runzelte die Stirn. »Wovon zum Teufel sprichst du?«

»Erstens ist Mandy ziemlich gewitzt. Das hättest du herausgefunden, wenn du dir die Mühe gemacht hättest, sie besser kennenzulernen. Zweitens solltest du ab und zu einen Blick in die Klatschpresse werfen«, entgegnete Mitch lässig. »Ein paar Fotos von dir und Hailey haben es sogar auf diverse Internetseiten geschafft. Es war nicht besonders schwierig, eins und eins zusammenzuzählen und zu verstehen, weshalb du plötzlich eine heiße Begleitung haben wolltest.«

»Ich wollte Hailey nicht eifersüchtig machen.«

»Natürlich nicht.« Begütigend nickte Mitch. »Du wolltest Hailey nicht eifersüchtig machen und ich habe das sauteure Abendessen in New York in Begleitung eines Unterwäschemodels beim Finanzamt nicht als Geschäftsessen verbucht. Wir verstehen uns.«

»Geh dir deine Brötchen verdienen«, befahl Scott mit einem Glucksen. »Und hör auf, das Finanzamt zu bescheißen.«

Mitch salutierte und verschwand endlich aus Scotts Büro.

Sobald er allein war, atmete Scott durch und schob den Aktenberg vor sich hin und her. Vermutlich hätte er sich heute lieber freinehmen sollen, denn produktiv war er an diesem Tag nicht. Eine Verschnaufpause hätte er sich problemlos gönnen können, denn in den letzten drei Jahren hatte er gefühlt nicht einen einzigen freien Tag gehabt. Und als Chef des ganzen Ladens konnte er eh machen, was er wollte.

Scott schluckte schwer.

Haileys gestrige Frage, über wie viele Leichen er für seinen Erfolg hatte gehen müssen, hatte ihn gekränkt. Sie hatte ihn wie ein skrupelloses Arschloch dargestellt, das einem Kind sogar den Lolli stehlen würde, um sich daran zu bereichern. Ausgerechnet er!

Obwohl er wusste, dass es ein Fehler war, öffnete er seinen Laptop und durchsuchte die hiesigen Nachrichtenportale nach deren Klatschseiten.

Er musste nicht lange suchen. Bereits das erste Nachrichtenportal berichtete über die gestrige Restauranteröffnung. Neben Fotos des stolzen Küchenchefs Nick O'Reilly mit diversen Gästen, des breit grinsenden Bürgermeisters und der neuen Einrichtung sowie des Buffets gab es auch ein Foto, das Hailey und ihn zeigte, wie sie sich direkt gegenüberstanden und Scott Haileys Handgelenk umklammerte.

Scott presste die Lippen aufeinander. Er hatte nicht einmal bemerkt, dass sie fotografiert worden waren.

*Am Rande der Eröffnung des* Bonfire *wäre es fast zu einem Eklat gekommen, als Scott MacIntosh auf seine ehemalige Verlobte Hailey Sinclair traf. Sinclair, einzige Tochter von Bill Sinclair, bekleidet im* Bonfire *den Posten der Souschefin. Sie wurde bei einem heftigen Disput mit Scott MacIntosh gesichtet, der in Begleitung einer anderen Frau zur Eröffnung des* Bonfire *kam. MacIntosh besitzt mittlerweile …*

Er klappte den Laptop zu und ließ den Blick zu dem einzigen Bilderrahmen schweifen, der sich auf seinem Schreibtisch befand.

Wenn Hailey das las, würde sie rasen vor Wut.

# 3

»... MacIntosh besitzt mittlerweile die MacIntosh Group, die der Unternehmer nach einer viel diskutierten Firmenübernahme der C&O Corporation vor zwei Jahren gegründet hat. Zur MacIntosh Group gehören mehrere Bürokomplexe in Boston sowie weitere Immobilien an der Ostküste. Sinclair und MacIntosh waren sieben Jahre lang ein Paar und trennten sich nur wenige Wochen nach ihrer Verlobung. Sie ...«

Hailey unterbrach ihren Kollegen, der gerade dabei war, aus der neuesten Ausgabe der Tageszeitung vorzulesen. »Malcolm, hast du die Estragonsauce für die Vorspeise schon vorbereitet?«

»Ist längst fertig.« Er wedelte mit der Zeitung herum. »Ist dein Dad wirklich Bill Sinclair? Der Bill Sinclair, der als Unternehmer in ...?«

Sie unterbrach ihn ein weiteres Mal. »Wenn die Estragonsauce fertig ist, solltest du dich an die Kartoffelkruste für das Lamm machen.«

Malcolm schien sich weder für die Estragonsauce noch für die Kartoffelkruste zu interessieren. »Wenn dein Dad Bill Sinclair ist, dann kennst du doch bestimmt auch Donald Trump, oder?«

Auch die restliche Küchenbrigade fand offenbar Haileys Privatleben interessanter als ihre Arbeit, denn auf einmal richteten sich alle Augen auf ihre Souschefin.

»Irgendwo habe ich einmal gelesen, dass sich Donald Trump an Bill Sinclair wenden würde, wenn er Geld braucht«, kam es von der anderen Seite der Küche.

»Vielleicht wird er ja unser nächster Präsident«, schlug ein Kollege lachend vor.

Jemand räusperte sich. »Ist Bill Sinclair wirklich dein Dad, Hailey?«

Sie sah von ihren Notizen auf und begegnete den neugierigen Blicken ihrer Mitarbeiter. Das geschäftige Treiben des Morgens war zum Erliegen gekommen. Anstatt sich auf den ersten Abend vorzubereiten, an dem das *Bonfire* geöffnet hatte, standen sich die Mitarbeiter die Beine in die Bäuche und sahen sie neugierig an. Und schuld daran war nur dieser bescheuerte Artikel! Hailey wollte hier kochen und nicht im Mittelpunkt des Klatsches stehen. Es ging niemanden etwas an, wer ihr Dad war oder wie viel Geld er besaß.

Sie wollte gerade den Mund aufmachen, um ihre Kollegen daran zu erinnern, dass sie zum Arbeiten und nicht zum Quatschen in der Küche waren, als Nick, der plötzlich neben ihr stand und ihr über die Schulter sah, neugierig wissen wollte: »Ist das alles? Mehr steht da nicht?«

Hailey zog die Augenbrauen in die Höhe. »Chef …«

»Lies weiter, Malcolm. Steht da etwas von den köstlichen Häppchen? Oder von der neuen Einrichtung?«

Malcolm schüttelte den Kopf. »Nein.«

»Nicht einmal etwas zur neuen Speisekarte?« Nick klang entgeistert. »Nichts anderes als Hailey und ihr Verlobter?«

»Genau. Hier steht auch noch, wie hoch der Umsatz der MacIntosh Group im letzten Jahr war.« Malcolm pfiff anerkennend und suchte Haileys Blick. »Warum schälst du hier eigentlich Kartoffeln, wenn dein Verlobter so viel Geld verdient?«

Hailey spürte, wie es in ihr brodelte. Wenn Malcolm nicht Bekanntschaft mit ihrem durchaus explosionsartigen Temperament machen wollte, sollte er jetzt lieber die Klappe halten. »Er ist nicht mein Verlobter. Nicht mehr. Und jetzt würde ich es begrüßen, wenn ihr euch aufs Kochen konzentriert. Außerdem schäle ich keine Kartoffeln, dafür bist du zuständig.« Sie schnappte sich ihren Notizblock und richtete sich so abrupt auf, dass sie beinahe Nick umgestoßen hätte. »Ich bin in der Kühlkammer und mache Inventur.«

In der Kühlkammer angekommen, schloss sie für ein paar Sekunden ihre Augen und atmete mehrmals tief durch.

Vielleicht hatte sie ein bisschen zu grob geklungen, und vielleicht hätte sie sich nicht benehmen sollen, als wäre sie ein Drillinstructor bei den Marines, aber die gestrige Begegnung mit Scott und der heutige Zeitungsartikel zerrten an ihren Nerven. Momentan wollte sie sich einfach nur auf ihren neuen Job konzentrieren. Zudem gab es da noch ihren Dad. Ablenkung in Form ihres früheren Verlobten konnte sie nicht gebrauchen.

Scott hatte ihr mit seinem Auftritt gestern nicht nur den Abend versaut, sondern ihr auch noch eine schlaflose Nacht bereitet. Drei verdammte Jahre hatte sie dafür gebraucht, um wieder zurück nach Boston zu kommen, weil sie geglaubt hatte, über ihn hinweg zu sein. Doch ein kurzes Treffen von fünf Minuten und ein Blick auf seine junge, blonde und langbeinige Begleitung hatten gereicht, dass sie nachts in ihrem Bett gelegen und an die Decke über sich gestarrt hatte. An Schlaf war nicht zu denken gewesen.

Sie hatte sich verflucht, weil sie so dumm gewesen war und

gedacht hatte, dass Scott sie nicht mehr interessierte und dass es ihr egal war, was er tat. Oder mit wem. In San Francisco hatte sie zwei Jahre lang Tag und Nacht gearbeitet und sich nicht erlaubt, großartig über ihn und über sie beide nachzudenken. Dann in Dubai hatte sich scheinbar alles normalisiert. Die Arbeit hatte ihr wieder mehr Spaß gemacht, sie sich mit ein paar Kollegen angefreundet und geschmeichelt auf die Flirtversuche ihres Nachbarn reagiert. Zwar hatte sich das eine Date mit ihm als absolute Katastrophe herausgestellt, aber Hailey war wenigstens wieder so weit gewesen, sich auf einen anderen Mann in ihrem Leben einzulassen. Nun – das hatte sie gedacht.

Gestern war sie eines Besseren belehrt worden.

Scotts Anblick hatte sie getroffen wie der Schlag.

Er war ihr größer vorgekommen als in ihrer Erinnerung. Stärker und eindrucksvoller. Irgendwie härter.

An dem Abend, an dem sie ihn verlassen hatte, war er eine traurige Gestalt gewesen. Das konnte sie jetzt nicht mehr von ihm sagen. Er hatte eher beeindruckend gewirkt, wie er gestern vor ihr gestanden hatte. Und noch immer war er viel zu gut aussehend für ihr Seelenheil. Schon mit einundzwanzig war er so attraktiv gewesen, dass sich Hailey Hals über Kopf in ihn verliebt hatte. Aber das war kein Vergleich zu dem Mann mit dem kunstvoll zerzausten Haar und den dunkelgrauen Augen, der gestern eine blendende Figur in seinem schwarzen Abendanzug gemacht hatte.

Kurz vor ihrer Abreise aus Dubai war ihr ein Journal in die Hände gefallen. Ein Journal aus den USA, in dem die Rede davon gewesen war, dass Scott MacIntosh zu den begehrtesten Junggesellen der Ostküste gehörte. Auch wenn sie es nicht zugeben wollte, hatte ihr dieser Kommentar einen Stich versetzt.

Und ebenso war es gestern gewesen, als sie ihn in Begleitung dieser Blondine namens Mandy entdeckt hatte.

Der Gedanke, dass Scott andere Frauen traf, machte sie ganz verrückt.

Gleichzeitig bereute sie ihre Entscheidung, sich von ihm getrennt zu haben, kein Stück.

Wenn doch nur ...

»Ist alles in Ordnung?«

Hailey wirbelte zu Nick herum, der sich zu ihr in die Kühlkammer gesellte.

Geistesgegenwärtig tippte sie gegen den Pappkarton, in dem die Pastinaken aufbewahrt wurden. »Wenn wir für das kommende Wochenende das Spezialmenü mit der Pastinakenbeilage anbieten wollen, sollten wir beim Großhändler noch eine Lieferung ordern.«

»Eigentlich habe ich nicht die Pastinaken gemeint.«

Natürlich wusste sie, was er gemeint hatte. Dennoch erwiderte sie gelassen: »Für eine richtige Inventur fehlte mir die Zeit, aber alles sieht ganz ordentlich aus.«

»Auch das habe ich nicht gemeint, Hailey.« Ihr Chef lehnte sich gegen das Stahlregal links neben ihm. »Der Artikel hat dich ziemlich wütend gemacht.«

Ohne es zu wollen, runzelte sie die Stirn. »Der Artikel ist mir egal. Ich hätte es einfach besser gefunden, wenn man über die Restauranteröffnung berichtet hätte – und nicht über mich.«

»Und über deinen Verlobten.«

»*Ex*verlobten.« Sie fuhr sich über ihre spröden Lippen. »Er ist mein Exverlobter.«

»Dass dein Dad Bill Sinclair ist, wusste ich ja, aber dass du mit dem CEO der MacIntosh-Group verlobt warst, ist mir neu.«

Eigentlich hatte sie geglaubt, hier in der Kühlkammer ihre Ruhe zu haben. »Als wir verlobt waren, gab es noch keine MacIntosh-Group.« Schärfer als beabsichtigt fuhr sie fort: »Nick, könnten wir bitte das Thema wechseln?«

Ihr Chef gehörte offenbar zu der dickfelligen Sorte, da er ein bisschen tölpelhaft rätselte: »Keine Ahnung, wer ihn eingeladen hat. Ich war es nicht, so hohe Tiere kenne ich nicht. Soll ich mal nachforschen?«

Hailey machte eine unwirsche Handbewegung. »Schon gut. Mir tut es nur leid, dass in dem Artikel nichts über die großartige neue Speisekarte steht.«

Er zwinkerte ihr zu. »Wir sind für die kommenden Wochen ausgebucht, also steht es gar nicht so schlecht um uns. Außerdem interessiert sich kein Schwein für das, was in einer Zeitung steht.«

Räuspernd machte sich Hailey eine Notiz zu der nächsten Pastinakenlieferung und erinnerte ihren Chef: »Arbeitet und schreibt deine Freundin nicht für eine Zeitung?«

»Ja, tut sie. Und deshalb bleibt dieses Gespräch auch unter uns.«

»Du bist hier der Chef.«

Glücklicherweise waren die restlichen Mitarbeiter beschäftigt und arbeiteten konzentriert an ihren Posten, als Hailey ein paar Minuten später mit einer aktualisierten Liste von fehlenden Lebensmitteln die Küche betrat. Niemand machte mehr den Anschein, über sie, ihren Dad oder über Scott sprechen zu wollen.

Routiniert ging sie ihrer Arbeit nach und bereitete gebratene Kalamari auf einem Fenchelspinatsalat mit würzigem Haselnusstopping vor, der heute Abend auf der Tageskarte stehen würde und vom Küchenchef abgesegnet wurde. Sie probierte den Fischfond, der etwas mehr Piment vertragen konnte, anschließend verteilte sie ein paar Aufgaben neu und sprach dann mit dem Sommelier über die Weinempfehlungen zu den Tagesgerichten.

Da Nick in seinem Büro war, verzog sich Hailey kurz darauf in den noch leeren Gastraum und setzte sich mit ihren Notizen an die gut bestückte Bar, um ein paar Telefonate zu führen.

Die Tische waren bereits perfekt eingedeckt und das Restaurant war bereit, um in wenigen Stunden seine Türen zu öffnen. Sie war selbst überrascht, wie ruhig und gelassen das ganze Team war.

Sogar die Serviceleitung Marah, die immer einen wahnsinnig strikten und beinahe strengen Gesichtsausdruck aufsetzte, war zu ein paar Scherzen aufgelegt, als sie ihr netterweise eine Tasse Kaffee brachte und mit Hailey einen kleinen Plausch abhielt.

Die Telefonate mit dem Großhändler und dem Weinhändler, den sie bat, einen speziellen Jahrgang eines Burgunders aufzutreiben, der perfekt zum Gericht der gebratenen Entenleber passen würde, verliefen relativ unkompliziert und schnell. Hailey schaute auf ihre Uhr und war erleichtert, dass sie es noch kurz nach Hause schaffen würde, bevor der richtige Stress in der Küche begann.

Gewohnheitsmäßig strich sie erledigte Aufgaben auf ihrem Notizzettel durch, als das Telefon klingelte.

»Das *Bonfire* hier, guten Tag. Was kann ich für Sie tun?«

»Ist Miss Sinclair zu sprechen?«

Ganz automatisch horchte Hailey auf. »Wer spricht denn da?«

»Marc Williams vom *Boston Express*.«

Sie erstarrte. Die Presse – und dann auch noch ein Schmierblatt.

»Hallo? Könnten Sie Miss Sinclair bitte sagen, dass ich mit ihr gerne ein Interview zu ihrer Beziehung zu Scott MacIntosh …?«

»Kein Interesse«, fauchte sie in den Telefonhörer und legte einfach auf.

Am liebsten hätte sie das Telefon gegen die Wand geschleudert. Und Scott gleich hinterher.

***

Scott zog gerade die Tür hinter sich zu und ging auf sein Auto zu, das in der kreisrunden Auffahrt vor dem prunkvollen Herrenhaus parkte, als er den Volkswagen bemerkte, der den breiten Weg zum Haus hochraste. Bevor er Hailey hinterm Steuer erkannte, wusste er bereits, dass sie es sein musste, schließlich war das Quietschen der Reifen unverwechselbar. Wie oft hatte er früher darüber gescherzt, dass sie die Kochjacke an den Nagel hängen und lieber Rennfahrerin werden sollte?

Sobald der Wagen stoppte und sie förmlich aus dem Auto sprang, hob er grüßend die Hand.

»Was tust *du* hier?«

Er verdrehte die Augen und versenkte die Hände in seinen Hosentaschen. Allem Anschein nach brachte seine bloße Anwesenheit sie in Rage, während Scott es kaum schaffte, sie nicht permanent anzustarren. »Wonach sieht es denn aus?«

»Es sieht danach aus, dass du mich stalkst.« Hailey warf wutentbrannt die Autotür zu und marschierte auf ihn zu.

»Stalken?« Beinahe hätte er gelacht. »Du denkst, ich stalke dich?«

»Was tust du sonst hier?«

Scott sah ihr genau ins Gesicht und erwiderte erst einmal nichts.

Gestern hatte sie einen eleganten Hosenanzug getragen, Make-up getragen und die winzigen Perlenohrringe angelegt, die sie von ihrer Mom geerbt hatte. Heute hatte sie Jeans und T-Shirt an, ihre Brille auf der Nase, die sie zum Autofahren brauchte, und war ungeschminkt. Scott konnte nicht sagen, welche Hailey ihm mehr gefiel. Außerdem war es tröstlich, dass sich manche Dinge nicht änderten. Dass Hailey zu der Sorte Frauen gehörte, die auch ohne Schminke aus dem Haus gingen und die Kleidung trugen, in der sie sich wohlfühlten, hatte ihm schon immer an ihr gefallen.

Das lebhafte Funkeln in ihren Augen gefiel ihm ebenfalls, auch wenn er es lieber an ihr gesehen hätte, wenn sie zusammen im Bett liegen würden. Nun, die Möglichkeit, mit Hailey nackt in einem Bett zu liegen, lag wohl momentan außerhalb seiner Reichweite.

Anstatt darüber nachzudenken, was passieren musste, dass Hailey sich vor ihm auszog, konzentrierte er sich lieber auf ihren letzten Kommentar und nickte. »Das wäre natürlich auch eine Möglichkeit – das Stalking.« Scott lächelte schwach.

»Dann gibst du es also zu?«

»Was?«

»Dass du mich stalkst!« Es hätte nicht viel gefehlt, und Hailey hätte zornig mit dem Fuß auf den Boden gestampft.

Da standen sie sich in der gepflegten und weitläufigen Auffahrt ihres Elternhauses gegenüber und stritten sich darüber, ob er sie stalkte oder nicht. Wenn er seinem drei Jahre jüngeren Ich von dieser Szene erzählt hätte, wäre dieses Ich vor ungläubigem Lachen vermutlich vom Stuhl gefallen. Sosehr sich Scott auch anstrengte, er konnte sich an keine einzige Situation erinnern, in der sie sich jemals gestritten hatten. Ihre Beziehung war schon fast zu perfekt gewesen. Und an der ersten richtigen Krise waren sie gescheitert.

Sie waren so sehr gescheitert, dass Hailey es nicht einmal ertragen konnte, in seiner Nähe zu sein, wie es schien. Früher hatte sie ihn niemals so angesehen wie jetzt – so, als würde sie lieber barfuß über heiße Kohlen laufen und gleichzeitig ein Mikrowellengericht essen, anstatt mit ihm reden zu müssen.

Wie war es nur so weit gekommen? Scott hatte sich immer bemüht, verständnisvoll und einfühlsam zu sein. Er war sogar so verständnisvoll gewesen, dass er Hailey ohne Widerstände oder Diskussionen hatte gehen lassen, weil er ihr ihren Freiraum hatte lassen wollen. Und was hatte er nun davon?

Aus einem ihm unerfindlichen Grund verachtete sie ihn. Anders war ihr Verhalten nicht zu erklären.

Scott konzentrierte sich wieder auf den Vorwurf, der noch zwischen ihnen stand, und entgegnete gelassen: »Eine andere Möglichkeit als das Stalking wäre auch, dass ich Bill besuchen wollte.«

Er konnte sehen, wie ihr Gesicht erstarrte. »Du besuchst Dad?«

»Natürlich tue ich das.«

»Warum?«

Er runzelte die Stirn. »Das ist so ziemlich die dümmste Frage, die du mir stellen konntest.«

»Ich finde, es ist eine durchaus verständliche Frage!«

Nachdem er tief durchgeatmet hatte, stellte Scott klar: »Nur weil du die Verlobung gelöst hast, heißt das nicht, dass ich mich von Bill fernhalte.«

»Das verlangt auch niemand.«

Scott schnaubte verächtlich. »Und warum schaust du mich dann so finster an?«

»Vielleicht weil es kein Zufall ist, dass du ausgerechnet heute hier bist, einen Tag nach der Restauranteröffnung.«

»Zufälligerweise besuche ich deinen Dad ziemlich oft.«

Hailey zögerte einen kurzen Augenblick und sah ihn unsicher an, bevor sie das Kinn ein wenig hob. »Und zufälligerweise stehen wir beide heute in der Zeitung.«

»Und?«

»Ist das auf deinem Mist gewachsen?«

»Der Zeitungsartikel?« Fast hätte er gelacht. »Wie kommst du denn auf diese absurde Idee?«

»Vielleicht komme ich auf diese *absurde Idee*, weil du gestern Abend ins *Bonfire* gekommen bist, obwohl du wusstest, dass ich dort sein würde.«

Scott verschränkte die Arme vor der Brust und musterte sie amüsiert. »Nichts für ungut, Hailey, aber ein Geschäftskollege hat mich auf die Gästeliste setzen lassen. Ich wollte nicht so unhöflich sein und die Einladung ausschlagen, weil du dort arbeitest. Und für deinen Eifersuchtsanfall kann ich schon einmal gar nichts.«

Voller Befriedigung bemerkte er, wie sie nach Luft schnappte und sich ihr Gesicht vor Wut rötete. »Eifersuchtsanfall?«

»Willst du etwa leugnen, dass du auf Mandy eifersüchtig warst?«

»Ich?!« Ungläubig deutete sie auf sich selbst. »Du musst gestern mehr getrunken haben, als es den Anschein machte. Ich war überhaupt nicht eifersüchtig! Mach doch, was du willst, Scott. Mich interessiert es nicht mehr.«

»Wenn es dich nicht interessiert, was ich mache, warum stürzt du dann wutentbrannt aus deinem Auto, sobald du mich hier siehst, und behandelst mich wie einen Schwerverbrecher?«

»Woher sollte ich denn wissen, was du hier tust?«

»Gott, Hailey.« Er seufzte schwer. »Nicht alles auf der Welt dreht sich um dich. Wenn du dich in den letzten drei Jahren nicht wie ein schmollendes Kind am anderen Ende der Welt verkrochen hättest, wüsstest du, dass ich Bill seit seinem Schlaganfall an jedem Dienstagnachmittag seine Lieblingspizza vorbeibringe und eine Partie Schach mit ihm spiele.«

Die abrupte Stille zwischen ihnen zerrte an seinen Nerven. Dass Haileys finstere Miene von einer auf die andere Sekunde betroffen wirkte und sie zurückzuckte, machte ihn wütend – auf sich selbst. So deutlich hatte er gar nicht werden wollen. Und er hatte nicht klingen wollen, als mache er ihr Vorhaltungen. Scott wusste schließlich, dass Hailey ihren Dad liebte. Gleichzeitig störten ihn ihre Unterstellungen. Bill war schließlich sehr viel mehr für ihn als einfach nur sein ehemaliger Schwiegervater in spe. Dass er sich um seinen Mentor sorgte und kümmerte, dem er so ziemlich alles zu verdanken hatte, kam ihr wohl nicht in den Sinn.

Haileys Stimme klang belegt. »Willst du mir etwa Vorwürfe machen?« Auch sie hatte die Arme vor der Brust verschränkt.

»Nein, Hailey. Ich mache dir keine Vorwürfe«, erwiderte Scott ruhig. »Aber vielleicht stört es mich, dass du mich wie das größte Arschloch der Welt behandelst, nur weil ich hier bin und Zeit mit deinem Vater verbringe.«

Ihre Antwort bestand aus Schweigen.

Und dann war sie plötzlich wieder kühl und beinahe herrisch. »Meinetwegen kannst du kommen, wann du willst.«

»Danke, zu gütig«, versetzte Scott abfällig und entriegelte

sein Auto mit der Funkfernbedienung. »Wenn es dir so wichtig ist, rufe ich vorher bei Theresa an und sage ihr, dass ich komme. Dann kannst du dich oben in deinem Zimmer verstecken oder Überstunden im Restaurant schieben, um mich nicht zu sehen.«

»Ich würde mich nie in meinem Zimmer oder im Restaurant verstecken.« Sie hob das Kinn und deutete in Richtung seines Wagens. »Vielleicht könntest du beim nächsten Mal deine Karre so parken, dass ich auch noch Platz habe.«

Da die Auffahrt genügend Platz für einen ganzen Fuhrpark großer Panzer hatte, war ihr Kommentar ziemlich albern. Und weil Scott wusste, wie empfindlich Hailey war, was ihre Fahr- und insbesondere ihre Parkkünste betraf, erwiderte er gelassen: »Oder du könntest einfach einparken lernen.«

Er wollte sie stehen lassen und einfach fahren – in der Gewissheit, dass er dieses Rededuell gewonnen hatte.

Doch zu seiner Überraschung folgte sie ihm die wenigen Meter zu seinem Wagen. Seinen Kommentar ignorierte sie, stattdessen schnalzte sie mit der Zunge. »Nettes Auto.« Scott wusste sofort, dass Hailey es nicht als Kompliment meinte, wenn sie von einem *netten Auto* sprach. Die Bestätigung folgte auf dem Fuß, als sie beinahe mitleidig erklärte: »Ich hatte ja keine Ahnung, Scott. Es tut mir leid.«

Er öffnete die Wagentür. »Auch wenn ich die Frage gleich sicherlich bereuen werde, aber was tut dir leid?«

Der Ausdruck in ihren Augen hätte ihn warnen sollen. »Ein Jaguar? Das sagt doch alles.«

»Stimmt damit etwas nicht?«

Sie war die reinste Unschuld. »Männer, die so einen Wagen fahren, wollen irgendetwas kompensieren.«

Mit hochgezogener Augenbraue drehte er sich zu ihr um. »Hailey …«

»Sagt dir der Begriff *Schwanzverlängerung* etwas?«

»Ach, Baby.« Er lächelte träge. »Du solltest am besten wissen, dass bei mir in dieser Hinsicht kein Handlungsbedarf besteht.«

# 4

»Hallo Dad.«

»Hallo Peanut.«

Hailey schloss die Tür hinter sich und sah sich im Arbeitszimmer ihres Dads um, in dem es wahnsinnig stark nach Knoblauch roch. Der Raum war zwar penibel geputzt, weil Theresa großen Wert auf Sauberkeit legte, aber ansonsten sah das Arbeitszimmer ihres Dads aus, als hätte eine Bombe eingeschlagen.

Die Fenster waren geschlossen, die Vorhänge sperrten das Licht aus, das von draußen hätte hereinscheinen können, und überall standen Gläser und Teetassen herum, von den Papierstapeln ganz zu schweigen. Und mitten in diesem Chaos saß ihr Dad in seinem Rollstuhl und wirkte wie ein verwirrter Professor.

»Du solltest lüften«, erklärte sie geradeaus und lief durch den Raum, um die Fenster zu öffnen. »Hier stinkt es wie in einer Pumahöhle.«

»Woher weißt du, wie es in einer Pumahöhle riecht?«

Mit einem Ruck zog Hailey die Vorhänge zurück und öffnete die Fenster, um für frischen Sauerstoff zu sorgen.

»Du hast recht. Pumas essen keinen Knoblauch – jedenfalls glaube ich das.«

Er murmelte etwas vor sich hin, das sie vermutlich nicht hören sollte. Jedenfalls glaubte sie das, weil er nach dem Schlaganfall vor drei Monaten schon wieder sehr gut reden konnte. Lediglich schwierige Silben klangen holprig, und wenn er zu schnell sprach, verschluckte er hier und da einzelne Töne oder Wortenden, aber ansonsten merkte man seiner Artikulation kaum an, dass etwas nicht stimmte.

Sie drehte sich wieder zu ihm um und merkte, wie ihr das Herz schwer wurde.

Ihr Dad war immer ein Bär von einem Mann gewesen – groß, aufrecht und stark. Als sie vor ein paar Wochen nach Hause gekommen war, war sein Anblick ein Schock für sie gewesen, denn niemand hatte ihr von seinem Schlaganfall erzählt. Theresa hatte gemeint, dass ihr Dad es so gewollt hatte. Ihr konnte sie nicht böse sein, denn die Haushälterin, die seit über dreißig Jahren für ihn arbeitete, kam gegen ihren Dad nicht an und konnte ihm keinen Wunsch abschlagen.

Nein, sie war ihm böse gewesen.

Und seit ein paar Minuten war sie auch auf Scott fuchsteufelswild, denn er hatte es gewusst und ihr nicht Bescheid gegeben.

Sie war völlig ahnungslos gewesen, als sie nach Hause gekommen war und ihren Dad in einem Rollstuhl vorgefunden hatte.

Es war ein Schock gewesen, denn Hailey konnte sich nicht daran erinnern, ihn jemals krank erlebt zu haben. Wie oft hatte er früher gesagt, dass er nicht die Zeit dafür hätte, krank zu sein. Jetzt saß er mit eingefallenem Gesicht in dem Rollstuhl und hatte in seinem linken Arm einen Tremor.

Und sie war nicht hier gewesen, als es passiert war. Deshalb machte sie sich Vorwürfe.

Dass er noch immer die gleiche Jogginghose trug wie heute Morgen, als Hailey in aller Herrgottsfrühe das Haus verlassen hatte, gab ihr zu denken. Seit sie wieder zu Hause war, bemerkte sie ständig, dass ihr Dad Dinge vernachlässigte, die ihm früher wichtig gewesen waren. Beispielsweise seine Kleidung: Früher hatte er penibel darauf geachtet, ordentlich angezogen zu sein. Mittlerweile schlurfte er in Jogginghosen und T-Shirts durchs Haus und trug darüber seinen Morgenmantel – und das teilweise tagelang. Hailey hatte ihm bereits angedroht, ihn mit dem Gartenschlauch abzuspritzen, aber bisher hatte sie es nicht über das Herz gebracht, die Drohung wahrzumachen.

Da er heute eigentlich bereits zwei Therapiesitzungen absolviert haben musste, hätte er sich längst umziehen müssen. Dafür brauchte er nicht einmal Hilfe, schließlich hätte er mit dem Treppenlift nach oben fahren können, und aus dem Rollstuhl konnte er sehr geschickt aufstehen und für sich sorgen. Wenn er denn wollte.

Leider wollte er es nicht.

Ihr Dad, der zeit seines Lebens keinen Chauffeur engagiert hatte, weil er es als Sohn eines einfachen Handwerkers nicht eingesehen hatte, für etwas Geld auszugeben, das er selbst tun konnte, wollte sich mittlerweile von hinten bis vorne bedienen lassen. Er benahm sich wie ein Invalide, der keinen Handgriff tun konnte. Dabei hätte er auf den Rollstuhl längst verzichten können, wenn er seiner Physiotherapie mehr Beachtung schenken und ehrgeizig an seiner Genesung arbeiten würde.

Was er jedoch nicht tat.

Es schien Hailey so, als habe er sich aufgegeben. Sie befürchtete, dass er unter einer Depression litt, und wusste nicht, was sie tun sollte, weil er sich schlichtweg weigern würde, zu einem Psychologen zu gehen, wenn sie einen Termin machte. Er war grauenvoll stur.

»Hast du Scott getroffen? Er ist gerade erst gegangen.«

Sie war so wütend auf Scott, dass sie jetzt nicht über ihn reden konnte, ohne an die Decke zu gehen. Sie hatte ja nicht ahnen können, dass er immer noch Kontakt zu ihrem Dad hatte! Einen engen Kontakt, wie sich nun herausstellte. Er hatte also gewusst, dass ihr Dad ins Krankenhaus gekommen war, und er sah ihn regelmäßig – trotzdem hatte er es nicht für nötig gehalten, sie zu informieren. Verdammt, wenn sie ihn in die Finger bekäme, würde er sein blaues Wunder erleben!

»Wie lief die Physiotherapie?«

»Hast du ihn nun getroffen? Ja oder nein?«

Hailey presste die Lippen aufeinander und focht mit ihm ein Blickduell aus. Es war schwer zu sagen, wer von ihnen sturer war. Leider wusste Hailey nicht, ob sie ihre Sturheit von ihm oder von ihrer Mom geerbt hatte, denn ihre Mutter hatte sie nie kennengelernt.

»Ich bin ihm draußen begegnet«, erwiderte sie schließlich kurz angebunden und fügte in Gedanken hinzu: *Ihm und der protzigen Karre, mit der er durch die Gegend fährt.* »Wie war deine Physiotherapie?«

»Hast du dich mit ihm unterhalten?«

»Mit deinem Therapeuten? Noch nicht, aber ich werde ihn anrufen und nachfragen, wie du dich machst, Dad.«

Unwirsch warf er den Kopf zurück. »Mit Scott! Hast du dich mit Scott unterhalten?«

»Wieso sollte ich?« Sie musterte ihn scharf. »Hast du dich heute etwas kooperativer gezeigt als beim letzten Mal? Der Therapeut ...«

Augenblicklich verzog ihr Dad den Mund. »Dieser Therapeut denkt, er weiß alles besser!«

»Vielleicht weiß er tatsächlich besser, wie deine Therapie aussehen soll, Dad.« Sie bückte sich, um ein paar Papiere vom Boden aufzuheben.

»Pah! Ich kenne meinen Körper und weiß, was er braucht.«

Das sah sie etwas anders, schließlich hatte sein Arzt seit Jahren gepredigt, dass er auf seinen Blutdruck achten und die Arbeit vernachlässigen sollte, aber das würde sie ihrem Dad jetzt nicht sagen. Wie die Ruhe selbst kommentierte Hailey lieber: »Der Arzt hat gesagt, dass du einen Gang herunterfahren und deinen Stress reduzieren solltest, um ...«

»Stress verursachen mir nur diese Quacksalber, die du ständig anschleppst.«

Hailey verdrehte die Augen, denn diese Diskussion führten sie, seit sie zurück nach Boston gekommen war. Er wollte sich am liebsten in seinem Arbeitszimmer eingraben, und sie wollte, dass es ihm besser ging. »Bei Theresa kommst du mit deiner sturen Masche vielleicht durch, aber nicht bei mir, Dad.«

»Ich brauche keinen Therapeuten, der mir etwas von Yoga und Meditation erzählt. Und diese Sprachtherapeutin, die du ins Haus gelassen hast, kannst du auch wieder wegschicken, wenn sie das nächste Mal hier aufkreuzt.«

»Mrs. Amendale ist eine ausgezeichnete Therapeutin. Es ist ein Glücksfall, dass sie sich bereit erklärt hat, deine Therapie fortzuführen, nachdem du deinen letzten Sprachtherapeuten einfach gefeuert hast.«

Er funkelte sie an. »Du hast hier gar nichts zu bestimmen, Hailey.«

»Muss ich dir wieder mit dem Gartenschlauch drohen, Dad?«

»Das würdest du nicht wagen.«

»Wart's ab.«

Als er grinste, bestätigte sich ihre Vermutung, dass dem sturen Esel dieses Gespräch auch noch Spaß machte. Resigniert ließ sie die Schultern fallen. »Dad, mir wäre wohler, wenn wir nicht jedes Mal darüber streiten müssten, wie wichtig deine Therapien sind.«

»Und mir wäre wohler, wenn du dich mit Scott endlich vertragen würdest.«

Innerlich erstarrte sie und schaute ihren Dad irritiert an. Hailey wusste nicht, woher das plötzlich kam. Ihr Vater hatte nie Anstalten gemacht, mit ihr über Scott oder die Trennung zu reden. Vielmehr hatte sie den Eindruck gehabt, dass er das Thema absichtlich nicht erwähnte, wann immer sie mit ihm während ihrer Zeit in San Francisco und Dubai telefoniert hatte.

»Dad …«

»Nach drei Jahren sollte endlich Schluss mit diesen Mätzchen sein, Hailey.«

Fassungslos holte sie Luft und wusste sofort, woher der plötzliche Sinneswandel ihres Dads kam. »Hat Scott dir etwa gesagt, dass du mich davon überzeugen sollst, wieder mit ihm zusammenzukommen?«

Ihr Vater schnalzte mit der Zunge. »Unsinn! Du solltest Scott besser kennen.«

Misstrauisch legte sie den Kopf schief. »Drei Jahre lang verlierst du kein Wort über unsere Trennung, aber einen Tag nachdem ich ihn wiedersehe und er hier aufkreuzt, sagst du mir, dass ich mich wieder mit ihm vertragen soll? Ich bin doch nicht blöd!«

»Du wärst blöd, wenn du den Jungen verlassen würdest.«

»Ich habe den Jungen bereits verlassen, Dad, vor drei Jahren«, spottete sie.

»Ach, du brauchtest einfach eine Auszeit«, erwiderte er mit einer fahrigen Handbewegung. »Du hättest mal sehen sollen, wie niedergeschlagen er in der ganzen Zeit war.«

Hailey konnte das verächtliche Schnauben nicht zurückhalten, das ganz automatisch in ihr nach oben stieg. »Niedergeschlagen? So niedergeschlagen hat er gestern Abend nicht ausgesehen, als er mit einer neunzehnjährigen Blondine auf der Eröffnung des *Bonfire* aufgekreuzt ist. *Neunzehneinhalb*, um genau zu sein.«

Die Aufregung war ihm anzusehen, als er erfreut wissen wollte: »Bist du etwa eifersüchtig?«

Frustriert und verärgert warf sie die Hände in die Luft. »Nein, ich bin nicht eifersüchtig, Dad! Scott kann tun und lassen, was er will.«

»Er ist ein guter Junge«, erklärte ihr Dad ernst und sah sie eindringlich an. »Ich habe ihn immer gemocht.«

Plötzlich hatte Hailey einen Kloß im Hals.

Ja, Scott war ein guter Kerl gewesen. Der Beste. Und sie hätte nie damit gerechnet, dass ausgerechnet er sich so sehr verändern würde, als er begann, Karriere zu machen. Sie war nicht nur verliebt in ihn gewesen, sondern sie hatte ihn geliebt. Hailey hatte Scott so sehr geliebt, dass das, was zwischen ihnen geschehen war, ihr das Herz gebrochen hatte. Vor drei Jahren war sie davon überzeugt gewesen, den Rest ihres Lebens mit ihm verbringen zu wollen, um dann entsetzt zu begreifen, dass ihre Zukunftsvision ein Trugschluss gewesen war.

Noch immer fühlte sie sich von ihm verraten – von ihrem besten Freund. Denn Scott war nicht nur ihr Verlobter gewesen, sondern auch genau das: ihr bester Freund. Niemandem hatte sie so sehr vertraut wie ihm.

»Setz dich her, Hailey, ich will nicht ständig nach oben sehen und mir deinetwegen noch den Nacken ausrenken.«

Sie konnte ihrem Vater ansehen, dass er mit ihr weiter über Scott reden wollte, aber das würde sie nicht aushalten. »Ich habe keine Zeit«, widersprach sie also und bemühte sich um einen gelassenen Tonfall, der nicht verraten sollte, wie durcheinander sie sich fühlte. »Eigentlich müsste ich längst im Restaurant sein.«

»Aber du bist doch gerade erst gekommen«, beschwerte sich ihr Vater.

Sie schluckte. »Ich wollte kurz nach dir sehen.«

»Ich brauche keinen Babysitter.«

Hailey seufzte und ging auf seinen spitzen Kommentar gar nicht ein. »Es wird sicherlich spät werden, bis ich zu Hause bin. Ich bereite dir nur kurz etwas zu essen vor.«

»Scott hat mir was mitgebracht«, erwiderte er wie ein aufmüpfiger Achtjähriger.

Sein Tonfall beeindruckte sie nicht. Wenn man als Frau in einem Metier arbeitete, in dem cholerische Küchenchefs Tobsuchtsanfälle bekamen und Teller an Wände warfen, weil ihnen etwas nicht passte, dann war man so abgeklärt, dass man sich nicht mehr einschüchtern ließ. Auch nicht von einem schmollenden Achtundsechzigjährigen, der um vier Uhr nachmittags seinen Morgenmantel trug und eine Dusche vertragen konnte.

»Soll er doch«, gab sie nachlässig zurück. »Aber heute Abend isst du das, was ich dir koche. Und glaub bloß nicht, dass Theresa es mir verheimlichen würde, wenn du das Essen wegwirfst und stattdessen Chips mampfst.«

Während er vor sich hin grummelte, dass er ein erwachsener Mann sei, der selbst entschied, was er aß, küsste Hailey ihn auf den Kopf und machte sich anschließend auf den Weg in die Küche.

***

»Mitch, das soll irgendjemand regeln. Ich fliege bestimmt nicht nach Seattle, weil die Abteilung Mist gebaut hat.«

»Callahan will mit dir verhandeln, Scott. Ihm passt der erste Vertragsentwurf überhaupt nicht und …«

»Seine Rechtsabteilung war einverstanden und ich habe mit ihm bereits ausführlich darüber gesprochen.« Scott hielt an einer roten Ampel an und lockerte den Kragen seines Hemdes.

Es war nicht das erste Mal, dass er für zwei Stunden weg war und auf dem Weg zurück ins Büro eine Hiobsbotschaft nach der anderen bekam. Er hatte jedoch bereits gelernt, sich nicht verrückt machen zu lassen. Leider besaß Mitch die Angewohnheit, den Teufel an die Wand zu malen.

»Er klang ziemlich aufgebracht. Meiner Einschätzung nach könnte er seine Absichtserklärung zurückziehen, und dann stehen wir ohne Zusage da, dass er uns seine Anteile verkauft.«

Scott beobachtete die Fußgänger, die über die Straße liefen, und ließ den Blick über die Kreuzung mitten in Beacon Hill wandern, die an einem Tag wie heute, an dem es draußen angenehm warm und sonnig war, ungewöhnlich voll war. Normalerweise tummelten sich die Bewohner Bostons an solchen Tagen in den hübschen Grünanlagen direkt am Charles River oder spazierten am Hafen entlang. Er dagegen war schon lange nicht mehr auf den Esplanades gewesen und hatte die Seele baumeln lassen. Stattdessen saß er in seinem Büro mitten in Downtown oder telefonierte von seinem klimatisierten Auto aus mit seinem Juristen, der panisch wurde, weil ein potenzieller Geschäftspartner mehr Geld herausschlagen wollte.

Er war nur froh, dass Mitch nicht angerufen hatte, als Scott bei Bill gewesen war. Zwar hätte Bill es verstanden, wenn das

Büro angerufen hätte, immerhin war er sein Leben lang selbst ein vielbeschäftigter Unternehmer gewesen, aber Scott wollte in der Zeit, in der er bei ihm war, nicht gestört werden.

»Callahan wäre ein Idiot, wenn er seine Absichtserklärung zurückzöge, Mitch. Er will pokern, um mehr Geld herauszuschlagen, aber ich bin nicht gewillt, darauf einzugehen. Und ganz sicher setze ich mich in keinen Flieger, um nach Seattle zu fliegen.«

»Soll ich ihm das wirklich so sagen?«

»Von mir aus kannst du ihm auch sagen, dass er ein Idiot mit einer unvorteilhaften Frisur ist, aber wenn es dir so wichtig ist, erkläre ihm, dass es mein Terminkalender nicht zulässt, nach Seattle zu kommen.«

Das Seufzen seines Freundes klang beinahe mitleiderregend. »Der Mann besitzt das Talent, ohne Punkt und Komma zu reden. Willst du mir das wirklich antun?«

Als die Ampel auf Grün schaltete, gab Scott Gas und feixte gleichzeitig. »Was denkst denn du, weshalb ich nicht nach Seattle will? Ich habe ein paar Mal mit dem Typen telefoniert und mir zwischenzeitlich gewünscht zu ertauben, damit ich sein Geschwafel nicht mehr hören muss. Du machst das schon.«

»Na, vielen Dank auch!«

»Wenn ich zurück im Büro bin, müssen wir uns über die Sanierung des Bürogebäudes in Kuala Lumpur unterhalten.« Scott blinkte rechts und fuhr um eine Straßenecke, an der seit zwanzig Jahren ein und derselbe Hotdogverkäufer stand. »Die Ingenieurabteilung hat schlechte Neuigkeiten und meint, die Sanierung wird kostenintensiver als gedacht. Ein Neubau wäre gegebenenfalls günstiger, und ich brauche deine Expertise, was die bestehenden Mietverträge der ansässigen Firmen betrifft.«

»Das klingt nach Überstunden«, tönte Mitchs Stimme aus der Freisprechanlage.

»Scheint so. In zehn Minuten bin ich da.« Er legte auf und schaltete die Musik lauter, die ungefähr zehn Sekunden aus den Lautsprechern dröhnte, bevor sich die Freisprechanlage wieder meldete. In der Annahme, dass es ein anderer seiner Mitarbeiter war, nahm Scott den Anruf an, ohne auf das Display zu schauen. »Was gibt's?«

»Du Arschloch!«

Es war Hailey, und ihre Stimme klang wutentbrannt. Da Scott sie vor gerade erst einer halben Stunde gesehen hatte, war er völlig ahnungslos, was er jetzt schon wieder getan haben sollte.

»Nett, dass du anrufst, Hailey. Hast du solche Sehnsucht nach mir, dass du meine Stimme hören musstest, obwohl wir uns gerade erst voneinander verabschiedet haben?«

»Du hast mich nicht angerufen, um mir von Dads Schlaganfall zu erzählen!«

Scott stockte einen kurzen Moment. »Bill wollte es nicht.«

»Na und?« Ihre aufgeregte Stimme vibrierte. »Er war im Krankenhaus! Ich hätte sofort Bescheid wissen müssen und nicht erst vor ein paar Wochen, als ich nach Hause gekommen bin.«

Weil die Sonne ihn blendete, griff Scott nach seiner Sonnenbrille und setzte sie auf. Gleichzeitig erklärte er so ruhig wie möglich: »Das habe ich auch gesagt, aber Bill wollte nicht …«

»Er war krank, Scott! Er hätte sterben können. Du hättest mich sofort informieren müssen, egal, was er wollte oder nicht.«

»So schlimm war der Anfall nicht. Seine Ärzte sagten, dass keine Lebensgefahr …«

»Bullshit! Mein Dad hatte einen Schlaganfall, von dem ich nichts wusste. Dass Theresa mich nicht angerufen hat, verstehe ich, aber du hättest mir sofort davon erzählen müssen.«

Er biss die Zähne zusammen.

Dieses Gespräch wollte er mit ihr nicht führen, wenn er in seinem Auto saß und sich auf den nachmittäglichen Verkehr konzentrieren musste. Trotz der Klimaanlage begann er zu schwitzen. Hailey konnte nicht wissen, dass er mit dem Handy in der Hand vor Bills Krankenzimmer gesessen hatte und kurz davor gewesen war, sie anzurufen. Aber wie hätte er dem Mann den Wunsch ausschlagen sollen, Hailey nichts zu sagen, weil der nicht gewollt hatte, dass seine Tochter ihn so sah?

»Dein Vater hat mich gebeten, dir nicht Bescheid zu geben. Was hätte ich denn tun sollen?«

»Du hättest mich anrufen sollen!«

Ein Knoten bildete sich in seinem Magen. »Wenn ich mich richtig erinnere, hattest du mir verboten, dich anzurufen oder dir zu schreiben.«

Scott konnte hören, wie sie nach Luft schnappte. »Es ist so typisch, dass du jetzt damit um die Ecke kommst.«

»Es ist eine völlig angebrachte Frage«, stellte er klar.

»Ein Scheiß ist es«, wütete sie. »War es eine Retourkutsche, mich nicht anzurufen?«

Nun wurde auch er wütend und hätte beinahe gegen sein Lenkrad geschlagen. »Nicht die ganze Welt dreht sich um dich, Hailey. Das habe ich dir gerade bereits gesagt. Ich habe dich nicht angerufen, weil Bill mich darum gebeten hat und weil er es dir selbst erzählen wollte.«

»Er hat es mir aber nicht erzählt! Ich habe es erst gesehen, als ich nach Hause gekommen bin und meinen Dad in einem Rollstuhl vorgefunden habe.«

Er stieß den Atem aus. »Wenn es ernst um ihn gestanden hätte, dann hätte ich dich informiert.«

»Das soll ich dir glauben? Nein, du hast mich nicht angerufen, Scott. Du wusstest Bescheid, aber ich hatte keine Ahnung. Wenn ihm etwas passiert wäre, wäre ich nicht da gewesen!«

»Ihm ist aber nichts passiert.«

»Hast du eventuell daran gedacht, dass ich bei ihm hätte sein wollen? Er ist mein Dad, der vor drei Monaten einen Schlaganfall hatte und seither in einem Rollstuhl sitzt. Vielleicht hätte ich mit den Ärzten sprechen und ihn zu seinen Therapien begleiten wollen, Scott. Wenn ich sofort von seinem Zustand erfahren hätte, wäre ich schon vor drei Monaten nach Hause gekommen und nicht erst vor ein paar Wochen. Und dann müsste ich mir jetzt keine Vorwürfe machen, dass ich nicht da war, als er in einem Krankenhaus lag!« Sie klang noch immer wütend. Gleichzeitig hörte sie sich an, als würde sie gleich in Tränen ausbrechen.

Ihm wurde das Herz schwer. »Hailey …«

»Du hattest es nicht zu entscheiden, ob du mich anrufst oder nicht.«

»Nein, das war die Entscheidung deines Vaters.«

»Dad konnte es gar nicht entscheiden!«

»Dein Vater ist kein Invalide, auch wenn du ihn wie einen behandelst und so tust, als stünde er mit einem Fuß im Grab.«

»Was?«

Scott fasste sich an die Stirn. »Bill ist ein erwachsener Mann, der es nicht gewohnt ist, auf andere Menschen angewiesen zu sein. Wenn du ihn wie ein Kleinkind behandelst, machst du es nur schlimmer. Gib ihm etwas mehr Freiraum.«

»Das müssen ja interessante Gespräche sein, die du mit meinem Dad führst«, schnarrte sie erzürnt.

»Bill muss gar nicht viel sagen. Man sieht ihm an, dass die Situation schwer für ihn ist.«

»Das weiß ich selbst«, fuhr sie ihn durchs Telefon an. »Aber die Situation wird nicht besser, wenn er nicht daran arbeitet. Die Therapien …«

»Die muss er selbst wollen«, unterbrach er sie leise. »Lass ihm Zeit.«

Haileys Antwort war ein Schnauben.

»Du kannst ihn nicht zwingen, schließlich ist er ein sturer Mensch. Das sollte dir nicht fremd sein, immerhin hast du das von ihm geerbt.«

»Verdammt, du weißt, wie wichtig diese Therapien sind. Du solltest ihn davon überzeugen, dass sie gut für ihn sind, und ihn nicht darin bestärken, dass es okay ist, nachmittags noch seinen Morgenmantel zu tragen, Scott.«

»Es ist nicht meine Aufgabe, ihn von irgendetwas zu überzeugen. Ich bin nicht sein Kindermädchen, Hailey. Dein Dad weiß selbst …«

»Auf wessen Seite stehst du überhaupt?«

»Bill ist mein Freund.«

Heftig wandte sie ein: »Aber ich bin deine …« Sie unterbrach sich selbst und sagte kein Wort mehr. Lediglich ihre Atemgeräusche waren zu hören.

Scott hielt die Luft an. Plötzlich war die Spannung zwischen ihnen zum Greifen nahe.

Vor der Einfahrt zur Tiefgarage des Bürogebäudes hielt er den Wagen an. »Was bist du, Hailey? Was bist du für mich?«

Als sie wieder sprach, klang ihre Stimme völlig emotionslos. »Dad braucht professionelle Hilfe. Und du solltest ihn davon zu überzeugen versuchen. Deshalb rufe ich dich an, Scott. Nur deshalb.«

Er war ein Idiot, weil ihre Worte ihn verletzen konnten und weil seine Laune augenblicklich schlechter wurde.

Scott räusperte sich. »Die Verbindung bricht ab. Mach's gut.«

Er legte einfach auf.

# 5

*Zehn Jahre zuvor*

Hailey brauste gerade die Auffahrt hoch, als sie den klapprigen Toyota bemerkte, der aussah, als würde er nur noch mit Klebeband zusammengehalten. Sie hatte den Wagen noch nie zuvor gesehen und stellte fest, dass das Auto so weit rechts wie nur möglich geparkt war – fast so, als wollte der Fahrer nicht unnötig viel Parkplatz für sich in Anspruch nehmen. Vor dem Auto, dessen Einzelteile in diversen Farben lackiert waren, stand ein hochgewachsener Mann, der unschlüssig die imposante Fassade des Hauses betrachtete.

Neugierig geworden bremste Hailey ab und tuckerte gemächlich weiter, um ihn in Augenschein zu nehmen.

Nun ja, als Mann hätte sie ihn beim näheren Hinsehen eher nicht bezeichnet, weil der schlaksige Blondhaarige mit den schlecht sitzenden Hosen und dem ordentlich gebügelten Hemd nicht viel älter als sie selbst sein konnte. Er war ziemlich groß, wirkte etwas eingeschüchtert und unbeholfen. Außerdem besaß er die wohl faszinierendsten Augen, die Hailey jemals gesehen hatte.

Dunkelgrau, das im Sonnenlicht wie Silber schimmerte.

Und sein Gesicht sah so gut aus! Nach einem Tag hinter einem heißen Herd hätte Hailey eigentlich nicht geglaubt, dass es ihr noch warm werden würde. Doch das tat es.

Sie parkte ihren Wagen direkt hinter dem Toyota und stieg aus, während sie froh darüber war, ihr Oberteil gewechselt zu haben, bevor sie die Kochschule verlassen hatte. Das schlichte hellgrüne Shirt und ihre Jeans waren zwar wenig repräsentativ und womöglich gab es ein Dutzend anderer Kleidungsstücke in ihrem Schrank, die ihr besser standen, aber wenigstens zierten keine Fettspritzer und Tomatenflecke ihr aktuelles Outfit.

»Hey!«

»Hey.« Er wandte sich ihr zu. »Soll ich meinen Wagen auf der Straße parken?«

»Wieso?« Hailey schnappte sich ihren Rucksack, schulterte ihn und warf ihre Autotür zu. »Hier steht er doch gut.«

Er zuckte mit seinen schmalen Schultern. »Ich möchte keinen Platz wegnehmen.«

»Das tust du nicht.« Sie kam um ihr Auto herum und musterte ihn neugierig. »Ich bin Hailey.«

»Scott MacIntosh.«

»Hi Scott MacIntosh«, begrüßte sie ihn fröhlich mit einem Augenzwinkern. »Willst du nicht reingehen?«

»Ich warte noch ein bisschen.« Er drehte das Gesicht zum dreistöckigen Gebäude, das aus einem Haupthaus mit zwei Flügeln bestand und durch die Backsteinfassade sowie die riesigen Fenster aus Butzenglas sehr imposant wirkte.

Scott MacIntosh hingegen wirkte eingeschüchtert.

Hailey kannte diese Reaktion, denn ihr Elternhaus, das nur durch eine breite Auffahrt von der Straße zu erreichen war und dank der dichten Bepflanzung sowie der alten Bäume nicht einsehbar war, hatte etwas von einem kleinen Spukschloss.

»Ziemlich beeindruckend, oder?«

»Ja, ziemlich«, stimmte sie zu und lächelte verschmitzt. Gleichzeitig ließ sie ihren Blick von der breiten Eingangstür zurück zu dem jungen Mann namens Scott wandern. Seine blonden Haare waren ordentlich gekämmt. Man hätte meinen können, dass er auf dem Weg zu einem Vorstellungsgespräch war.

»Wenn mir heute Morgen jemand gesagt hätte, dass mich William Sinclair zum Essen einlädt, hätte ich ihn für verrückt erklärt.«

Vielleicht hätte Hailey ihm sagen sollen, dass ihr Dad es hasste, wenn man ihn William nannte, aber ihre Neugier war größer, also fragte sie, während sie sich gegen ihr Auto lehnte: »Arbeitest du in seiner Firma?«

Sie konnte sehen, wie er schluckte, bevor er kurz den Kopf schüttelte. »Nein, ich bin noch Student. Er betreut einen Wirtschaftskurs, an dem ich teilnehme, und hat mich heute nach dem Kurs angesprochen und zum Abendessen eingeladen.« Er klang nervös.

»Das ist doch was Gutes, oder?«

»Ja.« Er grinste schwach. »Aber er ist William Sinclair. Ich mache mir vor Angst in die Hose, dass ich mich blamiere, weil ich das falsche Besteck nehme. Bei uns zu Hause in Wisconsin gibt es nur eine Gabel und ein Messer.«

Das war so offen und ehrlich, dass sie spontan entschied, Scott MacIntosh zu mögen. Hailey hatte einige Angestellte ihres Dads kennengelernt, die allesamt aufgeblasene Wichtigtuer waren und sich überschlugen, um bei ihrem Dad Eindruck zu schinden, und keiner von ihnen hätte jemals zugegeben, dass er Bammel davor hatte, sich vor ihm zu blamieren. Und keiner hätte frei heraus erklärt, dass er nicht wusste, welches Besteck er benutzen sollte.

»Keine Sorge – arbeite dich von außen nach innen vor«, riet sie ihm belustigt. »Und wenn es Fisch gibt, nimmst du das oval aussehende Messer und die Gabel mit den drei Zinken.«

Erstaunt musterte er sie. »Woher weißt du das?«

»Ich bin Köchin.«

Seine dunkelgrauen Augen rundeten sich. »Und du kochst hier?«

»So ziemlich jeden Tag«, erwiderte Hailey, die nicht widerstehen konnte, ihn noch ein bisschen länger auf den Arm zu nehmen.

»Wie alt bist du denn?«

»Neunzehn. Und du?«

»Einundzwanzig.« Nachdenklich rümpfte er die Nase. »Du musst gut sein, wenn du hier schon mit neunzehn den Job als Köchin hast.«

Fast hätte sie gelacht, denn Theresa, die nicht nur den Haushalt in Schuss hielt, sondern seit zwanzig Jahren auch täglich das Essen auf den Tisch brachte, hatte nie eine Kochschule von innen gesehen. Und doch schwor Haileys Dad Stein und Bein, dass niemand besser kochen konnte als die Haushälterin. Weil Hailey das Kochen von ihr gelernt hatte, erhob sie nicht einmal einen Einwand. »Das hoffe ich doch.«

Scott MacIntosh fuhr sich mit der Zunge über die Unterlippe und zögerte kurz, bevor er wissen wollte: »Wie ist er denn so? Du weißt schon ... William Sinclair.«

»Bill«, korrigierte sie ihn vergnügt. »Er hasst es, wenn man ihn William nennt.«

Ihm fiel beinahe die Kinnlade hinunter. »Du nennst Mr. Sinclair Bill?«

Meistens nannte sie ihn Dad, aber das brauchte Scott ja

noch nicht zu wissen. »Ab und zu. Du wirst schon sehen, dass er nicht sehr förmlich ist. Heute ist Donnerstag – du hast Glück. Donnerstags gibt es meistens Huhn. Das Fischbesteck wirst du also nicht brauchen.«

»Gut zu wissen. Mit Huhn komme ich klar, aber bei Austern oder so etwas müsste ich passen.«

Hailey stieß sich von ihrem Wagen ab. »Kommst du mit rein, Scott MacIntosh?«

»Vielleicht sollte ich noch etwas warten. Ich bin ziemlich früh dran.«

»Für wann hat er dich denn eingeladen?«

»Sieben.«

»Das ist erst in einer halben Stunde«, erinnerte sie ihn belustigt.

»Ich weiß.« Er wirkte verlegen und gleichzeitig über sich selbst amüsiert. »Ich wollte nicht zu spät kommen.«

Da ihr Dad Pünktlichkeit über alles schätzte, würde er entzückt sein. »Komm mit rein. Ich spendiere dir einen Kaffee.«

Unter gutem Zureden schleuste Hailey ihn ins Haus und führte ihn in die Küche, in der Theresa bereits gewerkelt hatte, da das Huhn im Ofen brutzelte. Falls Scott bemerkte, dass das Essen schon zubereitet war, sagte er nichts. Vielleicht war er auch noch viel zu abgelenkt, um festzustellen, dass Hailey offensichtlich nicht die einzige Köchin hier war. Ihr war schon aufgefallen, dass sich Scott staunend umgesehen hatte, als sie den Eingangsflur betreten und die unterste Etage durchquert hatten, um in die Küche zu gelangen.

Natürlich wusste Hailey, dass das ganze Anwesen und insbesondere das Innere des Hauses Eindruck machten, auch wenn sie hier aufgewachsen und es für sie selbstverständlich war. Obwohl ihr Dad kein protziger Mensch war und noch immer die Uhr trug, die ihm sein Vater geschenkt hatte und die nicht mehr als fünfzig Dollar gekostet haben durfte, hatte er noch vor Haileys Geburt dieses Haus gekauft. Ein Haus, das viel zu groß für seine Familie gewesen war und das sich Menschen nur aus einem Grund kauften: um aller Welt zu zeigen, dass sie es geschafft hatten. Und um den snobistischen Schwiegereltern unter die Nase zu reiben, wie viel Geld man besaß.

Hailey kannte die Geschichte um ihre Großeltern mütterlicherseits, die ihrer Tochter hatten verbieten wollen, den Sohn eines Handwerkers zu heiraten, weil sie ihn nicht für gut genug befunden hatten, in- und auswendig. Haileys Eltern hatten trotzdem geheiratet und Haileys Dad war einer der reichsten Männer Bostons geworden.

Kontakt zu den Eltern ihrer Mom gab es dennoch nicht.

»Danke«, sagte Scott, als sie ihm eine Tasse Kaffee reichte.

»Gerne.« Über den Rand ihrer eigenen Tasse maß sie ihn. »Du kommst also aus Wisconsin?«

»Ja, aus der Nähe von Kenosha.«

»Und wie lange bist du schon in Boston?«

»Seit einem Jahr.« Er nahm einen Schluck. Im warmen Licht der Küche wirkten seine Augen wie poliertes Silber. Hailey konnte ihren Blick kaum von ihm losreißen. »Ich studiere Wirtschaft und Mathematik.«

»Oh Gott, Mathe.« Hailey erschauderte. »In Mathe war ich früher auf der Highschool eine Niete.«

»Und ich lasse sogar Wasser anbrennen. Das nenne ich ausgleichende Gerechtigkeit«, hob er hervor. Winzige Lachfältchen bildeten sich um seine Augen, und seine Mundwinkel kräuselten sich zu einem Lächeln, das ihn so sympathisch machte, dass Hailey ihn einfach nur anstarren konnte und sich fast am heißen Kaffee verbrannt hätte.

»Lass mich raten«, gluckste sie. »Du durftest Basketball

spielen, während deine Schwester in der Küche stand und von deiner Mom Kochunterricht bekam.«

Nun musste er so laut lachen, dass er sich fast verschluckt hätte.

»Habe ich etwas Falsches gesagt?«

»Nein.« Er hustete. »Nur habe ich gar keine Schwester, sondern drei ältere Brüder, und meine Mom ist so ziemlich die schlechteste Köchin, die du dir vorstellen kannst.«

Hailey kniff die Augen zusammen. »Solltest du so etwas wirklich über deine Mom sagen?«

»Dass sie eine schlechte Köchin ist? Keine Sorge, das weiß wirklich jeder in Kenosha, und ihr macht es nichts aus. An Thanksgiving muss mein Dad kochen, weil das Essen sonst eine Katastrophe wäre.« Lächelnd sah er sie an. »Hat dir deine Mom das Kochen beigebracht?«

Hailey schüttelte den Kopf und zwang sich zu einem schwachen Lächeln, von dem sie wusste, dass es nicht so unbeschwert aussah, wie sie es gerne hätte. »Nein, leider nicht. Ich habe nur noch meinen Dad. Meine Mom ist bei meiner Geburt gestorben.«

»Das tut mir leid.« Seine Miene war augenblicklich zerknirscht. »Entschuldige, Hailey. Ich hätte nicht fragen sollen.«

»Schon gut«, entgegnete sie ehrlich. »Du konntest es schließlich nicht wissen.« Und um die Stimmung wieder zu heben, hakte sie nach: »Drei ältere Brüder? Ich habe nur einen älteren Stiefbruder, und das reicht mir schon. Habt ihr ein gutes Verhältnis?«

Scott, der ihr gegenüber am gemütlichen Küchentisch saß, war nun merklich lockerer. Verschwunden war die anfängliche Anspannung. »Wir sehen uns leider nicht so häufig. Meine Brüder leben in Idaho, Minnesota und Wisconsin, und ich verbringe die meiste Zeit hier in Boston.«

»Gefällt dir die Stadt?«

Ihre Wangen fühlten sich heiß an, als er sie angrinste und erklärte: »Sie gefällt mir immer besser.«

Weil Hailey weder schüchtern noch auf den Mund gefallen war, fragte sie ihn rundheraus: »Hast du eine Freundin, Scott MacIntosh?«

»Nein, habe ich nicht. Und Scott reicht völlig. Hast du einen Freund?«

»Nein, habe ich nicht.«

»Das freut mich zu hören.« Wieder nahm er einen Schluck von seinem Kaffee und sah sie dabei interessiert an.

»Nun, Scott.« Hailey strich sich eine Strähne ihres langen Haares hinter das Ohr, die sich aus ihrem Pferdeschwanz gelöst haben musste. »Wenn du keine Freundin hast, könnten wir bei Gelegenheit miteinander ausgehen.«

Sein Lächeln haute sie förmlich um. »Unbedingt. Das sollten wir unbedingt tun, Hailey.«

Das Geräusch schwerer Schritte ließ sie den Kopf heben und zur Küchentür schauen, in der ihr Dad erschien.

Er wirkte nicht sonderlich überrascht, sie am Tisch mit seinem Gast zu entdecken. »Hey, Peanut.«

»Hi Dad.« Sie hob grüßend die Hand und lächelte ihn breit an. »Ich habe dir deinen Gast abspenstig gemacht und ein bisschen mit ihm geredet.«

»Ah, Scott. Wie schön, dass Sie schon da sind«, erklärte ihr Dad mit seiner tiefen Stimme und kam auf sie beide zu.

Es war komisch zu beobachten, wie Scott nach der ersten Schrecksekunde, in der er begriff, dass Hailey nicht die Köchin, sondern Bill Sinclairs Tochter war, von dem Stuhl aufsprang, um seinem Gastgeber die Hand zu geben. Die Fassungslosigkeit war ihm noch ins Gesicht geschrieben, auch wenn er sie bravourös überspielte.

Als ihr Dad seinen Gast aus der Küche führte und mit ihm ein Gespräch über Wirtschaft begann, schaute Hailey ihnen hinterher und hätte beinahe laut aufgelacht, als Scott ihr das Gesicht beim Gehen zuwandte und ihr die Zunge herausstreckte.

# 6

»Wenn das Training weiter so gut läuft, sollte dem Marathon im nächsten Jahr nichts mehr im Wege stehen.«

Scott atmete schwer und stemmte beide Hände in seine schmerzenden Seiten, während er nach Luft schnappte und seinen Trainer ansah, der auf seine Uhr blickte.

»Wie viele Kilometer waren das jetzt, Adam?«

»Zehn.« Adam grinste. »Und zwei Minuten schneller als vor einem Monat.«

»Fehlen nur noch zweiunddreißig«, witzelte Scott und fuhr sich durch sein schweißnasses Haar, während er die Arme nach oben nahm und die Hände hinter seinem Kopf verschränkte.

Irgendein Idiot hatte irgendwann davon geschwärmt, wie viel Energie das Laufen freisetzen würde und wie motiviert man sei, wenn man sich vornähme, einen Marathon zu laufen.

Von der Energie und der Motivation spürte Scott noch nicht sonderlich viel, seit er vor ein paar Monaten mit dem Laufen begonnen hatte. Zwar erklärte sein Personaltrainer immer wieder, dass er sich extrem gut machte und seine Fortschritte sehr gut wären, aber Scott quälte sich immer noch bei jedem Schritt.

Und welcher Idiot auch immer behauptet hatte, dass das Laufen einen Rausch auslöste, der mit Sex zu vergleichen war, gehörte erschossen. Sex hatte Scott zwar schon seit längerer Zeit nicht gehabt, aber immerhin erinnerte er sich gut genug daran, um sagen zu können, dass Laufen *rein gar nichts* mit einem Orgasmus zu tun hatte!

Jedes Mal nach dem Training schwor er sich, mit dem Sport aufzuhören, nur um dann einen weiteren Termin mit Adam Stone auszumachen. Da er sowieso ständig am Schreibtisch saß und sich körperlich unausgeglichen fühlte, war es gar nicht schlecht, die Laufschuhe zu schnüren.

Spaß machte es ihm dennoch nicht.

»Die letzten zweiunddreißig Kilometer werden dir wie ein Kinderspiel vorkommen«, beteuerte sein Trainer.

Scott schaute ihn an und streckte ihm wortlos den Mittelfinger hin.

Adam Stone begann zu lachen.

Mit dem Krafttraining hatte Scott schon vor ein paar Jahren begonnen, um das Schlaksige zu verlieren und sich wohler zu fühlen, und Sport hatte er sowieso immer getrieben, aber das war zum Spaß gewesen. Eine Runde Basketball mit Freunden war etwas ganz anderes als Ausdauertraining, um zweiundvierzig Kilometer an einem Stück zu laufen. Vermutlich blieb er nur am Ball, weil er einen Coach an der Hand hatte. Adam war der perfekte Trainingspartner, der ihn immer wieder motivierte und buchstäblich in den Hintern trat. Eigentlich war Scott davon ausgegangen, dass nur Schauspieler oder Models Personaltrainer engagierten, doch als er das Angebot für Privatstunden im *LIONESS* entdeckt hatte, hatte er es einfach ausprobiert. Und seitdem trainierte er regelmäßig mit Adam.

»Wir arbeiten uns stetig vor. Im nächsten Monat wechseln

wir zwischen Intervalltraining und reinem Dauerlauf. Das wird deine Kondition vorantreiben. Und du bekommst einen neuen Plan für dein Krafttraining.«

»Juchhu«, entgegnete Scott trocken und atmete tief durch, während er sein Herz wie wild schlagen fühlen konnte. »Ein neuer Plan fürs Krafttraining hört sich in meinen Ohren nach Muskelkater an.«

»Ohne Schweiß kein Preis.«

Scott verdrehte die Augen und sah sich in dem putzigen Park um, in dem ihr Lauf geendet hatte. Bis zum *LIONESS* zurück würden sie nicht lange brauchen, wenn sie einen lockeren Dauerlauf machten. Zeitlich musste er sich nicht stressen, schließlich hatte er seine Termine auf den späten Nachmittag legen lassen, um genügend Zeit für sein Training zu haben.

Auch Adam musste gerade an die Uhrzeit gedacht haben, da er ihn fragend ansah. »Musst du sofort wieder zurück oder hast du noch ein paar Minuten?«

Scott zuckte mit den Schultern. »Auch auf die Gefahr hin, dass du mich mit weiteren Übungen malträtierst und zum Krüppel machst, kann ich dir sagen, dass ich mich nicht hetzen muss.«

Der dunkelhaarige Fitnesstrainer, der vor ein paar Jahren als männliches Model bekannt geworden war und nun zusammen mit einem Partner den wohl exklusivsten Fitnessclub der Stadt betrieb, wischte sich mit dem Ärmel seines T-Shirts den Schweiß von der Schläfe und grinste ihn an. »Gut zu wissen. Zwei Blocks entfernt arbeitet meine Freundin, und ich wollte ihr kurz Hallo sagen, wenn es dir nichts ausmacht.«

»Heißt das, keine weiteren Folterübungen?«

»Von mir hast du heute nichts mehr zu befürchten«, entgegnete sein Trainer und setzte sich in Bewegung.

Scott lief neben ihm her und zog die Schultern abwechselnd in die Höhe, weil sie sich verspannt anfühlten. Das war kein Wunder, schließlich hatte er die halbe Nacht an seinem Schreibtisch gesessen. »Ist deine Freundin zufällig die hübsche Blondine, mit der du auf der Restauranteröffnung vor einer Woche aufgetaucht bist?«

»Restauranteröffnung?«

»Das *Bonfire* – Nick O'Reillys Laden.«

Adam sah ihn verblüfft an. »Warst du auch dort?«

»Ja, ein Geschäftsfreund hatte mich eingeladen.«

»Wieso bist du nicht zu uns rübergekommen?«

Warum? Weil Adam die meiste Zeit mit seiner Freundin neben Nick O'Reilly und Hailey gestanden hatte und weil Scott sie aus der Ferne hatte beobachten wollen, bis er so weit gewesen war, auf sie zu treffen. »Ich wollte euch nicht stören«, erklärte er daher ausweichend.

»Unsinn, du hättest ruhig rüberkommen können. Liz hätte sich gefreut, dich kennenzulernen.«

»Ach, ihr beide saht schwer beschäftigt aus.« Breit lächelnd wollte er wissen: »Wie lange seid ihr zusammen?«

Das typisch tölpelhafte Grinsen eines Frischverliebten erschien auf dem Gesicht des ehemaligen Unterwäschemodels. »Erst seit ein paar Wochen.«

»Verstehe.« Er wich einem Hundehaufen aus, der mitten auf dem Bürgersteig lag. »Deshalb auch die Sehnsucht um halb zwölf mittags, deine Liebste zu sehen.«

»So ungefähr.« Adam wirkte durch und durch zufrieden. »Liz musste schon um halb sechs in ihrer Pâtisserie sein, weil sie eine Lieferung bekommen hat. Deshalb habe ich sie heute noch nicht gesehen.«

Scott erinnerte sich daran, dass er es früher auch kaum ertragen hatte, Hailey nicht jeden Tag zu treffen. Die anderthalb Jahre, die sie in New York verbracht hatte, um dort im *Eleven Madison Park* zu arbeiten, hatte Scott nur ertragen, weil sie täglich telefoniert und sich wenigstens einmal im Monat gesehen hatten. Sobald Hailey ein Wochenende freibekommen hatte, war Scott ins Auto gesprungen und die zweihundertzwanzig Meilen in Rekordtempo gefahren. Meistens war er nach New York gekommen, weil sie ihr Auto in Boston gelassen hatte. Von der Stadt hatte Scott nie viel gesehen, schließlich waren sie an den gemeinsamen Wochenenden kaum vor die Tür gekommen, weil sie ihre rare Zeit mit niemandem sonst teilen und das aufholen wollten, was sie in den Wochen seit ihrer letzten Begegnung versäumt hatten.

Nur allzu gut erinnerte er sich an seinen vierundzwanzigsten Geburtstag, als er nach der Arbeit in sein winziges Apartment gekommen war und Hailey dort vorgefunden hatte. Sie hatte eigentlich in New York sein sollen, hatte aber an seinem Geburtstag freigenommen, um ihn zu überraschen. Und den leckersten New York Cheesecake hatte sie auch dabeigehabt, den sie zusammen im Bett gegessen hatten …

»Erde an Scott. Bist du noch da?«

Er schüttelte sich und brauchte einen Moment, um zu begreifen, wo er sich gerade befand.

Adam sah ihn amüsiert an. »Tagträume?«

Obwohl sein Mund plötzlich trocken war, erwiderte er, als sei nichts gewesen: »Nein, ich war in Gedanken bei einem Termin. Deine Freundin besitzt also eine Pâtisserie?«

»Ja, und eine sehr gute dazu. Sogar mir fällt es zwischenzeitlich schwer, nicht über die Stränge zu schlagen, weil ihre Kuchen und Törtchen so gut sind.«

Als sie wenige Minuten später bei der hübschen kleinen Pâtisserie ankamen, hatte Adam Scott den Mund wässrig gemacht. Der Duft, der ihnen entgegenschlug, als sie die gemütliche Pâtisserie betraten, verstärkte das Hungergefühl nur noch.

In der Auslage befanden sich sehr ansprechend dekorierte Törtchen, die wie kleine Kunstwerke aussahen und viel zu schade zum Essen wirkten. Dutzende Sorten von Kuchenstücken reihten sich neben sorgfältig zubereitete Pralinen und Macarons in allen Farben. Scotts Magen knurrte, als er einen Schokoladenkuchen entdeckte, der mit Pistazien bestreut war und der ihn geradezu anlachte.

Aus dem Augenwinkel bemerkte er, dass Adam seine Freundin küsste, die beim Anblick des Trainers ein begeistertes Juchzen ausgestoßen hatte.

Da die Pâtisserie leer war, musterte Scott unverblümt all die köstlichen Waren und riss sich erst von deren Anblick los, als Adam seinen Begrüßungskuss beendet hatte und ihn seiner Freundin vorstellen wollte.

Obwohl Liz bereits in aller Herrgottsfrühe hatte aufstehen müssen, sah sie wie das blühende Leben aus und streckte ihm herzlich die Hand entgegen. »Kann ich euch beide auf einen Kaffee einladen oder müsst ihr direkt wieder los?«

»Wenn du einen dieser köstlichen Macarons dazupackst, bleiben wir gern noch ein paar Minuten«, erwiderte Scott, bevor Adam auf die Idee kommen konnte, das Angebot abzulehnen.

Dieser räusperte sich sofort. »Nach unserem Training ist Zucker kontraproduktiv für den Muskelaufbau. Ein Eiweißshake würde besser …«

»Erstens bringt uns ein Macaron nicht um, und zweitens bekomme ich diese furchtbaren Shakes sowieso nicht runter«, unterbrach Scott und zwinkerte Liz zu, die kichern musste.

Statt eines einfachen schwarzen Kaffees bekamen sie den

wohl göttlichsten Cappuccino serviert, den Scott jemals probiert hatte. Dazu reichte Liz ihnen eine Auswahl ihrer Macarons, die ihm auf der Zunge zergingen. Wenn Scott nicht selbst erlebt hätte, wie nett und lustig Liz war, hätte er vermutet, dass sein Trainer mit ihr zusammen war, weil sie eine exzellente Bäckerin war. Da Adam jedoch eher der asketische Typ war, die Macarons kaum beachtete und stattdessen seine Freundin mit hungrigen Blicken verfolgte, ging Scott davon aus, dass Liz' Qualitäten in der Backstube für seinen Trainer nicht ausschlaggebend gewesen waren.

Bei ihm war es ähnlich gewesen.

Er wäre mit Hailey auch zusammen gewesen, wenn sie eine Niete in der Küche gewesen wäre und für ihn nicht ständig allerlei Köstlichkeiten zubereitet hätte. Als sie in sein Leben getreten war, war er gerade einmal einundzwanzig gewesen und hatte eine Portion Spaghetti mit Fleischklößchen für gehobene Küche gehalten. Scott hatte keine Ahnung von Weinen, von der richtigen Speisefolge oder von der Art und Weise gehabt, wie man einen Hummer aß. Wenn Hailey ihm nicht Nachhilfe gegeben hätte, würde er sich heute vermutlich bei jedem Geschäftsessen blamieren. Aber ihre kulinarische Bewandtnis hatte nichts damit zu tun gehabt, dass er sich in sie verliebt hatte.

Scott wusste nicht, ob es daran lag, dass er so intensiv an Hailey gedacht hatte, oder ob er mittlerweile bereits halluzinierte, aber als die Türglocke läutete, betrat … Hailey die Pâtisserie und grüßte Liz mit einem Lächeln, die wieder hinter der Theke stand und frisch gebackene Apfelringe auf ein Tablett stapelte.

Bis jetzt durfte Hailey ihn noch nicht gesehen haben, denn sie lächelte gut gelaunt und scherzte an Liz gewandt, dass man die Apfelringe bis nach Neufundland riechen konnte, weil sie so gut dufteten. Ihr Lachen schaffte es, dass sich ein sehnsüchtiges Gefühl in Scott ausbreitete. Es war so stark, dass die Macarons plötzlich wie Pappe schmeckten.

Gott, er vermisste es, mit ihr über alles reden zu können und ihr einfach nur zu erzählen, wie sein Tag gewesen war! Und ihr Lachen, das ihn immer angesteckt und ebenfalls zum Lachen gebracht hatte, vermisste er besonders.

Er vermisste sie.

Nur schwer konnte er seine Augen von Hailey lassen, die mit dem Rücken zu ihm stand und mit Liz plauderte. Mit ihrem Paar Jeans, einem Shirt und den ausgetretenen Turnschuhen, die sie immer bei der Arbeit trug, weil sie den ganzen Tag auf den Beinen war, sah sie unglaublich bezaubernd aus. Nichts und niemand kam gegen diesen Anblick an.

»Nein, Nick wird die Pralinen nicht als seine eigenen verkaufen.« Haileys belustigte Stimme riss ihn aus seinen Gedanken. »Er hat sich in den Kopf gesetzt, zu jedem Kaffee eine deiner Pralinen zu reichen, weil Vicky ihm erzählt hat, dass irgendwo im Süden eine Frau beinahe an diesen trockenen Keksen erstickt sei, die man normalerweise zum Kaffee bekommt.«

»Meine Schwester ist nicht sonderlich subtil«, erwiderte die Pâtissière und packte ein paar ihrer Pralinen in eine Box.

»Und Nick fällt natürlich prompt darauf rein.« Hailey gluckste heiter. »Männer!«

Adam, der gegenüber von Scott an dem kleinen Bistrotisch außerhalb von Haileys Blickfeld saß, räusperte sich und zog damit ihre Aufmerksamkeit auf sich. Er wirkte ganz und gar nicht erbost, als er in den Raum brummte: »Bevor du über das männliche Geschlecht herziehst, solltest du wissen, dass euch zwei Männer zuhören.«

In der Sekunde entdeckte Hailey Scott. Ihr fröhliches

Lachen erstarrte und ihre Gesichtszüge fielen in sich zusammen.

Liz konnte davon noch nichts bemerkt haben, da Hailey den Kopf nach hinten gedreht hatte und nun zu ihnen blickte. »Du erinnerst dich sicherlich an meinen Freund Adam. Und das ist Scott MacIntosh, einer seiner Kunden.«

Sie wirkte wie festgefroren und kniff gleichzeitig misstrauisch die Augen zusammen. »Hallo, Scott. Was tust *du* denn hier?«

Es war so typisch Hailey, mit der Tür ins Haus zu fallen! Fast hätte er gelacht, auch wenn Adam irritiert von einem zum anderen sah.

»Adam und ich haben trainiert, und anschließend wollte er mir die Pâtisserie zeigen«, erklärte Scott wie die Ruhe selbst und steckte sich den letzten Macaron in den Mund.

Seine Anwesenheit gefiel ihr ganz und gar nicht. Das machte sie deutlich, als sie die Arme vor der Brust verschränkte und ihn anstarrte, während er genüsslich kaute und das winzige Gebäckstück schließlich hinunterschluckte.

Auch Liz musste die Anspannung spüren, da sie verwirrt nachfragte: »Kennt ihr euch?«

Einer Eingebung folgend erwiderte Scott im gleichgültigen Ton: »Ich habe früher für ihren Dad gearbeitet.«

Gleichzeitig erklärte Hailey: »Wir waren früher verlobt.«

Während Adam und Liz völlig verblüfft zwischen ihnen hin und her sahen, wirkte Hailey, als würde sie ihn am liebsten erwürgen. Scott jubelte innerlich und gab mit einem schwachen Lächeln zurück: »Ach ja. Verlobt waren wir auch.«

***

»Er hat gesagt, dass er für Dad gearbeitet hat!«

»Nun, er hat ja auch für Bill gearbeitet.«

Hailey hielt ihr Weinglas hoch und ließ ihren Blick nach oben zu ihrem Stiefbruder wandern, der neben ihr stand.

Männer konnten so beschränkt sein! Sogar schwule Männer wie ihr Stiefbruder Miles, der normalerweise der verständnisvollste und einfühlsamste Kerl war, den sie kannte. Doch in Beziehungsdingen bildete das männliche Geschlecht anscheinend ein Konglomerat, selbst wenn einige von ihnen vom anderen Ufer waren.

»Du solltest auf meiner Seite stehen«, wies sie ihn hin, während er ihr nachschenkte.

Ein Amarone aus Venetien. Was Miles in Männerfragen auch für Defizite besaß, er machte es mit seinem Weingeschmack wieder wett.

»Ich stehe auf deiner Seite, Hailey«, antwortete er entspannt und schenkte sich selbst nach, bevor er die Flasche auf den zierlichen Couchtisch stellte.

»Wieso kommt mir das nur nicht so vor?« Sie sah ihn böse an und bekam lediglich ein winziges Lächeln zur Antwort.

Das war typisch Miles. Schon als Teenager hatte er auf Fragen, denen er ausweichen wollte, mit einem Lächeln geantwortet. Damals war seine Mom Fiona noch mit ihrem Dad verheiratet gewesen – eine Ehe, die nicht lange gehalten hatte. Was jedoch gehalten hatte, war ihre Freundschaft. Hailey liebte Miles über alles. Sie hatte es schon als Dreizehnjährige getan, als ihr zwei Jahre älterer Stiefbruder noch mit Mädchen ausgegangen war. Sein Coming-out während des College war für viele eine Überraschung gewesen, aber nicht für sie. Hailey hatte es längst gewusst.

Miles setzte sich ihr gegenüber in seinen Chesterfieldsessel und nippte an seinem Glas. Dabei schlug er die Beine übereinander und wirkte wie der Besitzer eines englischen Herrenhauses, der seine Gäste im Kaminzimmer empfängt. Obwohl, wenn sie es recht bedachte, hatte seine Wohnung eher etwas von einem französischen Literatursalon. Die Möbel waren perfekt aufeinander abgestimmt. Der dunkle Holzfußboden korrespondierte wunderbar mit den hell getünchten Wänden und den weißen Stuckdecken. Und ein Blick auf die Kunstwerke und die vollen Bücherregale ließ nur einen Schluss zu: Hier wohnte jemand, der gebildet war, Kunst liebte und Geschmack besaß.

Ebenso geschmackvoll wie die ganze Wohnung war Miles selbst. Sie nannte ihren Stiefbruder immer liebevoll den Paradeschwulen, denn er legte unglaublich viel Wert auf sein Äußeres, investierte vermutlich mehr Geld in seine Kleidung als so manche Hollywooddiva und liebte klassische Musik, Kunst und Literatur. Und in der Küche machte ihm niemand etwas vor. Sogar Hailey konnte noch von ihm lernen, so ungern sie es zugab.

Einzig sein Männergeschmack ließ zu wünschen übrig, weil alle seine Exfreunde Vollidioten gewesen waren. Warum also schüttete sie ausgerechnet Miles ihr Herz aus, was Scott betraf, obwohl er selbst eine Niete in Sachen Beziehungen war? Sie seufzte.

»Scott und ich waren sieben Jahre lang ein Paar«, hob sie hervor, damit Miles endlich begriff, weshalb sie so stinkwütend auf Scott war. »Wir wollten heiraten, aber er sagt, dass er für Dad gearbeitet hat?!«

Sehr bedächtig erwiderte Miles: »Vielleicht wollte er eine peinliche Situation vermeiden.«

»Peinliche Situation?« Hailey schaute ihren Stiefbruder ungläubig an. »Das ist nicht dein Ernst!«

»Ich finde diese Erklärung gar nicht so abwegig.«

Sie hatte Miles schon immer um seine Nonchalance beneidet, schließlich war er so feinsinnig und kultiviert und dabei zugleich unglaublich lässig, während sich Hailey oft wie die Axt im Walde benahm. Aber jetzt gerade ging ihr seine Ruhe tierisch auf den Keks.

»Verdammt noch mal, Miles! Wir waren verlobt. Und er tut vor Liz und Adam so, als wären wir flüchtige Bekannte, die einander nur kennen, weil er früher für meinen Dad gearbeitet hat. Wie kann er bloß dastehen und mich so behandeln?«

»Wie hätte er dich denn sonst behandeln sollen?«

Hailey stockte einen kurzen Moment, bis sie unwirsch fortfuhr: »Er hätte mich wie die Frau behandeln sollen, der er auf Knien einen Antrag gemacht hat. Und nicht wie jemanden, an dessen Existenz er sich kaum erinnern kann.«

Als Miles wissend lächelte, runzelte Hailey grimmig die Stirn. »Was?«

»Wieso werde ich das Gefühl nicht los, dass es dir ziemlich viel ausmacht, was Scott tut und was er nicht tut?«

»Blödsinn!«

»Warum regst du dich dann so sehr über ihn auf?«

»Weil er mein ganzes Leben durcheinanderbringt.« Sie gestikulierte so wild, dass der Wein beinahe übergeschwappt wäre. »Erst bringt er zur Eröffnung des Restaurants, in dem *ich* Souschefin bin, eine Neunzehnjährige mit, deren Möpse beinahe aus ihrem Ausschnitt gefallen wären, dann taucht er einen Tag später bei uns zu Hause auf und will mir vorschreiben, wie ich mich Dad gegenüber zu verhalten habe, und jetzt muss ich feststellen, dass wir nicht nur gemeinsame Bekannte haben, sondern dass er auch noch so tut, als würde er mich lediglich beiläufig kennen! Ganz abgesehen von der Tatsache, dass er mich nicht angerufen hat, als Dad den Schlaganfall hatte.«

»Was stört dich mehr? Die Neunzehnjährige mit den Möpsen oder die Tatsache, dass er so tut, als kenne er dich nur beiläufig?«

Bittere Magensäure stieg ihr in die Kehle.

Seit sie ihn vor einer Woche in Begleitung des blonden Frischlings gesehen hatte, dachte sie viel zu oft daran, dass Scott mit anderen Frauen schlafen könnte. Der Gedanke war kaum zu ertragen. In den letzten drei Jahren hatte sie sich nicht erlaubt, über ihn nachzudenken – oder darüber, dass er mit anderen Frauen ausgehen könnte. Allein die Vorstellung, dass er eine andere Frau küsste, machte sie rasend vor Wut.

Hailey entdeckte zum ersten Mal in ihrem Leben, dass sie eifersüchtig war. Eifersüchtig auf eine Neunzehneinhalbjährige namens Mandy, die sich an Scotts Arm geklammert hatte, als gehöre er ihr. Das war falsch. So falsch.

Früher hatte sie nie einen Grund zur Eifersucht gehabt, denn Scott hatte keiner anderen Frau Beachtung geschenkt. Stattdessen hatte er sie angesehen, als sei sie das Wichtigste für ihn. So war es immer gewesen. Bis sie ihm gesagt hatte, dass er nicht mehr das Wichtigste für sie war und dass sie ihn nicht mehr liebte.

Nein, sie wollte mit Scott nicht mehr zusammen sein. Sie konnte es nicht mehr. Aber sie konnte den Gedanken auch nicht ertragen, dass es eine andere Frau in seinem Leben gab. Dabei war Hailey davon ausgegangen, über ihn hinweg zu sein.

»Ich weiß es nicht, Miles«, entgegnete sie ehrlich und trank einen großen Schluck Wein. Vor ihrem Stiefbruder musste sie sich nicht verstellen und konnte zugeben, dass die Situation nicht leicht für sie war. »Wir sind seit drei Jahren getrennt, und mir hätte klar sein müssen, dass er nicht wie ein Mönch gelebt hat, aber …«

»Aber?«

»Aber eine Neunzehnjährige?« Hailey holte tief Luft. »Eine Neunzehnjährige, mit der er anscheinend nichts gemeinsam hat. Und unterhalten kann er sich mit ihr sicherlich auch nicht. Also bleibt ja nur eine Sache übrig, die er von ihr will«, schloss sie bitter.

»Das kannst du nicht wissen.«

Sie wusste zumindest, dass Scott früher kein Interesse an aufgetakelten und grell geschminkten jungen Frauen gehabt hatte, deren Kleider so kurz und eng waren, dass man auf den ersten Blick erkennen konnte, dass sie keine Unterwäsche trugen.

Das Schlimmste an der Sache war, dass sich Hailey zum ersten Mal in ihrem Leben unzulänglich vorkam. Diese Mandy war der genaue Gegensatz zu ihr gewesen: blond, klein, kurvig, mit einer Löwenmähne gesegnet und herausgeputzt. Hailey dagegen war sich wie ein langes Elend mit einer Jungenfrisur vorgekommen. Scott hatte nie die Finger von ihr lassen können und ihr das Gefühl gegeben, schön und begehrenswert zu sein. Und jetzt traf er sich mit Frauen, die das genaue Gegenteil von ihr waren. Sowohl innerlich als auch äußerlich.

»Er hat sich so sehr verändert. Ich erkenne ihn überhaupt nicht wieder.«

»Wie meinst du das?«

Ihr Blick glitt ins Leere. »Scott war nie ein Karrierist. Er wollte keinen Reichtum anhäufen, um teure Autos zu fahren oder mit seinem Geld zu prahlen. Ich fand es immer so schön, dass er ein bisschen wie Dad war – nicht abgehoben und nicht versessen darauf, unbedingt an Geld zu kommen.«

»Hailey, dein Dad ist einer der reichsten Männer der Ostküste.«

Sie blinzelte verwirrt und hob den Kopf, um Miles anzuschauen. »Na und? Er macht sich nichts aus Geld.«

»Ja, dennoch besitzt er es.« Miles zog die Augenbrauen in die Höhe. »Scott dagegen war ein armer Student, als ihr euch kennengelernt habt.«

Schon wieder verstand Miles nicht, was sie sagen wollte! »Dad mag ein erfolgreicher Unternehmer sein, aber er ist bodenständig geblieben und interessiert sich nicht für Geld. Als ich Scott kennengelernt habe, war er auch so. Bodenständig und nicht abgehoben.«

»Aber heute ist er es?«

Verächtlich schnaubte sie. »Er fährt einen Jaguar.«

»Und?«

»Miles, willst du mich nicht verstehen?«

»Ich gebe mir größte Mühe, aber ehrlich gesagt blicke ich nicht durch.«

Hailey stellte ihr Weinglas auf den Tisch und spürte, dass sie von Sekunde zu Sekunde frustrierter wurde. »Ein Jaguar ist eine Bonzenkarre, verflucht noch mal! Ein Auto, das man nur fährt, um anderen den eigenen Reichtum unter die Nase zu reiben. Mein Scott hatte so etwas nie nötig. Und er hatte es auch nie nötig, die Karriereleiter zu erklimmen, um etwas zu beweisen.«

»*Dein* Scott?«

»Was?«

»Du hast gerade *mein Scott* gesagt. Es ist ziemlich offensichtlich, dass …«

»So habe ich das gar nicht gemeint!«

»Wie hast du es denn gemeint?«

Unwirsch presste sie die Lippen aufeinander. »Früher hat Scott keinen Wert darauf gelegt, ein teures Auto zu fahren, und er war zufrieden mit unserer kleinen Wohnung.«

»Himmel, Hailey.« Miles verdrehte die Augen. »Da wart ihr Mitte zwanzig. Wenn man erwachsen wird, möchte man sich weiterentwickeln. Außerdem darfst du nicht vergessen, dass dein Dad Bill Sinclair ist. Er war nicht nur Scotts Mentor, sondern auch sein Vorbild. Vielleicht wollte Scott mehr im Leben erreichen, als lediglich ein Arbeitnehmer zu sein. Und vielleicht wollte er sich und allen anderen beweisen, dass er dir das bieten kann, was Bill dir geboten hat.«

Sie schüttelte den Kopf. »Das ist der chauvinistischste Unsinn, den ich jemals gehört habe. Und das aus deinem Mund.«

Ihr Stiefbruder blieb gelassen. »Mit Chauvinismus hat das nichts zu tun. Dein Dad hat dir ein privilegiertes Leben geboten. Wer sagt dir, dass Scott das nicht auch wollte?«

»Aber darauf habe ich niemals großen Wert gelegt.«

Er lachte kurz auf. »Hailey, nichts für ungut, aber es war und ist selbstverständlich für dich, Geld zu haben. Du magst keinen großen Wert darauf legen und deinen Lebensunterhalt selbst verdienen, nichtsdestotrotz wohnst du in einer Villa und hattest und hast immer Möglichkeiten, die andere nicht haben.«

Sie atmete tief durch und fixierte ihn. »Du willst mich nicht verstehen.«

»Du willst Scott anscheinend nicht verstehen.« Fragend zog er die Augenbrauen in die Höhe. »Wieso bist du eigentlich so wütend auf ihn? Und wieso bist du nicht wütend, dass ich dich nicht angerufen habe, nachdem Bill den Schlaganfall hatte? Oder Theresa? Oder sonst jemand.«

»Das geht dich nichts an.«

»Wenn es mich nichts angeht, frage ich mich, weshalb wir seit einer halben Stunde über ihn reden?«

Hailey schluckte schwer und schaute beiseite. Nicht einmal Miles wusste, was vor drei Jahren passiert war, und heute war nicht der richtige Zeitpunkt, um darüber zu reden. Vielleicht würde es niemals den richtigen Zeitpunkt dafür geben.

Sie hörte selbst, wie zittrig ihre Stimme klang, als sie erwiderte: »Ich kann es dir nicht sagen. Du solltest nur wissen, dass Dad für seine Karriere nie über Leichen gehen würde.«

»Aber Scott würde es?«

»Ja, das würde er.«

Sie wusste es schließlich aus eigener Erfahrung.

# 7

»Ich bin wieder da. Wenn du dir also eine Mittagspause gönnen willst ...«

Hailey winkte ab und erklärte ihrem Chef knapp: »Danke, ich weiß Bescheid.«

Sie schaute nicht einmal auf, sondern konzentrierte sich weiterhin auf das Safranrisotto vor sich, das der Jungkoch beinahe ruiniert hätte. Bei einem Risotto kam es auf die perfekte Konsistenz und auf ausgewogene Zutaten an. Und das erklärte sie auch dem blutjungen Koch, der mit betretener Miene neben ihr stand. Nur weil sie eine Frau war, hieß das nicht, dass sie ihren Mitarbeitern keine klaren Ansagen geben konnte – und von großen traurigen Augen ließ sie sich erst recht nicht beeindrucken.

»Beim nächsten Mal reduzierst du erst den Wein, bevor du den Safran hinzufügst«, wies sie ihn an.

»Ja, Hailey.«

»Außerdem sollte der Wein nicht zu süß sein. Beim nächsten Mal probieren wir einen Grauburgunder.«

»Ja, Hailey.«

»Hey«, sagte Nick vergnügt. »Wenn ich gewusst hätte, dass

du das Team so gut im Griff hast, hätte ich mir eine längere Mittagspause gegönnt.«

»Zu spät.« Sie übergab dem Jungkoch den Löffel und trat vom Herd zurück. Mit Argusaugen verfolgte sie, wie er das Risotto umrührte und die Hitze regulierte, während sie Nick zurief: »Ich will dich ja nicht verwöhnen. Ab an den Herd, Chef.«

»Aye, Aye!«

Sobald die Konsistenz des Gerichts zu ihrer Zufriedenheit war, schaute sie nach rechts, wo ein anderer Mitarbeiter dabei war, eine Dorade zu filetieren. Wenn Nick nicht derart belustigt zu ihr herübergesehen hätte, hätte sie dem Mitarbeiter gesagt, dass er das Fleisch etwas schräger einschneiden sollte, aber da sie jetzt Mittagspause hatte und telefonieren musste, überließ sie es Nick, über die Mannschaft zu wachen.

Also verließ sie die Küche, streifte sich die Schürze ab und griff nach ihrem Handy. Obwohl es ein wenig nieselte, trat sie ins Freie und genoss die klare Luft. Zwar liebte sie das Flair einer Küche, aber ab und zu tat es sehr gut, keinen Essensduft in der Nase zu haben.

Hailey atmete ein paar Mal ein und aus, bevor sie die Telefonnummer von zu Hause wählte. Es dauerte keine fünf Sekunden, bis Theresa ans Telefon ging.

»Hallo, Theresa. Ich bin es.«

»Hallo, Liebes«, erklang die Stimme ihrer Haushälterin, aus der man den mexikanischen Akzent noch immer raushören konnte.

Sobald Theresa sie Liebes nannte, kamen in Hailey Kindheitserinnerungen hoch, schließlich war Theresa so etwas wie ihre Ersatzmutter. Zu keiner ihrer zwei Stiefmütter hatte sie ein so inniges Verhältnis wie zu Theresa gehabt, was vielleicht auch daran lag, dass ihr Dad mit keiner von ihnen länger als drei Jahre verheiratet gewesen war.

»Musst du nicht arbeiten, Hailey?«

Hailey lehnte sich gegen die Wand hinter sich und fuhr sich durch ihr verschwitztes Haar. Sie blinzelte nach oben und genoss den Nieselregen auf ihrem Gesicht. »Eigentlich habe ich gerade Mittagspause. Ich wollte auch nur kurz anrufen und fragen, wie Dads Physiotherapie heute war. Ist der Therapeut noch da? Dann würde ich gerne schnell mit ihm reden.«

Am anderen Ende der Leitung war es plötzlich still.

»Theresa? Bist du noch da?«

Theresa wirkte zögerlich, als sie antwortete. »Ja ... ich bin noch da.«

Hailey runzelte die Stirn. »Ist Mr. Gershon noch da?«

»Äh ... ich weiß es nicht.«

Irgendetwas stimmte nicht, denn Theresa wusste immer über alles Bescheid, was im Haus passierte. Hailey kniff die Augen misstrauisch zusammen. »War er heute überhaupt da?«

»Mh ... nein.«

Abrupt richtete sie sich auf. »Hat er den Termin etwa abgesagt?«

»Nein«, seufzte die Haushälterin und klang betrübt. »Dein Dad hat den Termin abgesagt, Hailey.«

Sie holte tief Luft. »Wie bitte?«

»Ja, heute Morgen in der Früh.«

»Dieser alte Esel!« Sie hatte es ja geahnt!

Rasch beeilte sich Theresa zu erklären: »Dein Vater hatte schon etwas anderes vor.«

»Was denn? Nichts ist wichtiger als seine Physiotherapie!«

»Scott hat ihn heute Morgen abgeholt und vor einer halben Stunde wieder zurückgebracht. Die beiden ...«

Hailey ließ Theresa keine Möglichkeit für weitere Erklärungen, sondern fluchte lauthals und legte auf. Dafür würde sie sich später bei ihr entschuldigen.

Sie schäumte vor Wut und wählte Scotts Nummer. Gleichzeitig schwor sie sich, ihn einen Kopf kürzer zu machen.

Als er den Anruf annahm, klang er genervt. »Hailey, kann ich dich zurückrufen?«

»Nein, kannst du nicht!« Lauthals begann sie zu schimpfen: »Dad hätte heute Morgen eine Therapiesitzung gehabt!«

»Ich weiß«, erwiderte er gelassen.

»Du weißt es und lässt trotzdem zu, dass er seinen Termin absagt, um mit dir ... was zum Teufel habt ihr überhaupt gemacht?!«

»Dein Dad hat mich gebeten, mit ihm ein paar neue Hosen und Pullover einkaufen zu gehen.« Scott klang ungeduldig.

»Und dafür fragt er dich? Wieso nicht mich?«

»Das kann ich dir auch nicht sagen. Vielleicht wollte er vermeiden, dass du ihn wie ein Kleinkind behandelst, während er mit der Verkäuferin flirtet.«

Wütend schnappte sie nach Luft. »Ich behandele ihn nicht wie ein Kleinkind.«

»Hailey, du kontrollierst ihn permanent. Lass los. Bill ist erwachsen.«

»Er ist fast siebzig und hatte einen Schlaganfall«, wehrte sie seinen Vorwurf ab. »Er braucht jemanden, der sich um ihn kümmert, damit er nicht in seinem Arbeitszimmer vor sich hinvegetiert!«

»Dann sei doch froh, dass er endlich aus eigenem Antrieb aus dem Haus kommen wollte und sich für sein Erscheinungsbild interessiert.« Seine Stimme klang abwesend und hörte sich hohl an, was auch daran liegen konnte, dass er gleichzeitig mit jemand anderem sprach. Hailey hörte, wie er etwas von einem Vertrag und einem Exposé murmelte, und war sich sicher, dass nicht sie damit gemeint war.

»Störe ich dich?«

»Ja, tust du.« Nun wirkte Scott verärgert. »Ob du es glaubst oder nicht, aber ich habe noch andere Dinge zu tun, als mich grundlos von dir am Telefon anbrüllen zu lassen.« Es klickte.

Scott hatte einfach aufgelegt. Schon wieder.

Hailey hätte ihr Telefon am liebsten gegen die Wand geworfen. Niemand schaffte es, sie derart in Rage zu versetzen. Dass er das Gespräch einfach beendet hatte, obwohl sie ihm nicht einmal die Hälfte von dem hatte sagen können, was sie sich vorgenommen hatte, störte sie am meisten. Sie war noch nicht fertig mit diesem Streit.

Als sie ihn ein zweites Mal anrief, sprang sofort die Mailbox an.

Dieser Feigling!

Eine kleine Stimme in ihrem Kopf flüsterte ihr zu, dass sie übertrieb und Scott ignorieren sollte, aber ihr Zorn war größer als ihre Vernunft. Bevor sie überhaupt nachdenken konnte, was sie da tat, meldete sie sich für die nächste halbe Stunde ab und saß in einem Taxi, das sie zu Scotts Bürogebäude fuhr. Er hatte früher schon hier gearbeitet, aber da war sein Büro nicht in der obersten Etage gewesen. Und sein Name hatte auch nicht auf einem riesigen Schild über dem Eingang geprangt.

Die Sicherheitsvorkehrungen waren lachhaft, denn ehe sie es sich versah, lief sie durch den Flur der Chefetage und stand vor seiner Bürotür. Nicht einmal seine Sekretärin saß an ihrem Platz. Anscheinend war Hailey nicht die Einzige, die gerade Mittagspause machte.

Einen winzigen Moment lang sagte sie sich, dass er sie für verrückt halten würde und dass sie einfach gehen sollte, aber Hailey hatte sich noch nie vor einer Konfrontation verkrochen, daher klopfte sie kurz an seine Tür und öffnete sie eine Sekunde später.

Scott war da, saß an seinem Schreibtisch und schaute ungläubig auf, als er sie in seiner Doppelflügeltür stehen sah. »Hailey? Was ... was zum Teufel tust du hier?«

Sie schloss vorsichtig die Tür hinter sich, auch wenn sie diese lieber heftig ins Schloss geworfen hätte. Mit vor der Brust verschränkten Armen kam sie direkt vor seinem Schreibtisch zu stehen und setzte sich in den Sessel, der davorstand. »Mit dir reden.«

Seine dunkelgrauen Augen wurden schmal. »Wir haben gerade geredet.«

»Und du hast aufgelegt, obwohl ich noch etwas zu sagen hatte.«

»Deshalb kommst du her?« Er schüttelte den Kopf. »Das ist doch verrückt!«

»Deine Mailbox ging ran, als ich dich ein zweites Mal anrufen wollte«, erwiderte sie, als würde das erklären, was sie hier tat.

Ihm nun direkt gegenüberzusitzen fühlte sich merkwürdig an. So hatte sie sich ihre Konfrontation nicht vorgestellt, obwohl sie nicht einmal sagen konnte, was sie gedacht hatte, das sie hier erwarten würde. Es war eine dämliche Idee gewesen herzukommen – aber jetzt konnte sie nicht den Schwanz einziehen und das Weite suchen.

»Ich habe dich weggedrückt, weil ich keine Zeit habe.« Scott warf seinen Kugelschreiber von sich und schaute sie ungehalten an.

»Es dauert auch nicht lange.« Hailey konnte nicht an sich halten, zynisch hinzuzufügen: »Ich weiß schließlich, wie voll dein Terminkalender ist.«

Scott schaute sie an, als suche er nach der Pointe, und öffnete bereits den Mund.

Sie beugte sich vor und sprach weiter, bevor er etwas hätte

sagen können. »Lass uns ein für alle Mal klarstellen, dass du dich nicht in meine Angelegenheiten einmischen sollst.«

Scotts linke Augenbraue wanderte in die Höhe. »Deine Angelegenheiten? Wovon sprichst du?«

»Von Dad.«

»Aha.« Er besaß die Dreistigkeit, breit zu lächeln, während er sich entspannt zurücklehnte.

»Der Umgang mit dir tut ihm nicht gut.«

Sie kniff die Lippen zusammen und wollte nicht darüber nachdenken, dass ihr sein Anblick trotz allem unter die Haut ging. Scott war immer ein liebenswerter Kerl gewesen, mit dem man hatte Pferde stehlen können, aber jetzt ... jetzt war es anders. Hailey wusste nicht, woran es lag, aber Scott strahlte irgendetwas aus, das ihr die Hitze durch den Körper fahren ließ und sie unruhig machte. Dass er imposanter und kräftiger aussah, war ihr bereits in Livs Pâtisserie aufgefallen, als er Sportkleidung getragen hatte. Unter dem Ärmel seines T-Shirts waren ihr die Muskeln aufgefallen, die früher nie so ausgeprägt gewesen waren. Und seine Brust war viel breiter gewesen. Das Beunruhigendste waren jedoch seine halbnackten Beine gewesen. Sie wirkten trainiert und hatten in Hailey unweigerlich die Frage ausgelöst, wie Scott heute wohl nackt aussehen würde.

Auch jetzt dachte sie sich den dunkelgrauen Anzug weg. Und fragte sich, warum es sie auf einmal so antörnte, dass Scott in diesem Büro und hinter diesem Schreibtisch saß. In dieser Umgebung wirkte er einflussreich, beeindruckend und mächtig – Dinge, die ihr nie wichtig gewesen waren.

Dennoch gefiel es ihr, dass Scott Selbstsicherheit und Durchsetzungskraft ausstrahlte.

Diese Selbstsicherheit war auch zu spüren, als er aufstand, um den Schreibtisch herumkam und sich gegen die

Kante lehnte. Beinahe hätten sich ihre Knie berührt. Automatisch rutschte Hailey ein Stück zurück.

»Du findest also, dass ich den Kontakt zu Bill abbrechen soll, weil du mich für einen schlechten Umgang hältst?« Neugierig sah er sie an.

»Ja!«

Sehr ruhig und sehr bedächtig erwiderte er: »Hailey, nimm das jetzt nicht persönlich, aber du kannst mich mal.«

Ihr klappte vor Entsetzen die Kinnlade nach unten. So hatte er noch nie mit ihr gesprochen!

Seine Augen funkelten zornig, als er sich geradezu bedrohlich zu ihr hinabbeugte und leise erklärte: »Bill ist seit zehn Jahren mein Mentor, mein Freund, und er wäre mein Schwiegervater geworden, wenn du nicht einfach verschwunden wärst. Jetzt kommst du nach drei Jahren zurück und verlangst von mir, dass ich mich von ihm fernhalten soll? Weißt du was? Leck mich doch!«

Ungefähr fünf Sekunden lang sah sie ihn fassungslos an, bis sie aufsprang und ihm eine Ohrfeige verpassen wollte. Scott kam ihr jedoch zuvor und wehrte den Schlag ab. Stattdessen umklammerte er ihre Handgelenke und zog sie dabei automatisch an sich.

Heftig keuchend starrte Hailey ihm direkt in die Augen und merkte, dass sie sich der Länge nach gegen seinen Körper presste. Auch er atmete schneller.

Keiner von beiden sagte ein Wort.

Wie von selbst wanderte ihr Blick von seinen Augen zu seinem Mund und wieder zurück. Sie konnte außerdem sehen, wie sich seine Pupillen verengten und sein Blick sich auf ihren Mund heftete.

Hailey bebte noch immer vor Wut, aber die plötzliche Lust wurde immer größer und größer, bis für nichts anderes mehr

Platz war als für das unbeschreibliche Sehnen, Scott zu fühlen.

Wer den ersten Schritt machte, konnte Hailey nicht sagen, aber mit einem Mal stürzten sie sich förmlich aufeinander.

Wie zwei Verhungernde fielen sie übereinander her und küssten sich geradezu verzweifelt. Hailey konnte nicht genug von Scott bekommen und stöhnte, als er seine Zunge in ihren Mund stieß. Ebenso heftig erwiderte sie seinen Kuss und presste sich gleichzeitig eng an ihn. Da er ihre Handgelenke noch nicht losgelassen hatte, blieb ihr nichts anderes übrig, als sich an ihm zu reiben und ihn so leidenschaftlich zu küssen, dass sie meinte, gleich den metallischen Geschmack von Blut zu bemerken.

Ihr war so heiß, dass sie sich am liebsten in Schnee gewälzt hätte.

Sie glaubte, sterben zu müssen, wenn er den Kuss unterbrechen würde, und stellte sich auf die Zehenspitzen, um ihm noch näher zu sein. Als er endlich ihre Handgelenke losließ, schlang Hailey ihm so fest die Arme um den Hals, dass sie einen schwächeren Mann womöglich stranguliert hätte. Scott schien sich daran nicht zu stören. Ganz im Gegenteil, denn er stöhnte und berührte sie überall.

Seine Hände fühlten sich so stark an, als sie über ihren Rücken fuhren, als sie ihre Hüften umfassten und als sie dann zu ihren Brüsten wanderten.

Das war der Moment, in dem Hailey jegliche Kontrolle über sich verlor. Winzige blitzartige Punkte schwirrten vor ihren Augen, obwohl sie diese geschlossen hatte, und sie merkte, wie kurzatmig sie wurde – fast so, als würde sie jeden Augenblick in Ohnmacht fallen. Sie klammerte sich an ihn, als würde sie ertrinken, erwiderte inbrünstig seine Küsse und vergrub die Finger in seinem kräftigen Nacken.

Scotts Geschmack, sein Geruch und das Gefühl seines Körpers dicht an ihrem brachten sie fast um. Hailey wollte mehr. Sie brauchte mehr.

Sie küsste ihn wieder und wieder und merkte erst, dass er ihre Bluse aufgeknöpft hatte, als seine Finger ihre nackten Brustwarzen berührten.

Irgendwo in ihrem Kopf erklärte eine Stimme, dass sie nicht hier war, um mit Scott zu schlafen – aber die Sehnsucht, ihm wieder nah zu sein, war zu mächtig, als dass Hailey auf die Stimme gehört hätte. Stattdessen presste sie ihre Brüste gegen seine Hände und stöhnte auf, als sich pulsierende Hitze zwischen ihren Schenkeln sammelte. Ein köstliches, elektrisierendes Prickeln breitete sich über ihren ganzen Körper aus.

Und als Scott den Kopf senkte, um an ihren Brustwarzen zu saugen und sie mit der Zunge zu umspielen, wäre sie fast zu Boden gegangen. Laut stöhnte sie auf und bettelte um mehr. Scott gab ihr mehr, sog ihre Brustwarzen stärker in seinen heißen Mund und umfasste mit beiden Händen ihren Po.

Alles ging zu schnell und gleichzeitig zu langsam.

Sie konnte es nicht erwarten, ihn ebenfalls zu berühren, und befreite sich aus seinem Griff. Wie eine Wahnsinnige riss Hailey an seinem Hemd und spürte, wie zwei Knöpfe abrissen und durch das Büro flogen. Heftig presste sie ihre Lippen gegen seinen Hals, weil sie wusste, wie empfindlich er auf Küsse auf der winzigen Mulde zwischen Kehle und Schlüsselbein reagierte. Auch jetzt stöhnte Scott laut auf und zerrte gleich darauf an ihrer Jeans. Sie half ihm, indem sie die Hose von ihren Beinen trat.

Haileys Finger zitterten, als sie seine Brust und seinen Bauch berührten. Das Hemd hing offen über seine Schultern. Sie kratzte vor lauter Erregung über seine Haut, als sie durch die kurzen Haare auf seiner Brust fuhr, und kam seinem

Kuss entgegen. Gleichzeitig schob er seine Hand in ihr Höschen.

Sie schrie in seinen Mund, denn es war zu viel und zu intensiv.

Hailey wollte nicht ohne ihn kommen. Hektisch glitten ihre Hände zu seiner Hose und öffneten hastig den Gürtel. Ihre Münder klebten aneinander, als sie ihm Hose samt Unterhose hinunterschob.

Scott machte sich nicht einmal die Mühe, seine Hose auszuziehen, sondern warf ein paar Aktenordner von seinem Tisch und hob Hailey auf die Schreibtischplatte. Mit beiden Beinen umklammerte sie seine Hüften und schlang ihm fest die Arme um den Hals.

Als er in sie eindrang, küsste er sie tief und nahm ihr den Atem.

Er bestimmte, gab das Tempo vor und riss sie förmlich mit sich. Hailey fühlte sich ihm ausgeliefert und genoss es über alle Maßen.

Mit großen Augen sah sie zu ihm auf und unterbrach den Kuss, um den Kopf zurückzulegen. Seine Augen funkelten, seine Gesichtszüge wirkten angespannt, und seine Miene drückte puren Hunger aus, während er sich heftig in ihr bewegte. Ihr Mund war staubtrocken, und ihr Innerstes zitterte vor Erregung und Lust. Vor einer Lust, die sie jetzt erst kennenlernte.

Seine Hände legten sich auf ihre Hüften und zogen sie enger und enger an sich, während er immer schneller in sie stieß.

Hailey gab einen Schrei von sich, den sie nicht hatte zurückhalten können, und stöhnte gleich darauf auf, weil es sich zu gut anfühlte, dass Scott die Beherrschung verlor. Auch er stöhnte und blickte ihr dabei in die Augen. Dieser Moment war so intim und so mitreißend, dass Hailey Angst bekam.

Gleichzeitig wusste sie vor Erregung nicht, was sie zuerst tun sollte.

Als seine Bewegungen immer schneller und härter wurden, wurde ihr so heiß, dass sie fürchtete, gleich in Flammen aufzugehen.

Und das tat sie dann auch. Explosionsartig erreichte sie den Höhepunkt und krallte ihre Hände in Scotts Schultern. Ruckartig stöhnte er auf und keuchte, als wäre er einen Marathon gelaufen.

Auch Hailey atmete schwer und zittrig.

Und die ganze Zeit über blickten sie sich in die Augen.

# 8

»War etwa die ganze Zeit die Tür nicht abgeschlossen?«

»Wenn du nicht abgeschlossen hast: nein.« Scott atmete tief durch und bemühte sich um einen halbwegs normalen Herzschlag, während er seine Hose hochzog und mit zittrigen Händen versuchte, den Gürtel zu schließen.

Ein Blick nach vorn sagte ihm, dass Hailey gerade von seinem Schreibtisch rutschte und sich rasch bückte, um Höschen und Jeans einzusammeln. Himmel, sie sah fantastisch aus! Ihr Haar war zerzaust, ihr Gesicht gerötet, und sie war völlig nackt.

Erst jetzt wurde ihm bewusst, dass die Tür noch immer nicht abgeschlossen war.

Beinahe wäre er über seine eigenen Füße gestolpert, als er zur Tür stürzte und sie eilig verriegelte, damit niemand sie in diesem Moment stören konnte.

Kaum zu glauben, dass er sich so hatte gehen lassen und Hailey auf seinem Schreibtisch geliebt hatte. Wenn einer seiner Angestellten, Mitch oder seine Sekretärin hereingeplatzt wären, hätten sie ihren Chef betrachten können, wie er mit heruntergelassener Hose Sex mit seiner früheren Verlobten auf seinem antiken Schreibtisch hatte.

Was hier gerade passiert war, hatte er nicht geplant.

Und er hatte niemals damit gerechnet, dass Hailey in sein Büro platzen würde. Oder dass sie ihn küssen würde, als müsste sie sterben, wenn sie ihn nicht haben konnte.

Am meisten hatte ihn die Intensität erschreckt, die er beim Sex gespürt hatte. Er hatte sich überhaupt nicht beherrschen können und war so voller Begierde gewesen, Hailey nah zu sein, dass es ihm vermutlich scheißegal gewesen wäre, wenn jemand die Tür geöffnet hätte.

Scott sah der Wahrheit ins Gesicht: Er hatte sich wie ein Rasender benommen.

Scheiße, seine ordentlich geführten Aktenordner lagen zerstreut auf dem Fußboden, und allerlei Papiere hatten sich verteilt – und es machte ihm nichts aus. Liebend gern hätte er Hailey ein weiteres Mal auf den Schreibtisch gehoben, doch das würde wahrscheinlich nicht passieren, denn sie war bereits in ihre Unterwäsche und ihre Jeans geschlüpft.

Während sie ihren BH anzog, den er im Eifer des Gefechts einfach hinter sich geworfen hatte, zog er den Reißverschluss seiner Hose hoch. Noch immer pumpte Erregung kochend heiß durch seine Adern.

»Du hättest wenigstens zusperren können«, warf sie ihm vor und griff nach ihrer Bluse.

»Ich?« Scott fummelte an den Knöpfen seines Hemdes herum, nur um zu bemerken, dass einige von ihnen fehlten. »Entschuldige mal, aber du bist hier aufgetaucht und hast dich auf mich gestürzt. Dann hättest auch du die Tür abschließen können.«

Mit ihren blauen Augen sah sie ihn fragend an. »Glaubst du, ich hätte das hier geplant? Außerdem hast du dich ebenso auf mich gestürzt wie ich mich auf dich.«

Scott beobachtete, wie sie ihre Bluse zuknöpfte, und merkte, dass Lust ihm schwer in die Eingeweide fuhr. Doch da war noch mehr. Er wollte nicht nur Sex von Hailey. Hier ging es um etwas viel Elementareres.

Es ging um Liebe.

Drei Jahre lang hatte er auf sie gewartet, aber nichts war geschehen. Sie war erst nach Boston zurückgekommen, als er sie mit einer List hergeholt hatte. Dass sie heute miteinander geschlafen hatten, war nur zustande gekommen, indem er ihr die Stirn geboten hatte. Damals hatte er sie einfach gehen lassen. Vielleicht war das falsch gewesen. Eventuell war er zu nachgiebig gewesen. Er hätte sie nicht in ihrem Groll und ihrer Wut bestärken sollen, indem er kampflos das Feld geräumt hatte. Scott konnte ja sehen, wohin es sie gebracht hatte.

In den letzten drei Jahren war auch er gewachsen und reifer geworden. Er war nicht mehr der naive Idiot, der seine Frau gehen ließ, anstatt das Problem gemeinsam mit ihr zu überwinden. Ja, er wollte Hailey zurückhaben und wusste, dass sie die Richtige für ihn war, aber er bestimmte jetzt die Regeln und nicht nur Hailey.

Er würde nicht noch einmal zulassen, dass sie drei Jahre verschwendete. Und er würde nicht noch einmal drei Jahre auf Sex verzichten.

»Gut, einigen wir uns darauf, dass wir beide uns aufeinandergestürzt haben«, erklärte er beiläufig und stopfte sein Hemd in die Hose. »Wo wiederholen wir das Ganze? Bei dir oder bei mir?«

»Oh nein«, erwiderte sie mit einem trockenen Lachen. »Das, was hier passiert ist, wird kein weiteres Mal passieren.«

»Meinst du?«

»Das weiß ich.« Sie hob das Kinn und rümpfte die Nase. Dass ihr Mund von seinen Küssen geschwollen war, ließ in ihm ein gutes Gefühl aufsteigen. »Das hier war ein Ausrutscher, der sich nicht wiederholen wird, Scott.«

»Ein verdammt guter Ausrutscher«, warf er heiser ein und bemerkte voller Befriedigung, dass Hailey schluckte und ihre Kehle dabei zitterte. Sie konnte sich noch so unbeteiligt geben, aber seine Gegenwart wirkte ebenso beunruhigend auf sie wie ihre Gegenwart auf ihn.

»Aber ein Ausrutscher.« Zögerlich trat sie von einem Bein auf das andere und unterbrach den Blickkontakt, als wäre es ihr unangenehm, ihm länger in die Augen zu schauen. »Nett hast du es hier.«

Nun hätte er fast gelacht. »Small Talk, Hailey?«

Sie zuckte mit den Schultern.

Scott wollte das Thema noch nicht wechseln und empfand sogar so etwas wie Genugtuung, dass sich ihre Wangen röteten, als er geradeheraus erklärte: »Unser Sex war immer fantastisch, aber das gerade war verdammt intensiv. Ich konnte genau spüren, wie du gekommen bist.«

Ihre schönen Lippen wurden zu einem schmalen Strich, bevor sie sagte: »Es war nett, dass du mit Dad zum Einkaufen gefahren bist. Tut mir leid, dass ich deswegen so ausgerastet bin.«

Etwas drängte ihn danach, sie zu provozieren. »Vermutlich blute ich in der Schulter, so sehr hast du mich gekratzt. Ich kann mich nicht erinnern, wann du jemals so heftig gekommen bist.«

Nun funkelte sie ihn an. »Scott ...«

»Meinen Namen hast du zum Ende hin auch gesagt – oder eher gestöhnt.«

»Hast du es jetzt?« Hailey verschränkte die Arme vor der Brust und schaute ihn kämpferisch an.

»Ich wollte nur klarstellen, wie gut wir im Bett zueinander passen.«

»Das hier ist nicht in einem Bett geschehen, sondern auf deinem Schreibtisch«, präzisierte sie und machte eine ausholende Geste, die seinen Tisch mit einschloss. »Was hier passiert ist, war Sex, Scott. Nicht mehr und nicht weniger. Hör auf, darin eine Bedeutung zu suchen.«

Er konnte spüren, wie sich die Muskeln in seinem Kiefer strafften. »Sex?«

»Ja, Sex. Du warst wütend, ich war wütend, daraus entstand schneller, hemmungsloser Sex, und jetzt sind wir beide entspannt und können wieder gut gelaunt an die Arbeit gehen.«

»Das glaubst du doch selbst nicht.« Scott schnaubte verächtlich.

»Doch, das tue ich.« Hailey nickte ernst. »Wenn ich noch einen Beweis dafür brauchte, dass es zwischen uns aus ist, habe ich ihn gerade erhalten.« Sie wirkte völlig distanziert und emotionslos. »Ich kann mit dir schlafen, ohne dabei Gefühle zu haben, Scott.«

Ihr letzter Satz fühlte sich wie ein Schlag in seine Eingeweide an. Ein Kloß bildete sich in seiner Kehle und lähmte für ein paar Sekunden seine Atmung.

Schweigend beobachtete er, wie sie nach ihrem Rucksack griff, den sie beim Betreten des Raumes neben den Schreibtisch geworfen hatte, und anschließend einen der Aktenordner aufhob. Verlegen legte sie ihn zurück auf die Tischplatte. »Entschuldige die Unordnung, Scott. Ich sollte jetzt gehen und …«

Plötzlich stockte sie und wurde bleich. Sie starrte auf eine Stelle auf seinem Schreibtisch, hob den Kopf und schaute ihm ins Gesicht. Ihre Augen waren aufgerissen. Ihr Kinn zitterte. Er machte einen Schritt auf sie zu, aber Hailey wich ihm aus, rannte zur Tür, öffnete hastig das Schloss und stürzte aus dem Zimmer.

Scott hatte keine Ahnung, was los war. Verwirrt trat er an seinen Schreibtisch und schaute zu der Stelle, die Hailey gerade derart intensiv in Augenschein genommen hatte.

Dort stand der Bilderrahmen.

Sie glaubte also, dass es zwischen ihnen aus war?

Nein, das war es nicht.

***

*Neun Jahre zuvor*

Als Scott die Tür zu dem winzigen Motelzimmer öffnete, sank seine Laune auf den Tiefpunkt des heutigen Tages.

Dabei hatte er gedacht, dass nach allem, was Hailey und er in den vergangenen fünfzehn Stunden überstanden hatten, nichts passieren konnte, was noch schlimmer und deprimierender sein könnte.

Falsch gedacht.

Er trug ihre beiden Koffer in das abgestanden riechende Zimmer und schaute erst gar nicht zurück, um Haileys Reaktion auf ihren heutigen Schlafplatz mit ansehen zu müssen. Es war Weihnachten und er brachte sie in ein Motel, das wie der Drehort eines schlechten Horrorfilms aussah. Außerdem roch es hier, als wäre der eine oder andere Mord tatsächlich in diesen Räumen passiert.

Leider besaß der kleine Ort südlich von Buffalo kein hübscheres Hotel als diese Absteige. Und selbst wenn es in der unmittelbaren Nähe ein anständiges *Hilton* oder *Marriott* gegeben hätte, hätte sich Scott in Schulden stürzen müssen, um es bezahlen zu können. Das war auch der Hauptgrund gewesen, weshalb er nicht einfach zwei Flugtickets nach Wisconsin besorgt hatte. An den Feiertagen überstiegen die Preise für

Inlandsflüge leider sein Budget. Wenn Hailey gewusst hätte, dass der Grund, weshalb er mit ihr in seinem klapprigen Toyota zu seinen Eltern nach Hause hatte fahren wollen, sein leeres Konto gewesen war, hätte sie sich womöglich angeboten, die Tickets zu kaufen. Zwar machte es Scott nichts aus, dass Hailey dank ihres Dads finanziell so viel besser gestellt war als er, aber es hieß nicht, dass er nicht auch seinen Stolz besaß.

Wenn sie ausgingen, wollte er die Restaurantrechnung oder die Kinokarten bezahlen. Und wenn sie über Weihnachten nach Wisconsin zu seiner Familie fuhren, weil er seinen Eltern Hailey vorstellen wollte, dann kam er für die Reise auf – sowie für das grauenvolle Motelzimmer, in das sie sich gerade eingemietet hatten, weil sein Auto in der Werkstatt der winzigen Ortschaft stand. Er hatte eh ein schlechtes Gewissen, dass er Hailey an den Feiertagen von ihrem Dad fernhielt. Dass sie jetzt den Weihnachtsabend in dieser Baracke verbringen musste, machte ihn fertig. Dabei hatte er ihr ein sagenhaftes Fest im Kreise seiner Familie versprochen.

Anstatt mit ihr vor dem Kamin seiner Eltern zu sitzen, Punsch zu trinken und Weihnachtslieder zu singen, würden sie ihren ersten gemeinsamen Weihnachtsabend in einem Zimmer verbringen, in dem zwei winzige Betten standen, merkwürdige Flecken die Wände verunzierten und das neonfarbige Bild eines Hirsches schief über dem uralten Fernseher hing, der auf einem Tisch festgeschraubt war, damit er nicht gestohlen wurde.

Die Fahrt zu seinen Eltern hätte sechzehn Stunden dauern sollen. Fünfzehn waren sie nun unterwegs und hatten gerade einmal die Hälfte der Strecke geschafft. Ein nicht enden wollender Stau und plötzlich einsetzender Schnee hatten ihre Fahrt verlangsamt, bis der Motor seines Wagens gestreikt hatte.

»Die Heizung ist ja an«, ließ sich Hailey hinter ihm erleichtert vernehmen.

Scott rümpfte die Nase und stellte beide Koffer an der rechten Wand des Zimmers ab. Er fürchtete, dass sich Bettwanzen in ihr Gepäck schmuggeln könnten, wenn er die Koffer aufs Bett legte. Auf diese Weise würden Hailey und er ihren Aufenthalt vermutlich niemals vergessen.

»Es riecht hier drin schrecklich.«

»Dann sollten wir lüften«, schlug Hailey pragmatisch vor.

»Das Zimmer ist eine Zumutung.«

»Ich finde es gemütlich«, widersprach sie und schlüpfte frohgemut aus ihrer dicken Winterjacke.

Natürlich wusste er, dass sie ihm nur etwas vorspielte, damit er kein schlechtes Gewissen bekam, weil er sie hierher gebracht hatte. Aber dafür war es eh schon zu spät.

Grimmig verfolgte er, wie sie das Zimmer inspizierte und den Kopf ins angrenzende Bad steckte.

Himmel, er wollte gar nicht wissen, wie es dort aussah!

»Die Dusche ist ziemlich klein.« Über die Schulter hinweg zwinkerte sie ihm zu und zog sich gleichzeitig die Mütze vom Kopf. »Wenn wir zusammen duschen wollen, könnte es eng werden.«

Scott wollte ihr Lächeln erwidern, musste dann aber feststellen, dass seine Bemühungen vergeblich waren. »Geh du ruhig zuerst unter die Dusche.«

Irritiert fuhr sie sich durch ihren fransigen Pony. »Ich habe gesagt, dass es eng werden könnte, und nicht, dass ich etwas dagegen hätte, mit dir zu duschen.«

Seine Schultern sackten hinunter. »Verdammt, Hailey, es tut mir leid.«

»Dass die Dusche ziemlich klein ist?«

Er warf die Hände in die Höhe. »Nein, dass wir hier sind, tut mir leid. Und dass du Weihnachten in diesem Hotelzimmer verbringen musst.«

Verblüffung spiegelte sich in ihrem Gesicht wider. »Aber das ist doch nicht deine Schuld!«

»Ich habe dich immerhin hierher gebracht.«

»Scott.« Ihre Stimme bebte vor Lachen. »Dein Auto musste in die Werkstatt. Dafür kannst du doch nichts.«

»Aber es ist Weihnachten«, hob er hervor.

»Eben, es ist Weihnachten«, entgegnete Hailey mit schmeichelnder Stimme und kam auf ihn zu. Dicht vor ihm blieb sie stehen, schmiegte sich an ihn und schlang ihm die Arme um den Nacken. Sein Herz begann zu rasen, und sein Mund wurde trocken. Bisher hatte keine der Frauen, mit denen er zusammen gewesen war, diese Wirkung auf ihn ausgeübt. »Und weil Weihnachten ist, möchte ich mit dir unter die Dusche gehen und mich anschließend im Bett an dich kuscheln.«

Scott senkte den Kopf, bis sich ihre Nasenspitzen berührten. »Hast du keine Angst vor Bettwanzen?«

»Bis gerade eben nicht.«

Er gluckste und fügte seufzend hinzu: »Hier gibt es nicht einmal ein Restaurant.«

»Ich habe noch eine Packung Schokoladenkekse und ein paar Dosen Cola«, flüsterte sie und klang dabei ganz und gar nicht niedergeschlagen.

»Schokoladenkekse und Cola? Das hört sich gut an.«

»Sogar sehr gut«, stimmte Hailey ihm zu.

Wie sie es schafften, sich in die kleine Duschkabine zu quetschen, blieb Scott ein Rätsel, aber als sie später zusammen nackt im Bett lagen und sich kurzatmig aneinanderschmiegten, waren seine Bedenken wegen der Bettwanzen längst vergessen. Stattdessen ließ er sich mit Schokoladenkeksen füttern und hielt Hailey im Arm.

Der Fernseher empfing nur ein paar Kanäle. Sie hatten die Wahl zwischen einer Wiederholung der *Nanny*, einem Softporno aus den Siebzigern und dem *Grinch*. Weil Weihnachten war, bestand Hailey auf den Grinch und erzählte ihm kurz darauf, dass sich ihr Dad als Weihnachtsmann verkleidet hatte, als sie sechs Jahre alt gewesen war, und auf dem gebohnerten Fußboden ausgerutscht war, wobei er den Weihnachtsbaum umgerissen hatte. Scott dagegen berichtete ihr, dass er mit sieben Jahren bei der weihnachtlichen Schulaufführung Joseph hatte spielen dürfen und vor Aufregung gekotzt hatte, kurz bevor er auf die Bühne gehen sollte.

Er nahm es ihr nicht übel, dass sie einen Lachanfall bekam, als sie diese Geschichte hörte.

»Ich finde es wahnsinnig romantisch«, seufzte Hailey einige Minuten später in die Stille des Raumes hinein, die nur durch die Geräusche des Fernsehers unterbrochen wurde, wenn der Grinch Weihnachtsgeschenke stahl und dabei lachte.

Natürlich wusste Scott, was sie meinte, zog sie dennoch auf. »Du findest ein grünes Monster romantisch, das kleinen Kindern die Geschenke wegnimmt?«

»Der Grinch ist kein Monster.« Sie kuschelte ihre Wange gegen seine Schulter. »Und ich habe nicht ihn gemeint, sondern unseren Kurzurlaub.«

»Eigentlich wollte ich heute Abend mit dir vor einem prasselnden Kaminfeuer sitzen und Punch trinken.«

»Kaminfeuer und Punch sind komplett überbewertet.« Ihre Fingerspitzen strichen federleicht über seine Brust. »Du und ich ganz allein in einem Bett voller Bettwanzen. Besser geht's doch gar nicht.«

Er küsste sie aufs Haar. »Findest du?«

»Ich will nur bei dir sein, Scott. Egal, wo.«

Ihre leise Stimme und die Bedeutung hinter ihren Worten

ließen ihn den Atem anhalten, während er seinen eigenen Herzschlag in den Ohren hören konnte.

»Hailey …«

»Das ist das schönste Weihnachten, das ich je hatte«, fügte sie hinzu und legte den Kopf zurück, um ihm ins Gesicht sehen zu können. Sie hob ihm den Mund entgegen.

Es war der süßeste Kuss, den er jemals bekommen hatte und jemals bekommen würde – dessen war sich Scott sicher.

»Ich liebe dich«, murmelte er gegen ihre Lippen.

»Und ich dich.«

Okay, sie hatte recht. Auch für ihn war es das schönste Weihnachtsfest, das er jemals gefeiert hatte, ganz ohne Kaminfeuer und Punch. Aber wenigstens hatte er ihr Geschenk dabei. Eine brandneue Kamera, mit der Scott prompt ein Foto von Hailey schoss, wie sie mit zerzausten Haaren, einem Schokoladenkeks in der Hand und einem breiten Lächeln auf ihrem hübschen Gesicht in einem Hotelbett irgendwo im Nirgendwo saß und sich die wohl hässlichste Bettdecke der Menschheitsgeschichte gegen die Brust presste.

# 9

Auf seinem Schreibtisch stand ein Bilderrahmen. Ein einziger Bilderrahmen, in dem ein Foto von ihr steckte.

Das Foto, das Scott an ihrem ersten gemeinsamen Weihnachtsfest geschossen hatte.

Hailey hatte das Foto immer geliebt, weil sie damals so glücklich gewesen war – trotz des zugigen Hotelzimmers und des muffeligen Geruchs. Dass sie auf dem Bild wie eine Frau aussah, die ausgiebig geliebt worden war, und dass sie diese grauenvolle Bettdecke gegen ihren nackten Körper drückte, hatte sie nie gestört, denn ihr Gesicht hatte eine eigene Sprache gesprochen. Es war das schönste Weihnachten gewesen, das sie erlebt hatte. Alleine mit Scott.

Seit zwei Tagen kam sie nicht darüber hinweg, dass er dieses Foto auf seinen Schreibtisch gestellt hatte. Ein Foto von ihr. *Das* Foto von ihr.

»Worüber denkst du nach?«

Aus ihren Gedanken gerissen, schaute sie nach rechts, wo ihr Dad saß und in einer Zeitschrift blätterte. Ein Wirtschaftsmagazin.

Konnte es in dem noblen Wartezimmer seines Arztes nicht

vernünftige Magazine geben? Kochjournale beispielsweise? Und warum hockten sie nach fünfzehn Minuten Wartezeit noch immer hier, obwohl sie einen Termin hatten?

Hailey hasste Ärzte und Krankenhäuser. Es machte sie nervös, in einem Wartezimmer zu sitzen oder den beißenden Geruch von Desinfektionsmittel zu riechen, von dem furchtbaren Geruch nach Krankenhausmahlzeiten mal ganz abgesehen. Dass der Neurologe ihres Dads seine Praxis in einer Privatklinik hatte, machte sie ebenfalls nervös. Sie konnte es kaum erwarten, endlich zu gehen. Hailey wollte keine Minute länger als nötig hier verbringen.

»An nichts Besonderes.«

»Warum ringst du dann ständig mit den Händen und rutschst nervös auf deinem Stuhl herum? Außerdem zittert dein Bein die ganze Zeit und macht *mich* völlig verrückt.«

Erstaunt schaute sie auf ihr rechtes Bein, das tatsächlich nervös zuckte. Sie hatte es gar nicht bemerkt. Schnell legte sie ihre Hand aufs Knie und stoppte das stetige Zucken.

»Du hättest nicht mitkommen müssen, Hailey.«

Sie richtete ihren Blick auf die geschmackvollen Schwarz-Weiß-Fotografien an der gegenüberliegenden Wand. »Ich will wissen, was dein Arzt zu deinem Therapieverlauf sagt, Dad.«

»Mit anderen Worten willst du petzen, dass ich vor zwei Tagen meinen Physiotherapietermin abgesagt habe«, brummte er und blätterte eine Seite weiter.

Augenblicklich sackte ihr Magen eine Etage tiefer, als sie an das dachte, was vor zwei Tagen geschehen war, nachdem sie von Theresa erfahren hatte, dass ihr Dad seinen Termin abgesagt hatte und stattdessen zum Einkaufen gefahren war. Mit Scott.

Hailey holte tief Luft. Vor zwei Tagen war sie zu Scott gefahren und hatte Sex mit ihm auf seinem Schreibtisch gehabt. Die

Erinnerung an das, was in seinem Büro passiert war, hatte sie nachts nicht schlafen lassen.

Sie hatte seit ihrem neunzehnten Lebensjahr mit ihm Sex gehabt, aber niemals war es so gewesen wie vor zwei Tagen. Vielleicht spielte ihre Erinnerung ihr nur einen Streich – immerhin waren sie drei Jahre lang getrennt gewesen –, aber Hailey konnte sich nicht daran erinnern, dass es jemals so intensiv und fast schon unbeherrscht gewesen war. Diesen Scott kannte sie nicht. Wann hatte er ihr jemals die Kleidung förmlich vom Leib gerissen und sich auf sie gestürzt? Es war archaisch gewesen. Und verdammt gut. Noch heute breitete sich prickelnde Wärme in ihr aus, wenn sie daran dachte, wie sich ihre nackten Körper in diesem mitreißenden Rhythmus bewegt hatten und wie kraftvoll und stark sich Scott angefühlt hatte.

Den süßen, stundenlangen Sex mit ihm damals hatte sie geliebt, es genossen, sich nackt an ihn zu kuscheln und zu spüren, wie seine Fingerspitzen jede Stelle ihres Körpers erforscht hatten, während sie sich beinahe sanft und zärtlich geküsst hatten. Dieser Vulkanausbruch, den sie vorgestern erlebt hatte, war jedoch so heftig gewesen, dass er sie bis in ihre Grundfesten erschüttert hatte.

»Denkst du, dass der Arzt mir Hausarrest gibt, wenn du ihm erzählst, dass ich einen einzigen Termin abgesagt habe?«

Verflixt! Sie saß hier neben ihrem Dad in einem Wartezimmer und dachte an Sex mit Scott. Was stimmte nicht mit ihr?

»Nein, Dad, ich will nicht petzen«, entgegnete sie auf seine brummige Frage. »Du bist schließlich alt genug.«

»Bist du dann mitgekommen, um darauf aufzupassen, dass ich auch wirklich zum Arzt gehe?«

»Nein, Dad, ich bin mitgekommen, weil ich dich begleiten

wollte.« Sie nahm ihm das Magazin aus der Hand und blätterte kurz durch. Wirtschaftsthemen, wohin sie auch blickte.

Während ihrer Ausbildung wäre sie an der Betriebswirtschaftslehre beinahe verzweifelt, weil sie es gehasst hatte, sich mit diesem trockenen Lernstoff zu beschäftigen. Schließlich wollte sie Köchin werden und sich nicht mit Mathematik abplagen. Als ihr Dad ihr Nachhilfe gab, hing der Haussegen schief, denn er hatte nicht begreifen können, warum sie nichts von dem verstand, was er ihr erklärte, und sie hatte ihm vorgeworfen, sie belehren zu wollen. Erst als Scott eingesprungen war, hatte Hailey das Thema verstanden. Ohne ihn wäre sie vermutlich durch ihre Prüfung gerasselt.

»Vermisst du es, ins Büro zu fahren?« Sie überflog einen Artikel, in dem es um internationale Handelsabkommen und Zölle ging, und war froh, den Job zu haben, den sie hatte.

»Wieso fragst du, Peanut?«

Sie zuckte mit den Schultern. »Seit ich wieder zurück bin, haben wir noch nicht darüber geredet, wie du mit der Situation klarkommst, dass du nicht mehr arbeitest.«

Aus dem Augenwinkel konnte Hailey sehen, wie sich ihr Dad in seinem Rollstuhl nach vorn beugte. Seine Stimme klang gelassen, aber diese Lässigkeit nahm sie ihm nicht ab. »Ich hatte mich schon vor dem Schlaganfall aus der Firma zurückgezogen.«

Sie verdrehte die Augen. »Das hast du zwar behauptet, Dad, aber du warst trotzdem fast täglich im Büro und hast dir alle Berichte kommen lassen.«

»Hast du mir hinterherspioniert?«

»Kein Kommentar.« Hailey legte das Magazin beiseite und wandte sich ihm zu. »Die Firma ist in guten Händen, Dad.«

»Ich weiß.« Er zog seine buschigen Augenbrauen zusammen. »Patricia macht einen exzellenten Job.«

Auch wenn er widerwillig klang, wusste Hailey doch, dass er stolz auf seine Nachfolgerin war. Und Hailey war stolz auf ihren Dad, dass er seinen Posten einer Frau übertragen hatte, was in seiner Branche noch seltener war als eine weibliche Küchenchefin.

»Patricia ist clever, loyal und sehr erfolgreich. Aber eigentlich hätte ich die Firma gerne in Scotts Hände gegeben.«

Das wusste Hailey, schließlich war sie früher des Öfteren dabei gewesen, wenn ihr Dad mit Scott darüber geredet hatte. Aber Scott hatte etwas Eigenes gewollt. Er hatte sich nicht ins gemachte Nest setzen wollen, weil seinem Schwiegervater in spe die Firma gehörte. Ihr hatte diese Einstellung gefallen – bis Scotts Ehrgeiz sie abgestoßen hatte.

Aber das Thema lag hinter ihr.

Sie nahm seine Hand in ihre. »Mir gefällt dein neuer Pullover.«

»Danke.«

Grinsend neckte sie ihn: »Und ich hatte schon Angst, du würdest in deinem Morgenmantel aus dem Haus gehen. Das hätte für Schlagzeilen gesorgt.«

Ihr Dad schnitt eine Grimasse. »Das würde dir vermutlich auch noch gefallen, Frechdachs.«

»Unbedingt«, erwiderte Hailey mit einem erstickten Lachen. »Mit deinem neuen Outfit kann dir das nicht passieren.«

»Scott war mit mir einkaufen.«

Gespielt leichthin entgegnete sie: »Ich weiß. Er hat es mir erzählt.«

»Redet ihr wieder miteinander?«

Nein, sie redeten nicht wirklich miteinander. Meistens brüllte sie ihn an, er machte eine sarkastische Bemerkung und dann … dann hatten sie Sex auf seinem Schreibtisch. Aber das würde sie ihrem Dad nicht sagen.

»Ab und zu.«

»Das freut mich.«

Sie wollte ihm klarmachen, dass er sich falsche Hoffnungen machte, wenn er glaubte, dass aus ihnen beiden wieder ein Paar werden könnte, also seufzte sie und setzte zu reden an, als er wieder das Wort ergriff.

»Scott kommt heute zum Abendessen, falls du nichts dagegen hast.« Sein Blick war so hoffnungsvoll, dass ihr das Herz schwer wurde. Natürlich wusste sie, dass ihr Dad Scott wie einen Sohn liebte, und sie war Scott trotz allem dankbar, dass er sich um ihren Vater gekümmert hatte, aber für sie änderte das nichts.

Dennoch wollte sie ihren Dad nicht enttäuschen und nickte, während sie beiläufig entgegnete: »Nein, ich habe nichts dagegen, dass er zum Essen kommt.«

Er wirkte glücklich, als er ihre Hand drückte.

Beide schwiegen. Vor dem Wartezimmer hörte man hektische Schritte, die sich wieder entfernten, sowie aus der Ferne das Klingeln eines Telefons. Wenn nicht langsam jemand kam, um sie ins Sprechzimmer zu bringen, würde Hailey gleich Rabatz machen! Sie dachte nicht daran, den halben Tag in diesem Wartezimmer zu verbringen, schließlich war die lange Warterei für ihren Dad ziemlich anstrengend.

Er musste Ähnliches denken, da er brummte: »Die lassen uns ja ewig warten. Heute ist dein freier Tag. Den solltest du nicht mit deinem alten Vater in einem Krankenhaus verbringen.«

»Aber ich will hier sein.«

»Ich hasse Krankenhäuser«, murmelte er mit einem Mal. »Sie erinnern mich immer an deine Mom.«

Mit einem Kloß im Hals betrachtete sie sein Profil. Erst jetzt fiel ihr auf, wie alt er wirkte, wenn sich seine Gesichtszüge lockerten. »Ach, Dad.«

Seine Augen wurden feucht und seine Stimme klang heiser. »Damals saß ich in einem Flur und habe darauf gewartet, dass du geboren wurdest. Ich hatte zwei Zigarren dabei – eine in Blau und eine in Rosa. Deine Mom und ich wollten uns überraschen lassen, ob du ein Junge oder ein Mädchen werden würdest. Bei einem Mädchen sollte ich den Namen bestimmen dürfen. Bei einem Jungen hätte deine Mom entscheiden können.«

»Und du wolltest mich Hailey nennen?«

»Nein«, erklärte ihr Dad trocken. »Ich wollte dich Prudence nennen.«

»Prudence?« Hailey rümpfte die Nase. »Oh Dad!«

»Deine Großtante hieß Prudence«, verteidigte er sich. »Sie war eine bildschöne und sehr intelligente Frau.«

»Aber sie hieß Prudence.« Gespielt erschrocken schüttelte sie sich.

»Deine Mom sah das ganz ähnlich.«

»Eine Frau mit Geschmack.«

»Mh. Sie betete, dass du ein Junge werden würdest, und wollte dich James nennen.«

»James Sinclair?« Hailey lächelte weich. »Damit wäre ich einverstanden gewesen, aber ich bin nun einmal ein Mädchen geworden.«

»Ja, das bist du.« Er seufzte schwer und schaute zu Boden. »Als der Arzt endlich aus dem Kreißsaal kam, sagte er mir, dass du ein Mädchen bist. Und er sagte mir, dass deine Mom gestorben war. Seitdem kann ich kein Krankenhaus betreten, ohne an den Tag deiner Geburt zu denken.«

Tröstlich drückte sie seinen Arm und spürte, dass auch ihre Augen feucht wurden. Hailey lehnte sich an ihn.

»Du siehst deiner Mom so ähnlich, Hailey. Immer wenn ich dich ansehe, kann ich kaum glauben, wie sehr du ihr ähnelst. Aber von mir hast du die Sturheit geerbt.«

Trotz des Kloßes in ihrem Hals musste sie lachen. »Ja, das stimmt.«

»Vom Wesen her bist du mir viel ähnlicher als deiner Mom. Wir beide sind stur, impulsiv und sagen das, was wir denken, ohne nachzudenken. Und wir beide ...«

Als er nicht weitersprach, sah Hailey ihn neugierig an. »Was, Dad?«

»Und wir beide lieben nur einmal.« Er tätschelte ihre Hand. »Nach deiner Mom habe ich keine andere Frau mehr geliebt. Auch nicht deine beiden Stiefmütter.«

Hailey wusste, was er ihr sagen wollte, aber sie konnte nichts darauf antworten.

Also saß sie weiterhin neben ihm und starrte vor sich hin, während sie sich räusperte. Sehr leise wollte sie wissen: »Warum hast du mich Hailey und nicht Prudence genannt?«

»Weil deine Mom den Namen so schön fand und weil ich deine Mom geliebt habe. Das tue ich noch heute.«

***

Als Scott die Küche betrat, fand er nicht Theresa vor, sondern Hailey, die hinter dem Herd stand und kochte.

Als Bill ihn zum Abendessen eingeladen hatte, war Scott davon ausgegangen, dass er wenigstens einen kurzen Blick auf Hailey würde werfen können, wenn sie zu Hause wäre. Dass sie jedoch am Herd stand, überraschte ihn.

»Hey.«

»Hey«, begrüßte sie ihn so ruhig und emotionslos, als hätte sie nicht vorgestern nackt vor ihm gestanden, während er ihre Brustwarzen in seinen Mund genommen und sie dann auf den Schreibtisch gehoben hatte, um mit ihr zu schlafen.

Ihm ging es leider komplett anders, denn Hailey vor sich stehen zu sehen brachte ihn ziemlich aus der Fassung. Dass sie ein altes T-Shirt trug, das bereits völlig aus der Form geraten war und ihre linke Schulter entblößte sowie ständig hochrutschte und einen winzigen Streifen nackter Haut direkt oberhalb ihres Hosenbundes offenbarte, machte es nicht besser.

Seine Augen saugten den Anblick ihres Bauchnabels förmlich in sich auf, während Scott aus seiner Anzugsjacke schlüpfte und Hailey sich zur Seite streckte, um an die Pfeffermühle zu kommen. Seine Finger zitterten, als er die Jacke über eine Stuhllehne hängte und anschließend möglichst locker auf den Herd zukam, der dominant in der Mitte der Küche stand.

»Das riecht gut.«

»Zwiebeln in Butter«, erklärte sie salopp.

Eigentlich hatte er nicht das Essen gemeint, sondern ihr Parfüm, das ihm in die Nase stieg, als er sich neben sie stellte. Gerade so konnte er sich beherrschen, nicht an ihr zu schnuppern.

Hailey hatte solche Probleme offenbar nicht. Abgeklärt sah sie auf und nickte in Richtung Kühlschrank. »Wenn du schon da bist, kannst du mir die Hühnerbrühe und die Milch aus dem Kühlschrank geben.«

Scott nickte wortlos und schlenderte durch die blitzblank geputzte Küche. Als er den doppelten Kühlschrank öffnete, bemerkte er sofort, dass Hailey das Regiment über die Einkäufe übernommen haben musste, denn die Fächer quollen über vor Gemüse und Obst. Verschwunden waren die fettigen Snacks, die Bill so gerne aß und die Theresa ihm nie hatte abschlagen können, trotz der ärztlichen Ratschläge in puncto gesunde Ernährung.

Er griff nach der fettreduzierten Milch und dem klarem

Hühnerfond, den Hailey sicherlich selbst hergestellt hatte, und schloss den Kühlschrank wieder. »Habt ihr einen Biohof überfallen, oder wie soll ich mir das ganze Gemüse im Kühlschrank erklären?« Scott stellte die beiden Zutaten auf der Kücheninsel ab und beobachtete, wie Hailey in dem Topf herumrührte. »Was gibt es überhaupt?«

»Chicken Pot Pie.«

»Bills Lieblingsmahlzeit«, kommentierte er und verfolgte, wie sie den Hühnerfond in den Topf gab und gleichzeitig langsam rührte. Scott hatte sie für die Ruhe und Geduld beim Kochen immer bewundert. Es war egal gewesen, wie hektisch und stressig der Tag gewesen war oder wie viele Beilagen Hailey zu einem Dinner mit Freunden gekocht hatte, nie war sie in Hektik ausgebrochen. Auch jetzt wirkte sie völlig ruhig.

»Sozusagen seine Henkersmahlzeit, bevor morgen alle schlechten Fette von seinem Speiseplan gestrichen werden. Stattdessen wird er gute Proteine und nahrhafte Ballaststoffe bekommen und auf künstlichen Zucker verzichten.«

Scott lachte leise auf. »Und was sagt Bill dazu?«

Hailey zuckte unbekümmert mit den Schultern. »Er hat gesagt, dass er sich gleich einen Strick nehmen könnte, wenn ich ihm Convenience Food und seinen heiß geliebten Schokoladenpudding verbiete, aber ich habe ihm geantwortet, dass er dafür erst einmal aus seinem Rollstuhl aufstehen müsste. Sein Arzt hat bei meiner Antwort vielleicht dämlich aus der Wäsche geschaut!«

Er konnte es sich bildhaft vorstellen und verfolgte, wie mühelos Hailey den Kochlöffel schwang.

Früher hatte er meistens von Fertigprodukten gelebt und es für Kochen gehalten, wenn er eine Tütensuppe aufgewärmt hatte. Seine Eltern hatten nie großen Wert aufs Essen gelegt, und Scott war davon ausgegangen, dass der Hackbraten seiner

Granny die bestmögliche Art war, Fleisch zu kochen. Dann war Hailey in sein Leben getreten. Sie hatte ihm gezeigt, was wirklich gutes Essen war und wie er sich in der Küche anstellen musste, um selbst etwas zu zaubern. Ihre Nachhilfe war jedoch noch weiter gegangen, weil er keine Ahnung gehabt hatte, wie man sich in feiner Gesellschaft beim Essen anstellen sollte. Natürlich waren seine Tischmanieren völlig in Ordnung gewesen, aber an einem perfekt gedeckten Tisch zu sitzen und ein mehrgängiges Menü zu essen überforderte einen Normalsterblichen sehr schnell. Je steiler er die Karriereleiter erklommen hatte, desto wichtiger war es geworden, bei Geschäftsessen eine gute Figur zu machen.

Neben Esskultur und Weinkunde hatte er dank Hailey gelernt, welches Besteck zu welchem Gang benutzt wurde und wie man beispielsweise eine Gänsekeule aß, ohne dass der Tisch dabei wackelte. Ja, durch Hailey hatte er eine Aversion gegen Mikrowellengerichte und liebloses Fastfood entwickelt. Nichts ging über gute Hausmannskost, aber sie musste selbst zubereitet sein – so wie der Chicken Pot Pie, der bereits jetzt einen köstlichen Geruch verströmte. Vielleicht war Scott aber auch einfach nur verwöhnt, denn er hatte die beste Köchin schließlich jahrelang zu Hause gehabt.

Räuspernd fragte er nach: »Also lief Bills Arzttermin nicht so gut?«

»So würde ich es nicht sagen. Der Arzt war ziemlich zufrieden, aber Dads Blutfettwerte könnten besser sein, und er könnte tatsächlich mehr Fortschritte machen, wenn er seine Therapie ernster nehmen würde.«

»War das jetzt eine Spitze gegen mich?«

Verblüfft schaute sie ihn an. »Wie kommst du denn darauf?«

Scott stieß ein bedeutungsvolles Schnauben aus und verdrehte die Augen. »Wie ich darauf komme? Warst du nicht diejenige, die mir vorgeworfen hat, kein guter Umgang für deinen Dad zu sein?«

»Du weißt, dass ich übertrieben habe«, sagte Hailey, klang dabei jedoch keinesfalls verlegen oder beschämt. »Du tust Dad gut und bist derjenige, den er anruft, wenn er etwas unternehmen oder einkaufen will.«

Er hatte gerade in eine Stange Sellerie gebissen und hätte sich vor Schreck beinahe verschluckt. Ungläubig sah er sie an und hustete dabei. »Wie bitte?«

Sie begann, eine Möhre zu schneiden. »Du hattest recht, als du gesagt hast, dass es ein gutes Zeichen ist, wenn Dad freiwillig das Haus verlässt und sich wieder Gedanken um sein Äußeres macht, indem er sich neue Kleidung kaufen will. Die Physiostunde kann er nachholen.«

Scott glaubte nicht, was er da hörte. Und er traute seinen Augen kaum, dass Hailey derart entspannt neben ihm stand, mit ihm plauderte und dabei kochte. Befand er sich in einem Paralleluniversum, oder war irgendetwas geschehen, von dem er noch gar nichts wusste?

»Ist irgendetwas passiert?«

»Was sollte denn passiert sein?« Sie steckte sich ein Stück Möhre in den Mund und begann, darauf herumzukauen. Gleichzeitig sah sie ihn mit ihren blauen Augen fragend an. Scott konnte kein Anzeichen von Wut oder Antipathie entdecken und zögerte.

»Bist du nicht mehr wütend auf mich?«

Sie seufzte. »Wer sagt, dass ich wütend auf dich war?«

»Ich bitte dich! Du wärst mir in den letzten Tagen beinahe an die Gurgel gegangen und hättest mich liebend gern massakriert. Und jetzt wirkst du völlig gelassen. Du stehst sogar neben mir und hältst riesige Messer in den Händen, aber ich empfinde keinerlei Bedrohungsgefühl.«

Ihre Mundwinkel zuckten belustigt.

»Hat es etwas damit zu tun, dass wir Sex miteinander hatten?«

»Was?« Lachend gab sie die Möhren in den Topf. »Entschuldige, Scott, aber so gut bist du dann doch nicht im Bett.«

»Und wie soll ich mir deine Einhundertachtzig-Grad-Wendung mir gegenüber dann erklären?« Nein, er würde ihr nicht zeigen, dass sie seinen männlichen Stolz mit ihrem amüsierten Kichern verletzt hatte.

»Hast du mir nicht gesagt, dass sich nicht alles um mich dreht?« In aller Seelenruhe griff sie nach einer der geschälten Selleriestangen und schnitt sie von lockerer Hand in identisch große Stücke, bevor sie auch diese in den Topf warf. Während sie umrührte, lächelte sie heiter. »Dad wird es lieben.«

Der dämliche Chicken Pot Pie interessierte ihn gerade nicht die Bohne! Ärgerlich verschränkte Scott die Arme vor der Brust. »Woran liegt es dann, dass wir hier stehen und uns unterhalten können, ohne dass du Feuer speist?«

»Müssen wir wirklich jetzt darüber reden?«

»Sagen wir mal so: Ich bin neugierig.«

Auffordernd nickte sie ihm zu. »Gib mal etwas Salz dazu. Das aus der Mühle.«

Widerwillig nahm er die Salzmühle in die Hand. »Du kannst mir nicht sagen, dass der Sex dir nichts bedeutet hat.«

»Salzen«, wies sie ihn an. Als er an der Mühle drehte und feines Meersalz auf die kochende Füllung des Pies fiel, ertönte Haileys nachdenkliche Stimme. »Vielleicht liegt es wirklich am Sex, dass ich nicht mehr verärgert bin, wenn ich dich sehe. Aber nicht aus dem Grund, den du meinst.«

»Sondern?«

Als wäre es das Normalste von der Welt, erwiderte sie: »Vor

ein paar Monaten habe ich in Dubai mit meinem Nachbarn geschlafen.«

Vor Schreck fiel Scott beinahe die Salzmühle in den Kochtopf. Steif richtete er sich auf und fixierte Haileys dunkelhaarigen Scheitel. Sie rührte im Topf herum, als wäre nichts passiert. Scott konnte es nicht fassen.

Sie waren seit drei Jahren getrennt, und es war utopisch gewesen anzunehmen, sie hätte in dieser Zeit niemanden kennengelernt. Aber weil er abstinent geblieben war, hatte er irgendwie angenommen, dass sie es auch gewesen war. Nun aus ihrem Mund zu hören, dass es einen anderen Mann gegeben hatte, fühlte sich grauenvoll an.

Sein Magen verkrampfte sich.

»Nein, ich meine, ich *wollte* mit ihm schlafen, aber bevor es dazu kam, habe ich gekniffen. Es war wohl das schlimmste Date aller Zeiten.«

Scharf sog Scott die Luft ein. »Was zum ...«

Hailey unterbrach seinen Fluch, als sie zu ihm aufsah. Zögernd und unschlüssig. »Anfangs hielt ich es für eine gute Idee. Er war nett und flirtete mit mir – ein Franzose, der in Dubai als Architekt gearbeitet hat. Vermutlich wollte ich mir auch nur beweisen, dass ich über dich hinweg war. Als es ernster wurde, habe ich ihn aus meiner Wohnung geworfen.« Sie seufzte. »Ich war noch nicht bereit.«

Scotts Mund war staubtrocken. »Warum erzählst du mir das alles?«

Sie zuckte mit den Schultern. »Keine Ahnung. Vielleicht will ich mich bei dir bedanken.«

»Du willst mir danken?« Irritiert kniff er die Augen zusammen. »Wofür zum Teufel?«

Sie machte eine fahrige Handbewegung. »Der Sex hat mir die Augen geöffnet. Jetzt kann ich das Kapitel mit uns beenden und neu anfangen. Genau das brauchte ich. Vielleicht können wir jetzt Freunde sein, ohne Groll auf den anderen zu hegen. Und mit unseren Leben weitermachen.«

»Willst du mich auf den Arm nehmen?«, krächzte er.

»Nein, ganz und gar nicht.« Ihr Blick war offen und ehrlich. »Ich fühle mich richtig gut, Scott. Befreit. Geht es dir nicht auch so?«

Nein, er fühlte sich nicht befreit.

Ihm ging es plötzlich richtig beschissen.

# 10

»Stell einen Scheck aus, Dad.«

»Du weißt, dass es nicht dasselbe ist, Hailey.«

»Und warum bitte nicht?«

»Weil sich jemand aus der Familie dort blicken lassen sollte.«

»Jemand aus der Familie?« Sie blinzelte durch die dunklen Gläser ihrer Sonnenbrille zu ihrem Dad nach oben, der seinen Rollstuhl neben die Gartenliege navigiert hatte, auf der Hailey lag und eigentlich ein Buch lesen wollte.

Draußen war herrliches Sommerwetter, und sie hatte einen freien Tag. Den einzigen freien Sonntag in diesem Monat – ein hart umkämpfter freier Sonntag, wohlgemerkt. Für diesen Tag hatte sie sich vorgenommen, nichts zu tun. Hailey wollte einfach nur in der Sonne liegen, ein Buch lesen und nach dem Essen einen Mittagsschlaf halten, um das Schlafdefizit der letzten zwei Wochen aufzuholen, in denen sie wie eine Verrückte im *Bonfire* geschuftet hatte.

Dass das Restaurant nach seiner Eröffnung bisher ein voller Erfolg war, freute Hailey, und stolz war sie auch. Aber nach zwei Wochen, in denen sie alles gegeben hatte, brauchte sie einfach einen Tag, an dem sie sich entspannen konnte. Und an dem sie sich in aller Ruhe ein paar Schönheitsritualen hingeben konnte, um sich wieder halbwegs wie eine Frau zu fühlen und nicht wie eine Köchin, die an einem heißen Herd stand, nach Essen roch und nach der Arbeit nur noch genug Energie hatte, um sich die Zähne zu putzen. Ein langes Schaumbad, ein Körperpeeling, eine Maniküre und eine Pediküre sowie eine Gesichtsmaske standen ganz oben auf ihrer Prioritätenliste – der Besuch einer Charity-Veranstaltung nicht.

»Diese Familie besteht nur aus dir und mir, Dad«, wies sie ihn gähnend auf das Offensichtliche hin. »Niemand wird uns böse sein, falls keiner von uns beiden dort auftaucht. Wenn du der Organisation einfach Geld überweist, wird …«

»Verdammt, Hailey, mir ist das sehr wichtig, schließlich hat sich bereits deine Mutter dort engagiert.«

Er kämpfte mit schmutzigen Tricks.

Hailey kniff die Lippen zusammen und schirmte ihre Augen mit einer Hand vor der Sonne ab. Bei diesem hellen Licht nützte nicht einmal ihre Sonnenbrille etwas.

Wenn ihr Dad ihre Mom ins Spiel brachte, war es für sie unmöglich, Nein zu sagen. Er wusste es, sie wusste es. Aber verdammt … sie wollte ihren wundervollen Tag nicht damit verbringen, auf einer langweiligen Veranstaltung zu sitzen, trockenen Kuchen zu essen und sich ewig andauernde Reden anzuhören, um am Ende dieses Elends einen Scheck auszustellen. Um die Organisation mit Geld für ihre Kinder- und Jugendarbeit zu unterstützen, musste sie sich nicht die Beine rasieren und sich in ein Kleid zwängen, wenn sie stattdessen gemütlich in Shorts und Shirt hier im Garten auf ihrer Liege fläzen konnte.

Hailey startete einen letzten Versuch. »Heute ist mein einziger freier Sonntag in diesem Monat, Dad.«

»Umso besser, Peanut. Dann siehst du mal etwas anderes als eine Restaurantküche und dein Schlafzimmer.«

Mit großen Augen verfolgte sie, wie er geschickt den Rollstuhl herumdrehte und zurück ins Haus fuhr.

»Ist das die Retourkutsche für deinen neuen Essensplan?«, rief Hailey ihm hinterher.

Ohne sich umzudrehen, hob er den Arm und winkte kurz. »Grüß Martha von mir, wenn du sie siehst, und beeile dich ein bisschen, damit du nicht zu spät kommst.«

Zwei Stunden später, als sie vor einem Countryclub außerhalb Bostons aus einem Taxi stieg, konnte es Hailey noch immer nicht fassen, dass sie sich von ihrem Dad wirklich hatte bequatschen lassen. Natürlich hätte sie auch mit ihrem eigenen Auto kommen können, denn die weitläufige Anlage besaß einen riesigen Parkplatz, aber wenn sie schon gezwungen war herzukommen, wollte sie auch etwas trinken. Nur so könnte sie den Kummer überwinden, ihren schönen Plan für den freien Sonntag an den Nagel gehängt zu haben.

Ein Blick auf die Vielzahl weiblicher Gäste in pastellfarbenen Kleidern, Röcken und Blusen sowie furchtbar albernen Hüten ließ sie zweifeln, dass der Countryclub genügend Alkohol parat hatte, damit sie den Nachmittag ertragen konnte. Außerdem fiel ihr auf, dass die überwältigende Mehrzahl der Gäste Frauen waren, während sich die Männer in der Minderheit befanden. Wenn Footballsaison gewesen wäre, hätte Hailey verstanden, dass die Männer an einem Sonntag lieber daheimblieben, um die Sportschau zu sehen – aber mitten im Hochsommer?

Mit einem gezwungenen Lächeln begrüßte sie ein paar Bekannte, als sie den Club betrat und ihre Einladung vorzeigte. Martha, eine der Organisatorinnen, hauchte ihr ein Küsschen auf die Wange und erklärte Hailey minutenlang, wie schön es sei, dass sie gekommen war, und dass sie ihr alles über ihre Zeit in Dubai erzählen müsste, bevor sie sich rasch entschuldigte und aufgeregt zu einem anderen Neuankömmling eilte.

Hailey sollte es recht sein. Sie nahm sich lieber ein Glas Champagner und schlenderte auf die Terrasse des noblen Countryclubs. Von dort betrachtete sie die anwesende Gesellschaft und die eingedeckten runden Tische, die sich auf dem gepflegten Rasen des Clubs verteilten. Weiße Tischdecken, weiße Stuhlhussen, edles Tischsilber, jeder Platz penibel eingedeckt und vor den ungefähr fünfzehn Tischen eine große Bühne samt Mikrofon und Band.

Das hier sah nach einer länger dauernden Veranstaltung aus. Na wunderbar!

Mit Events dieser Art hatte sie sich noch nie anfreunden können. Hailey fand es fabelhaft, dass sich Organisationen wie diese für gemeinnützige Zwecke engagierten, aber die aufgesetzten und teilweise überkandidelten Veranstaltungen, für die in schöner Regelmäßigkeit die Einladungen eintrudelten, waren so gar nicht nach ihrem Geschmack. Leider hatte ihr Dad sie bereits in der Vergangenheit für ihren Geschmack viel zu oft mitgenommen, wenn er eine Einladung bekommen hatte. Dass er seine Wohltätigkeit nicht damit beweisen wollte, vor Hunderten Augenpaaren einen dicken Scheck zu überreichen, damit möglichst viele Bekannte Zeuge seiner Großzügigkeit wurden, rechnete Hailey ihm zwar hoch an – aber dass sie jetzt hier war, um in seinem Namen Geld zu spenden, passte überhaupt nicht in ihren Tagesplan.

»Was treibst du denn hier?«

Sie verschluckte sich an ihrem Champagner, als Scott plötzlich neben ihr stand. »Himmel! Erschreck mich doch nicht so!«

Hailey hustete und drehte gleichzeitig den Kopf zur Seite, um ihn anzuschauen. Das hätte sie lieber nicht tun sollen, denn sein Anblick hatte etwas Verstörendes an sich: Sein blondes Haar war kunstvoll zerzaust, sein Gesicht sah aus, als käme er gerade aus einem Südseeurlaub, und seine Augen leuchteten hell – wie sie es immer taten, wenn Scott viel draußen war. Früher waren ihre Knie regelmäßig weich geworden, wenn sich im Sommer seine Augenfarbe verändert hatte und derart hell geworden war. Dazu kam nun auch noch sein anthrazitfarbener Anzug mit dem weißen Hemd, das er am Hals offen trug und ihr eine fabelhafte Aussicht auf seinen kräftigen Hals gestattete. Ihr Magen grummelte nervös, denn Scott übte eine beunruhigende Wirkung auf sie aus.

Hailey hätte nicht herkommen sollen.

In den letzten zwei Wochen hatte sie so viel zu tun gehabt, dass sie Scott nur ein einziges Mal kurz gesehen hatte. Sie hatte ihn aus ihren Gedanken verdrängt und sich lieber auf ihre Arbeit konzentriert. Das hatte gut funktioniert, bis er jetzt neben ihr auftauchte und für einen Mann viel zu gut roch – nach Sommer, Lust und mehr.

»Seit wann bist du so schreckhaft?«

»Seit du dich an mich heranpirschst.«

Glucksend nahm er einem vorbeieilenden Kellner ein Glas Champagner vom Tablett. »Ich habe mich nicht an dich herangepirscht. Du warst nur völlig in Gedanken versunken und hast mich nicht bemerkt. Vermutlich hast du darüber nachgedacht, wie du am schnellsten wieder hier wegkommst.«

Er kannte sie einfach zu gut.

»Mh.« Sie nippte an ihrem Glas und betrachtete über den Rand hinweg, wie er selbst einen kräftigen Schluck nahm. »Was tust du hier?«

»Das Gleiche wie deine Familie: spenden.«

Hailey deutete vielsagend auf die übrigen Gäste, die sich auf der Terrasse und im Gartenbereich des Clubs verteilten. »Hast du dich mal umgesehen? Du gehörst zu einer verschwindend geringen Menge Männer, die sich hierhergetraut haben.«

»Tja.« Scott schnalzte mit der Zunge und raunte ungeniert: »Vielleicht war genau das mein Ziel – ganz viele Frauen und kaum Konkurrenz.«

Sie lächelte gezwungen.

Unsicher ließ sie ihren Blick über die anderen Frauen schweifen. Einige waren über vierzig, manche bereits über fünfzig und sogar Mrs. Gordon-Parker, die einundachtzigjährige Matriarchin der Gordon-Parkers, war hier und saß aufrecht mit ihrem verschnörkelten Spazierstock an einem Tisch. Dennoch gab es genügend weibliche Gäste in Scotts Alter, die sein Interesse erregen könnten.

»Ich habe gehört, dass es freie Platzwahl gibt. Setzen wir uns zusammen an einen Tisch?«

Bedeutungsvoll hob sie eine Augenbraue in die Höhe. »Ist das dein Ernst? Du willst neben mir sitzen, obwohl hier derart viele ledige Frauen herumlaufen, unter denen du die freie Auswahl hast?«

Scott fuhr sich durch sein blondes Haar und war für ihren Sarkasmus völlig unempfänglich. »Adele Gordon-Parker ist hier, Hailey. Sie will mich schon seit Monaten mit ihrer Enkelin Constance verkuppeln, der wohl langweiligsten Frau der Welt. Wenn sie sieht, wie ich auf dieser Veranstaltung mit einer anderen Frau als mit ihrer Enkelin flirte, setzt sie augenblicklich Constance auf mich an, die auch hier irgendwo sein muss. Nein, danke.«

»Ach, und wenn du neben mir sitzt, kommt sie nicht auf die Idee, dass wir beide miteinander flirten könnten?«

Der verständnislose Blick, den sie von Scott erntete, ließ in ihr die Vermutung aufkommen, dass Männer manchmal komplette Vollidioten waren.

»Nein, natürlich nicht. Wir sind schließlich nur Freunde.«

»Wir waren verlobt«, hob Hailey zu ihrer eigenen Überraschung hervor und störte sich ein wenig an dem Passus, dass sie nur Freunde waren. Was eigentlich absurd war: Hatte sie nicht selbst vor nur wenigen Wochen in ihrer eigenen Küche Scott gegenüber etwas von Befreiung und Freundschaft gefaselt?

Scott machte eine ungeduldige Geste. »Das ist drei Jahre her und zählt schon gar nicht mehr. Hast du selbst gesagt. Komm lieber mit, bevor alle Plätze weg sind.«

Er schnappte sich ihren Arm und schleppte sie regelrecht hinter sich her. Da Hailey ein Sommerkleid und Sandalen trug, konnte sie von Glück reden, dass sie nicht über ihre eigenen Füße stolperte, als sie sich beeilte, mit ihm Schritt zu halten.

Am Tisch angekommen, schenkte sie ihm einen bösen Blick, den Scott zu übersehen schien, schließlich begrüßte er die bereits anwesenden Frauen mit einem Lächeln und verdeutlichte, dass Hailey und er *nur noch Freunde* waren, weil er nicht auf die Idee kam, ihr den Stuhl zurechtzurücken.

Hailey stellte ihr Glas auf dem Tisch ab, nickte knapp in die Runde und setzte sich auf ihren Stuhl, während sie sich schwor, Scott niemals ein Seil zuzuwerfen, wenn sie beide sich auf einem Schiff befänden und er über Bord gehen sollte.

Er war ein Idiot.

Außerdem hatte er gelogen, schließlich unterhielt er sich angeregt mit Donna Spencer – einer frisch geschiedenen Siebenunddreißigjährigen, deren Ausschnitt für eine sonntägliche Nachmittagsveranstaltung ein wenig zu offenherzig war und deren Augenaufschlag auf eine Pornokarriere hätte schließen lassen können, als sie an dem Strohhalm ihres Cocktails sog und dabei Scott lauschte. Wenn das kein Flirten war, fraß Hailey einen Besen!

Aufgebracht schwor sie sich, vom Speiseplan ihres Dads jede Fleischsorte zu entfernen und durch Tofu zu ersetzen, weil er ihr dieses Kasperletheater eingebrockt hatte.

»Scott, mein Lieber, wie schön, dass Sie da sind.« Martha DeBakker trat an den Tisch heran und reichte Scott die Hand.

Verstimmt verfolgte Hailey, dass Scott doch Manieren besaß, als er sich erhob und die Organisatorin mit Küsschen links und Küsschen rechts begrüßte. Für Martha hätte er bestimmt den Stuhl zurechtgerückt, der Trottel. Er spielte den höflichen Gast, bedankte sich formvollendet für die Einladung und erwiderte die gesäuselten Worte der älteren Frau mit Lobesbekundungen zur hübschen Dekoration. Hailey hätte ihn gerne genau dahin getreten, wo es richtig wehtat.

»Ich wollte auch nur ganz schnell vorbeikommen und Ihnen Hallo sagen, bevor wir später zusammen auf die Bühne gehen«, erklärte Martha, deren Wangen vor Aufregung glühten. »Wir alle sind Ihnen ja so dankbar, dass Sie uns unterstützen.«

Hailey beobachtete, wie Scott einen Moment stutzte und verwirrt wirkte. Interessiert legte sie den Kopf zur Seite und lauschte.

»Das mache ich doch gerne, aber ich fürchte, ich verstehe nicht, was Sie meinen, Martha, wenn Sie von der Bühne sprechen.«

»Die Bühne.« Die ältere Frau in dem fliederfarbenen Kostüm deutete begütigend auf die große Bühne, die mitten im blühenden Garten des Countryclubs aufgebaut war, und tätschelte ihm anschließend die Hand. »Sie müssen kein Lampenfieber haben, Scott. Das schaffen Sie doch mit links.«

»Lampenfieber?« Er lachte verwirrt. »Warum sollte ich Lampenfieber haben? Und warum soll ich auf die Bühne kommen?«

Martha schaute ihn völlig konsterniert an. »Natürlich müssen Sie auf die Bühne kommen. Sie sind schließlich der Hauptpreis, Scott.«

»Hauptpreis?« Seine Miene gefror.

»Bei unserer Junggesellenversteigerung, mein Lieber. Sie sind das Highlight des Tages.«

Sein Gesicht fiel vor lauter Entsetzen in sich zusammen.

Hailey konnte nicht anders, als unkontrolliert in ihr Champagnerglas zu prusten. Jede Eifersucht war auf einmal wie weggeblasen. Scott sollte versteigert werden? Und das vor den Frauen der gehobenen Gesellschaft Bostons?

Oh ja, das hier war definitiv das Highlight des Tages. Ach was! Das Highlight der ganzen Woche!

***

»Ich habe eine fabelhafte Idee für ein Buch. Es wird so anfangen: Ein Mann geht zu einer Charity-Veranstaltung und findet erst dort heraus, dass er am gleichen Tag der Hauptpreis bei einer Junggesellenauktion sein soll. Eine dreiundachtzigjährige Großmutter ersteigert ihn für ihre Enkelin und entscheidet dann, den gut aussehenden Mann für sich zu behalten. Das Buch wird ein Bestseller werden«, schwärmte Hailey neben ihm und klang so fröhlich, als wäre sie gerade auf Gold gestoßen. »Ich könnte mir sogar vorstellen, dass es verfilmt wird. Lass uns überlegen, wer die Hauptrolle spielen könnte.«

»Hailey …«

»Wie wäre es mit Chris Evans? Den fände ich gar nicht schlecht – und ähnlich sieht er dir auch.«

Als Antwort schaute er sie böse an.

»Lieber nicht Chris Evans?« Ganz und gar nicht eingeschüchtert schaute sie zurück. Ihre blauen Augen funkelten vor Vergnügen. War sie etwa schadenfroh?! Oder was zum Teufel lief da bei ihr ab? »Charlie Hunnam wäre meine zweite Wahl, aber sein Bart müsste ab. Also der wäre die perfekte Besetzung für die Rolle des ahnungslosen Scott MacIntosh, schließlich kann er so wunderbar gequält aussehen. Das würde perfekt in die Szene passen, wenn er von der dreiundachtzigjährigen …«

»Das ist überhaupt nicht komisch.« Scott knirschte mit den Zähnen.

»Doch.« Vor lauter Lachen entwickelte sie bereits einen Schluckauf. »Das ist total komisch!«

Grimmig ließ er seinen Blick zu Hailey wandern, die neben ihm saß und voller Entzücken die Vorspeise in sich hineinschaufelte – Jakobsmuscheln auf einem Avocado-Orangen-Salat. Verschwunden war offenbar die frühere Hailey, die sich durch derartige Veranstaltungen immer quälen musste und gemeckert hatte, dass ihr nicht einmal das Essen schmeckte.

Sein Teller war unberührt. Irgendwie war ihm die Nachricht auf den Magen geschlagen, dass er heute hier den Hampelmann spielen sollte – den Hampelmann vor fast einhundert Frauen, die allesamt über ein dickes Bankkonto verfügten.

»Könntest du bitte aufhören, dich so sehr darüber zu freuen, dass ich heute versteigert werden soll«, zischte er ihr zu, damit die übrigen Gäste am Tisch nicht mitbekamen, was sie so lustig fand.

»Nein, könnte ich nicht.« Hailey stupste ihn an und zeigte auf seinen Teller. »Isst du das noch?«

Es verstimmte ihn, dass sie auf einmal so guter Laune war und sich auf seine Kosten lustig machte. Dennoch schob er ihr seinen Teller hin. »Wohl bekomm's.«

»Danke.« Sie grinste ihn frech an. »Weißt du schon, wohin du Adele ausführen wirst? Sie wird für dich sicherlich eine schöne Stange Geld springen lassen. Dafür solltest du ihr ein romantisches Rahmenprogramm bieten.«

Auf seinen erneuten Versuch, sie mit einer grimmigen Miene einzuschüchtern, reagierte sie mit einem Glucksen und machte sich über seinen Teller her.

Vor Adele Gordon-Parker hatte er keine Angst. Er hatte auch kein Lampenfieber. Und eigentlich hatte er auch nichts dagegen, für einen guten Zweck auf einer Bühne zu stehen und sich versteigern lassen, schließlich hielt er sich selbst für einen lustigen Zeitgenossen. Was ihm jedoch keine Ruhe ließ, war Donna Spencers Blick, mit dem sie ihn maß, als würde sie ihn gerne mit Haut und Haaren verspeisen. Und sie war nicht die Einzige, die ihn abschätzend ansah und dabei ihr Geld zu zählen schien.

Verdammt, er hätte vermutlich etwas subtiler vorgehen sollen, als er sich mit Hailey ausgerechnet an den Tisch gesetzt hatte, an dem die frisch geschiedene Donna saß. Sein dilettantischer Versuch, sie ausgerechnet mit Donna eifersüchtig zu machen, der man immerhin nachsagte, dass sie nach der Scheidung von ihrem dreißig Jahre älteren Mann alles aufholte, was sie während ihrer Ehe verpasst hatte, war gewaltig in die Hose gegangen. Scott hatte sich nicht nur unwohl gefühlt, als sie in einer eindeutig nicht jugendfreien Geste an einem Strohhalm gesogen hatte, sondern musste jetzt zu allem Überfluss auch noch damit rechnen, dass sie einen großen Batzen ihres Unterhalts in ihn investierte. Anders konnte er sich ihre interessierten Blicke nicht erklären.

Wer glaubte, dass es der ultimative Traum aller Männer war, von Frauen für ein Date bezahlt zu werden, täuschte sich gewaltig. Scott konnte sich nichts Unangenehmeres vorstellen – zumal die Frau, derentwegen er nachts kaum ein Auge zumachte, neben ihm saß und alles mitverfolgen konnte.

Und was tat Hailey? Sie amüsierte sich offenbar königlich über seine Notlage!

Auch jetzt kicherte sie vor sich hin. »Nicht auszudenken, dass ich mich an Dad rächen wollte, weil er mich heute dazu genötigt hat herzukommen. Wenn ich deine Versteigerung verpasst hätte, hätte ich es mir niemals verzeihen können.«

Scott kniff die Augen zusammen und trat ihr auf den Fuß.

»Aua!« Empört öffnete sie den Mund. »Was soll das?«

Er beugte sich zu ihr hinüber und ignorierte Donnas verführerisches Lächeln. »Hör endlich auf, Hailey. Ich kann darüber nicht lachen.«

»Wolltest du dich nicht unter den anwesenden Frauen umsehen? Sieh es positiv – jetzt tust du sogar etwas Gutes dabei.« Auch sie kniff die Augen zusammen. Gleichzeitig hob sie kämpferisch das Kinn.

Da sich ihre Gesichter so nah waren, erinnerte er sich schlagartig daran, dass es noch nicht so lange her war, dass sie wie zwei Verhungernde übereinander hergefallen waren. Sogar jetzt, mit all den Menschen um sie herum, hätte er ihr Gesicht am liebsten umfasst und sie einfach nur geküsst.

»Himmel, Scott, es ist doch nur ein Date«, raunte sie ihm zu.

Ja, aber es war ein Date mit der falschen Frau. Anstatt sich mit Donna zu verabreden, die er höchstwahrscheinlich würde abwehren müssen, wäre er lieber mit der richtigen Frau ausgegangen – mit Hailey, die in ihrem schlichten hellblauen Sommerkleid und den flachen Sandalen schöner aussah als alle anderen Anwesenden zusammen.

»Das weiß ich selbst«, brummte er. Er griff nach seinem Glas und war sich ihrer neugierigen Miene bewusst.

»Wie kommt es überhaupt, dass du heute der Hauptpreis bist und nichts davon gewusst hast?«

»Frag mich etwas Leichteres«, murmelte er und hob ahnungslos eine Hand. »Ich bekam irgendeine E-Mail der Organisation, habe es aber bisher nicht geschafft, die zu lesen.«

»Aha.«

»Ja.« Geradezu hilflos fuhr er sich durchs Haar. »Als mich eine der Organisatorinnen anrief und fragte, ob ich einverstanden sei, habe ich zugesagt, weil ich dachte, es ginge um die Einladung. Ich konnte doch schlecht sagen, dass ich gar nicht gelesen habe, was sie mir geschickt haben.«

Wieder prustete sie los. »Der Klassiker.«

Nachdem die leeren Vorspeisenteller abgeräumt waren und die Hauptspeise serviert wurde, bemerkte er zum wiederholten Male, dass Donna Spencers Blick auf ihm ruhte. Langsam wurde Scott nervös. Er befürchtete, es mit einer Frau, die einen männermordenden Ruf besaß, nicht aufnehmen zu können.

»Wenn du auch das Rinderfilet verschmähst, ist dir nicht mehr zu helfen«, hörte Scott Haileys Stimme an seinem linken Ohr.

Räuspernd lehnte er sich so nah zu ihr, dass sich ihre Schultern beinahe berührten. »Du musst mir einen Gefallen tun.«

Überrascht öffnete sie den Mund. »Muss ich das?«

»Ja, du musst für mich mitbieten.«

»Was?« Es klang, als würde sie sich an einem Stück Fleisch verschlucken. »Was soll ich?«

»Du sollst für mich mitbieten.«

»Scott.« Ihre Mundwinkel kräuselten sich belustigt. »Keine Panik. Du musst doch nur …«

Rasch unterbrach er sie unwillig. »Meinetwegen gebe ich dir das Geld zurück.«

»Das wäre Betrug«, widersprach sie, schnalzte mit der

Zunge und schnitt sich gelassen ein weiteres Stück Fleisch ab.

»Komm schon, Hailey«, bat er mit einschmeichelnder Stimme. »Ich halte auch dicht.«

»Wenn ich mitbiete, zerreißen sich alle das Maul.« Sie schüttelte kategorisch den Kopf. »Erinnerst du dich nicht an die bekloppte Meldung in der Zeitung? Wenn ich Geld für ein Date mit dir biete, dann wird es Gerüchte geben.«

»Tu mir den Gefallen.«

»Auf keinen Fall.« Verwirrt legte sie den Kopf schief. »Niemand nimmt diese Junggesellenversteigerung besonders ernst. Was ist eigentlich dein Problem, Scott?«

Wie hätte er ihr das begreiflich machen sollen? »Es ist demütigend«, entgegnete er heftig.

»Unsinn«, widersprach sie prompt. »Diese Versteigerung dient der Belustigung, bringt Geld für gemeinnützige Zwecke ein und du darfst dich fünf Minuten lang begehrenswert fühlen. Genieß es doch einfach.«

Verdammt! Er knirschte mit den Zähnen.

Scott versuchte kein weiteres Mal, Hailey davon zu überzeugen, für ihn mitzubieten, sondern sah der Wahrheit ins Gesicht. Er war am Arsch.

Sobald das Dessert abgeräumt war – ein vermutlich himmlisch schmeckendes Schokoladenküchlein, von dem Scott jedoch nicht probiert hatte –, wurde er auch schon auf die Bühne gebeten. Während die Damen kicherten und applaudierten, machte er gute Miene zum bösen Spiel, lächelte in die Runde, riss einige Scherze und betrat die Bühne. Zu seinem Tisch und insbesondere zu Hailey sah er absichtlich nicht, weil er auf ihre Schadenfreude gut verzichten konnte.

»Meine Damen, heute haben wir einen ganz besonderen Leckerbissen für Sie, denn der begehrteste Junggeselle unserer schönen Stadt hat sich dazu bereit erklärt, ein Rendezvous mit ihm höchstpersönlich zu versteigern. Sie alle können mitbieten. Die Höchstbietende darf exklusiv mit Scott MacIntosh ein romantisches Date genießen und hat ihn einen Abend ganz für sich allein.«

Ein bisschen kam er sich wie bei einer Fleischbeschau vor, als die feinen Damen der höheren Gesellschaft zotige Kommentare riefen und lachend fragten, ob sie sich aussuchen dürften, was er zu diesem Rendezvous tragen würde. Und ihm blieb die Luft weg, als ausgerechnet die siebzigjährige Kathleen Sutter wie ein Teenager kreischte und verlangte, dass er seine Jacke und sein Hemd ausziehen sollte. Die übrigen Frauen begannen zu lachen.

Entgeistert blinzelte er. Das hier war schließlich kein Männerstriptease! Eigentlich war Scott davon ausgegangen, dass es sich um eine gesittete Veranstaltung handeln würde.

»Wenn du genug Geld für das Rendezvous mit ihm bietest, kannst du ihn ja nett bitten, ob er sein Hemd auszieht, Kathleen«, scherzte die Auktionatorin ins Mikrofon.

Beinahe wäre ihm die Kinnlade hinuntergefallen.

Nun schaute er doch zu seinem Tisch und sah, wie Hailey sich eine Hand vor den Mund hielt, während ihre Schultern vor unterdrücktem Lachen bebten. Wenigstens sie hatte ihren Spaß.

»Das Mindestgebot liegt bei eintausend Dollar. Wer bietet …?«

»Eintausendfünfhundert!«

»Das ging ja schnell, Kathleen«, verkündete Martha erfreut. »Wer bietet mehr?«

»Zweitausend!«

Das war Donna Spencer, die aufgeregt auf ihrem Stuhl auf und ab hopste.

»Zweitausendfünfhundert.«

»Dreitausend.«

»Dreitausendfünfhundert.«

»Viertausend!«

»Viertausendfünfhundert.«

Scott schwirrte der Kopf, weil er alle paar Sekunden von einem Tisch zum nächsten sah, um die Bieterinnen zu entdecken. Vermutlich hätte es ihm schmeicheln sollen, dass der Preis für ein Date mit ihm sekündlich in die Höhe schnellte.

Als besonders hartnäckig stellten sich Donna Spencer, Kathleen Sutter und eine rothaarige Frau um die vierzig heraus, die jedoch das Handtuch warf, als das Gebot fünfstellig wurde.

»Elftausend.«

»Sie hören es, meine Damen, Mrs. Spencer hat soeben elftausend Dollar für ein Rendezvous mit Bostons begehrtestem Junggesellen geboten. Bietet jemand mehr?«

Nervös sah Scott zu Kathleen Sutter, die ihre Hand in die Höhe riss und lauthals trompetete: »Zwölftausend!«

»Dreizehntausend«, erwiderte Donna Sutter prompt.

Die ältere Mrs. Sutter entgegnete augenblicklich: »Vierzehntausend. Den schnappst du mir nicht weg, Donna.«

Alles lachte. Bis auf Donna Spencer und Scott.

Er wusste nicht, was er schlimmer fand – ein Date mit Donna Spencer, die nach dem Hauptgang versucht hatte, mit ihm zu füßeln, oder eins mit Kathleen Sutter, die seine Großmutter sein könnte und ihn gerne ohne Hemd sehen würde.

Als Donna entschlossen rief: »Zwanzigtausend Dollar«, sackten seine Schultern nach unten.

Aufgeregt rief Martha ins Mikrofon: »Zwanzigtausend Dollar! Wir haben ein Gebot von zwanzigtausend Dollar, meine Damen. Das ist absoluter Rekord! Bietet jemand mehr?«

Verstohlen schaute Scott zu Kathleen Sutter hinüber, deren finsteres Gesicht Bände sprach.

Martha holte tief Luft. »Zwanzigtausend Dollar zum Ersten. Zwanzigtausend Dollar zum Zweiten. Zwanzigtausend Dollar zum …«

»Fünfzigtausend Dollar!«

Ein Raunen ging durch die Menge, und alle drehten sich zu dem Tisch um, an dem Scott vor ein paar Minuten noch gesessen hatte.

Hailey hatte die Hand gehoben und lächelte schwach.

Scott traute seinen Augen kaum. Und seinen Ohren erst recht nicht. Hatte sie soeben wirklich fünfzigtausend Dollar für ihn geboten?

Er war nicht der Einzige, der verwirrt aus der Wäsche schaute. Auch Martha DeBakker war so perplex, dass sie bewegungslos auf der Bühne stand und hilflos zu den Mitorganisatorinnen schaute, die an dem ersten Tisch direkt vor der Bühne saßen und die Köpfe nach hinten gedreht hatten. Außerdem hatte Hailey recht gehabt, das Tuscheln begann bereits. Und es war so laut, dass Scott einzelne Satzfetzen hören konnte. *Verlobung, San Francisco* und *Dubai* erklangen hier und da.

»Äh … wir … wir haben ein neues Höchstgebot. Fünfzigtausend Dollar … ich bin fassungslos und natürlich sehr … erfreut.« Martha schüttelte ungläubig den Kopf. »Bietet jemand mehr?«

Niemand rührte sich. Auch nicht Donna Spencer. Plötzlich war es unnatürlich still im Garten des Countryclubs.

Als Martha DeBakker wieder das Wort ergriff, zitterte ihre Stimme ein wenig. »Gut, dann geht das Rendezvous mit Scott MacIntosh an Hailey Sinclair für die Rekordsumme von fünfzigtausend Dollar.«

Zurückhaltender Applaus ertönte.

Scott stieg von der Bühne, gratulierte den ziemlich aufgelöst wirkenden Organisatorinnen und ging anschließend zurück zu seinem Tisch, wobei er sich der neugierigen Blicke in seinem Rücken durchaus bewusst war.

Donna Spencer hatte sich urplötzlich verzogen. Und Hailey wirkte so entspannt, als hätte sie nicht gerade ein kleines Vermögen für etwas bezahlt, was sie jederzeit umsonst von ihm bekommen hätte.

»Fünfzigtausend Dollar?« Er griff nach seinem Glas und trank einen kräftigen Schluck. »Hast du gerade wirklich fünfzigtausend Dollar für ein Date mit mir bezahlt?«

»Du wirktest da oben ziemlich verloren und hast mir leidgetan«, erklärte sie nonchalant. »Außerdem ist Dad mit seinen Spenden eh immer sehr großzügig.«

»Also muss ich dir das Geld nicht zurückgeben?«

»Nein.« Entweder war sie sich der Tatsache nicht bewusst, dass Dutzende Augenpaare auf ihnen ruhten, oder es war ihr egal. »Und das Date müssen wir auch nicht stattfinden lassen. Das Geld geht ja sowieso an die Kinder.«

Sie machte wohl Scherze!

»Keine Chance«, widersprach Scott resolut. »Wir gehen miteinander aus. Für das Date hast du schließlich ein Vermögen bezahlt. Freunde hin oder her.«

# 11

»Fünfzigtausend Dollar und du gehst mit mir zum Bowling?«

»Hast du etwas dagegen?« Scott drehte den Kopf nach rechts und schaute zu Hailey, die neben ihm auf der Plastikbank saß und genauso wie er ihre Bowlingschuhe schnürte, deren Geruch er nicht näher ergründen wollte. »Ich dachte, du gehst gerne zum Bowling.«

»Ja, ich mag Bowling, aber angesichts der Tatsache, dass der heutige Abend fünfzig Riesen gekostet hat, hättest du dir etwas mehr Mühe geben können.«

»Soll das der subtile Vorwurf sein, dass ich kein romantisches Date organisiert habe?«

»Scott, von Romantik war keine Rede«, entgegnete sie trocken und lehnte sich wieder zurück, während sie die Beine von sich streckte. »Was wäre passiert, wenn Adele Gordon-Parker dieses Date ersteigert hätte? Wärst du mit ihr auch zum Bowling gegangen?«

»Adele Gordon-Parker hat gar nicht mitgeboten«, erinnerte er sie freundlich und verknotete die beiden Enden der Schnürsenkel miteinander, bevor er sich ebenfalls aufrichtete.

Es war ein Montagabend mitten im Sommer, und alle Bowlingbahnen waren belegt, obwohl draußen schönstes Sommerwetter herrschte. Während er sich umsah, stellte Scott fest, wie ausgelassen die Stimmung überall war. Direkt neben ihnen schien sich ein Freundeskreis von Teenagern eingefunden zu haben, die einander lauthals anfeuerten und vor Lachen gurgelten, wenn jemand die Pins verfehlte und die Kugel in die Rinne beförderte. Dass ein paar der Jugendlichen wild miteinander knutschten und deshalb mehrmals aufgefordert werden mussten, dass sie nun dran waren, registrierte Scott mit Belustigung.

Neben Teenagern im Hormonrausch tummelten sich die üblichen Verdächtigen an den übrigen Bahnen. Bowlingclubs mit identischen Shirts und Familien, die ihren Nachwuchs in einen der Stützpfeiler der amerikanischen Kultur einführten – Hotdogs, Bier, Neonlichter, dröhnende Musik und guten alten Wettkampf darum, wer die meisten Punkte ergatterte.

Apropos Bier: Hailey nahm ihren Plastikbecher und trank einen großen Schluck, bevor sie nach den Nachos griff und einen in den feurigen Salsadip versenkte. Fast hätte sie sich bekleckert, als sie den Nacho zum Mund führte.

Nebenan kreischten die Mädchen vor Entzücken, und ein paar Bahnen weiter brüllten Mitglieder eines Bowlingvereins ihr gemeinsames Motto, das sich anhörte, als würden sie in den Krieg ziehen.

Vielleicht war dies wirklich nicht der richtige Ort für ein Date, aber Scott hätte bei Hailey nicht punkten können, wenn er sie in ein teures Restaurant geführt und bei Mondschein einen Spaziergang unternommen hätte. Außerdem hätte sie direkt Lunte gerochen, wenn er mit einem Strauß Blumen vor ihrer Tür gestanden hätte, schließlich hatte er sie zu diesem Date förmlich zwingen müssen. Erst als er sie darauf hingewiesen hatte, dass es nach Schiebung aussehen könnte, wenn sie ihr ersteigertes Date nicht in Anspruch nahm, und er das Date nicht länger als Date bezeichnete – sie waren ja schließlich jetzt *Freunde* –, hatte sie eingewilligt.

Und so verbrachte sie den heutigen Montagabend mit ihm, an dem das *Bonfire* geschlossen und sie ausnahmsweise frei hatte.

Dass er eine Geschäftsreise nach London dafür verschoben hatte, wusste sie nicht. Es hätte seinem Vorhaben, sich unbeteiligt und sogar desinteressiert zu benehmen, widersprochen, wenn Hailey erfahren hätte, dass ihm dieser Abend so wichtig war, dass er dafür sogar einen wichtigen Geschäftstermin auf einem anderen Kontinent abgesagt hatte.

Sollte sie doch glauben, dass er ebenfalls diese *Nur-noch-Freunde*-Masche gut fand und mit der Verabredung nicht die Absicht verfolgte, Hailey wieder für sich zu gewinnen. Hätte er ein romantisches Dinner organisiert, wäre sie vermutlich sofort abgehauen, aber ein Bowlingabend entsprach nicht den Kriterien für ein klassisches Rendezvous.

Sentimentalität war hier das Stichwort.

Früher waren Hailey und er gerne mit Freunden zum Bowling gegangen und hatten ähnlich wie die Teenager neben ihnen einen Heidenspaß gehabt. Mit seinem knappen Studentenauskommen war ein Abend im Bowlingcenter die beste Freizeitbeschäftigung gewesen, die er sich hatte leisten können. Mittlerweile hätte er ein kleines Vermögen bei einem Date ausgeben können, aber Scott hoffte, dass Hailey in nostalgische Stimmung verfiel und sich daran erinnerte, wie er früher dicht hinter ihr gestanden hatte, um ihr zu zeigen, wie sie die Kugel werfen musste, um einen Strike zustande zu bekommen – oder wie seine Hilfe immer in Fummeleien und Knutschorgien mitten auf der Bowlingbahn geendet hatte.

»Was hättest du denn mit Donna Spencer unternommen, wenn sie das höchste Gebot abgegeben hätte? Sie war ziemlich scharf darauf, dich zu ersteigern.«

»Willst du wirklich über Donna Spencer reden?« Er erhob sich und trat an den Monitor der Bowlingbahn, um ihre beiden Namen dort einzugeben. Die ganze Zeit über war er sich bewusst, dass sie hinter ihm stand und ihn ansah.

»Warum nicht? Sie wirkte sehr enttäuscht, dass sie von mir überboten wurde.«

»Wofür ich dir auf ewig dankbar sein werde«, erwiderte Scott inbrünstig und legte den Kopf zurück, um auf den Fernsehmonitor zu schauen, der an der Decke über ihnen befestigt war.

»Donna machte den Eindruck, dass sie nur allzu gerne mit dir ausgegangen wäre«, fuhr Hailey fort. »Ich habe gehört, dass sie seit ihrer Scheidung sehr freigiebig mit ihrer Zuneigung ist.«

»Willst du mich etwa verkuppeln?«, hakte Scott ungläubig nach.

Auf seine Frage antwortete sie mit einer anderen Frage: »Wieso hast du die Gunst der Stunde nicht genutzt? Ist sie dir mit siebenunddreißig zu alt?«

Bevor Hailey auch noch die neunzehneinhalbjährige Mandy erwähnen konnte, erwiderte er im beiläufigen Tonfall. »Sie ist nicht mein Typ.«

»Und was ist dein Typ?«

Über seine Schulter warf er ihr einen langen Blick zu. »Willst du anfangen?«

Hailey erwiderte seinen Blick und wirkte, als würde sie nicht daran denken, das Thema wechseln zu wollen.

Ihr Blickduell dauerte noch ein paar Sekunden, bis Hailey gleichgültig mit den Schultern zuckte und sich erhob. »Ich bin dran.«

Er machte einen Schritt zur Seite, damit sie sich eine der Kugeln aussuchen konnte. Dass sie sich für die pinke Variante entschied, amüsierte ihn. »Das ist die Mädchenkugel.«

»Ich bin ja auch ein Mädchen.«

»Ehrlich?« Scott räusperte sich und ließ seine Augen bedeutungsvoll über ihr heutiges Outfit wandern: abgeschnittene Jeans, ein ACDC-Shirt und dazu die hässlichen Bowlingschuhe.

Hailey kniff die Augen zusammen und fragte scharf nach: »Willst du, dass ich dir die Kugel auf den Fuß fallen lasse?«

Unschuldig hob er beide Hände in die Höhe und machte vorsichtshalber einen Schritt zurück.

Vielleicht war das sogar besser so, denn Scott musste zeitweise befürchten, dass ihr die Kugel aus den Händen fliegen und einen Unbeteiligten treffen könnte. Anscheinend hatte seine aufopferungsvolle Hilfe vor einigen Jahren nicht viel gebracht, da Hailey grottenschlecht spielte.

Ihr Ehrgeiz war jedoch ungebrochen. Immer wieder betrachtete sie den Monitor voller Missmut. Seine Punktzahl schlug ihre um Längen.

»Das kommt nur daher, dass ich so lange nicht gespielt habe«, grummelte sie missmutig und setzte sich auf die Plastikbank gleich hinter den Monitor. »Du hast einen unfairen Vorteil, weil du nicht im Ausland warst wie ich.«

»Klar«, entgegnete Scott sarkastisch und setzte sich neben sie auf die Bank, während er einen Schluck seines bereits schal gewordenen Bieres trank. »Ich schlage dich haushoch, weil ich in den letzten drei Jahren die Zeit hatte, täglich Bowling zu spielen.«

»Genau, das meinte ich doch. Unter diesen Voraussetzungen kann ich ja nur verlieren.« Hailey nahm ihm den Becher ab und trank einen Schluck von seinem Bier. Ein Blick offenbarte Scott, dass ihr eigener Becher bereits leer war. »Das Bier schmeckt abgestanden.«

»Ja, im Gegensatz zu dir habe ich mich aufs Gewinnen konzentriert und nicht auf mein Bier.«

Sie nahm ihm seinen Kommentar nicht übel, sondern bat ihn leichthin: »Holst du noch eine Runde?«

»Das könnte ich, wenn ich nicht schon die erste Runde geholt hätte.« Entspannt lehnte er sich zurück und wartete ab.

Ihre Reaktion ließ nicht lange auf sich warten. »Soll das heißen, dass ich die nächste Runde holen *und* bezahlen soll?«

»Das wäre nur fair, oder?«

»Fair?« Sie schnappte empört nach Luft. »Ich dachte, das wäre hier ein Date.«

Nachdenklich runzelte er die Stirn. »Daran kann ich mich nicht erinnern. Hast du nicht gesagt, dass wir beide nur ...«

»Dieses Date hat fünfzig Riesen gekostet«, warf sie ein. »Es ist ein Wunder, dass man dich zum Hauptpreis bei der Junggesellenversteigerung gemacht hat. Erst schleppst du mich zum Bowling und willst mich dann mit einem lumpigen Bier abspeisen. Und sag mir nicht, dass dir das nötige Kleingeld fehlt.« Hailey schüttelte enttäuscht den Kopf. »Früher warst du nicht so geizig, und da hattest du nur diesen alten Toyota und schlecht sitzende Hosen. Kaum fährst du einen Jaguar und trägst nur noch Anzüge, verwandelst du dich in einen Geizkragen.« Wieder maß sie ihn und seine saloppe Aufmachung, die aus Jeans und einem dünnen Sweatshirt bestand. »Mich hat es sowieso überrascht, dass du heute nicht in Hemd und Krawatte aufgetaucht bist.«

»Normalerweise trage ich zum Hemd und der Krawatte auch eine Hose und ein Jackett, aber wenn du darauf bestehst ...« Er ließ den Satz unvollendet.

»Ich bestehe nur auf einem Bier.«

Seufzend erhob sich Scott und deutete eine Verbeugung an. »Darf es auch ein Hotdog sein?«

»Falls der in dein Budget passt? Bitte ohne Kraut.«

»Hailey.« Er fuhr sich durch sein Haar und schnitt eine Grimasse. »Wir kennen uns seit zehn Jahren und ich weiß nicht nur, dass hinter deinem linken Ohrläppchen deine erogenste Zone ist, sondern auch, dass dein rechter kleiner Finger zu zucken beginnt, kurz bevor du wütend wirst. Von deiner Vorliebe für Walt-Disney-Filme bei PMS mal ganz abgesehen. Denkst du im Ernst, ich hätte vergessen, dass du deinen Hotdog ohne Kraut isst?«

Für einen kurzen Moment glaubte Scott, sie sprachlos gemacht zu haben, aber dann erwiderte sie mit zuckenden Mundwinkeln: »Und mit nicht zu viel Senf.«

Sie musste einfach immer und überall das letzte Wort haben.

Selbstverständlich brachte er ihr den Hotdog so, wie sie ihn mochte, ohne Kraut, dafür mit Röstzwiebeln, ein wenig Senf und etwas Ketchup. Sie verputzte ihn in Rekordgeschwindigkeit, trank ihr zweites Bier und aß zum Schluss noch ein Softeis. Scott kannte keine Frau mit einem derart gesegneten Appetit. Dass er ihr gerne beim Essen zusah, hatte sich in den letzten Jahren nicht geändert.

Trotzdem kam er nicht umhin, sie ein wenig aufzuziehen. »Darfst du als Souschefin nichts von dem probieren, was du selbst kochst, oder warum bist du dermaßen verhungert?«

»Ich schufte wie ein Tier und brauche genügend Energie«, verteidigte sie sich.

»Gut, ich dachte schon, du müsstest dich von dem ernähren, was zurück in die Küche geht.«

Hailey hob das Kinn. »Unser Essen ist fabelhaft. Die Teller, die zurückkommen, sind allesamt leer.«

»Ist das so?«

»Ja. Und abgesehen davon sind unsere Portionen nicht gerade riesig. Für uns aus der Küche würde da sowieso nicht viel abfallen.«

Er lachte leise. »Die Gäste scheint das nicht zu stören, schließlich liegt der Gewinn des ersten Monats weit über den angestrebten Zahlen.«

Erst als Hailey ihn mit einem verwirrten Blick musterte, begriff Scott, was er gerade gesagt hatte. Verdammte Scheiße!

»Woher weißt du denn, wie unsere Zahlen aussehen?«

Obwohl er innerlich fluchte, beherrschte er nach einigen Jahren in der Branche ein perfektes Pokerface. Beinahe stoisch erklärte er: »Das ist doch kein Geheimnis. Jeder Investor aus der Gegend ist über diverse Unternehmen im Bilde und informiert sich.«

»Hast du spioniert, wie das Geschäft läuft?«

»Ein neues Restaurant erregt nun einmal Aufmerksamkeit. Ich höre ständig, wie sich Geschäftspartner über andere Firmen unterhalten. Auch über das *Bonfire* wird viel geredet.«

Als Hailey ihm zuzwinkerte, fiel ihm ein ganzer Steinbrocken vom Herzen. »Und ich dachte schon, du würdest mit dem Gedanken spielen, das *Bonfire* zu übernehmen, und hättest dich deshalb über unsere Zahlen informiert.«

»Ja, das wäre doch eine gute Idee«, scherzte er und zwang sich zu einem Grinsen. »Leider ist die Gastronomie nicht unbedingt mein Spezialgebiet.«

»Ja, schade. Apropos Spezialgebiet: Ich habe Nick davon überzeugt, mir die Auswahl der neuen Wochenkarte zu überlassen.«

Froh darüber, dass sie übers Essen und nicht über betriebliche Gewinne sprach, atmete er auf. »Und was schwebt dir vor?«

»Das wird noch nicht verraten.« Hailey zögerte einen Moment, bevor sie ihm fast schon zurückhaltend vorschlug: »Warum kommst du nicht in der nächsten Woche vorbei und überzeugst dich selbst vom Ergebnis?«

Der warme Ausdruck in ihren Augen und das winzige Lächeln auf ihren Lippen ließen ihn hoffen. Das klang nach einem fabelhaften Anfang!

***

Als er sie später nach Hause fuhr, hatte Scott zum ersten Mal seit einer halben Ewigkeit das Gefühl, dass Hailey und er es wieder hinbekommen würden. Ihr *Date* war besser gelaufen als erwartet, und kein einziges böses Wort war zwischen ihnen gefallen. Vielmehr hatten sie sich wie Freunde benommen – wie Freunde, zwischen denen die sexuelle Spannung hin und her flog.

Auch jetzt, als er seinen Wagen in ihrer Auffahrt parkte und schweigend neben ihr saß, spürte er ein Knistern zwischen ihnen.

»Danke für den schönen Abend«, murmelte sie und wirkte dabei verlegen.

Scott musterte sie eingehend und rutschte automatisch näher. Im dunklen Inneren seines Wagens waren ihre Augen fast schon schwarz. Er wollte sie küssen. Vielleicht wartete sie nur darauf, dass er sie küsste, schließlich saß sie bewegungslos neben ihm und schaute ihm wortlos in die Augen. Oh ja, Scott wollte sie küssen!

Stattdessen legte er seinen Daumen auf ihren schlanken Hals, wo er ihren hektisch schlagenden Puls spüren konnte.

Wie von selbst wanderte sein Daumen zu der Stelle, von der er wusste, wie empfindlich Hailey auf die kleinste Berührung reagierte.

Kaum glitt seine Fingerkuppe über die sensible Haut direkt hinter ihrem linken Ohrläppchen, stieß sie einen zittrigen Seufzer aus.

»Scott …« Ihre Stimme verfing sich.

Er senkte das Gesicht zu ihrem Hals – vor allem deshalb, weil der Anblick ihrer bebenden Lippen und ihrer halb geschlossenen Augen zu viel für seine Selbstbeherrschung war. »Wenn ich dich jetzt küssen würde, hier auf deinen Hals, dürfte ich dann mit hineinkommen?«, flüsterte er mit seinem Mund nur wenige Millimeter von ihrer zarten Haut entfernt.

»Oh nein«, flüsterte sie mit heiserer Stimme. »Ganz bestimmt nicht.«

Scott grinste wissend und erinnerte sie daran, wie es früher abgelaufen war. »Weißt du noch, wie ich an dem Rosenspalier zu deinem Fenster hochgeklettert bin?«

Sie schluckte und murmelte dann: »Du hattest Angst vor Dad, dabei war ich schon neunzehn.« Langsam legte Hailey den Kopf zurück, um ihn wieder anzusehen. Auch Scott lehnte sich zurück, ließ seinen Daumen jedoch dort, wo er lag.

Ihm stand noch bildhaft vor Augen, wie er sich abends in ihr Zimmer geschlichen hatte, weil sie die Nacht miteinander verbringen wollten und er sich im Wohnheim ein Zimmer mit einem computerspielsüchtigen Kommilitonen geteilt hatte. »Meine Hände sahen aus, als wäre ich durch Stacheldraht geklettert.«

Hailey war anzusehen, dass sie am liebsten laut gelacht hätte, als sie ihn flüsternd erinnerte: »Nach dem vierten oder fünften Mal ließ Dad dich wissen, dass du lieber durch die Tür kommen sollst, wenn du bei mir übernachten willst, anstatt dir noch einen Wundstarrkrampf zu holen.« Ihre Mundwinkel zuckten. »Ich befürchtete, du würdest dir in die Hose machen, so entsetzt hast du Dad angeschaut.«

»Ich erinnere mich«, gab er zu und forschte in ihrem Blick. »Würdest du mich heute durch die Tür lassen, oder müsste ich mich wieder ans Rosenspalier halten?«

»Nein«, entgegnete sie mit fester Stimme und einem belustigten Blitzen in den Augen, als sie beide Hände gegen seine Brust legte. »Du wirst weder durch die Tür hineinkommen noch das Rosenspalier hochklettern. Außerdem hast du in den letzten zehn Jahren zugenommen. Das Spalier würde dein Gewicht gar nicht mehr halten können.«

»Ich würde es liebend gern auf einen Versuch ankommen lassen«, widersprach er motiviert.

Hailey schüttelte den Kopf. »Mädchen wie ich lassen sich nicht so einfach herumkriegen, nur weil gewisse Männer wissen, wo sich ihre erogenen Zonen befinden – erst recht nicht, wenn das Date auf einer Bowlingbahn stattgefunden hat.«

Er grinste. Das war seine Hailey. »Du könntest einfach das Fenster auflassen.«

»Gute Nacht, Scott.« Mit einem heiseren Lachen und einem flüchtigen Kuss auf seine Wange verabschiedete sie sich, bevor sie aus dem Wagen stieg.

Für so ein Date würde er sich immer und immer wieder versteigern lassen.

***

Zufrieden schaute Hailey auf die restlos leergeputzten Teller, die zurück in die Küche gebracht wurden. Die Gerichte, die in diesen Tagen auf der Wochenkarte standen, waren ein voller Erfolg und bei ihren Gästen wahnsinnig beliebt. Vor allem die

Nachspeisenvariation erfreute sich besonderer Beliebtheit. Die mit einer würzigen Ricottacreme gefüllten Pfirsiche, die auf einem Salatbett aus jungem Blattspinat mit gerösteten Mandeln und einer leicht säuerlichen Vinaigrette serviert und karamellisiert wurden, waren der momentane Renner im *Bonfire*. Und Hailey war die Urheberin dieses Desserts. Auch die zarten Seezungenröllchen an einer Mousse vom weißen Spargel und einem Rosencurry-Sud sowie das Kalbsfilet mit einer Bärlauchkruste auf Selleriepüree stammten von ihr und fanden bei den Gästen enormen Anklang. Jedes Mal, wenn ein zufriedener Gast einen leeren Teller zurückgehen ließ, freute sich Hailey wie eine Schneekönigin.

Vor allem die Mousse vom weißen Spargel war sehr gefragt. Und das, obwohl Nick erst zögerlich auf ihren Vorschlag reagiert hatte, dieses Gericht auf die Wochenkarte zu setzen.

Weil Hailey wusste, wie empfindlich Männer reagierten, wenn sie etwas falsch einschätzten oder unrecht hatten, hielt sie sich mit *Ich-habe-es-dir-gleich-gesagt*-Sprüchen zurück. Aber sie genoss es, ihrem Küchenchef bewiesen zu haben, wie gut sie war.

»Vielleicht sollten wir die Pfirsiche auf unsere Menükarte übertragen«, erklärte Nick. Auch ihm mussten die zahlreichen Bestellungen des Pfirsichdesserts aufgefallen sein. »Es wäre zu schade, sie in der nächsten Woche durch ein anderes Dessert zu ersetzen. Unsere Gäste würden sich bestimmt freuen, wenn sie deine Dessertkreation noch länger genießen dürfen.«

Ein stolzes Glühen breitete sich in ihr aus, während sie neben ihrem Chef stand und unter seinem kritischen Blick einen Teller anrichtete. Sie beide waren mittlerweile ein eingespieltes Team. Dass er ihr die Lorbeeren überließ und von *ihrer* Dessertkreation sprach, rechnete sie ihm hoch an. Nick mochte ehrgeizig sein, aber er war fair und gerecht – und keine Küchendiva, wie es sie in dieser Branche allzu häufig gab.

Lächelnd legte Hailey ein perfekt zubereitetes Stück Rinderfilet auf einen hauchdünnen Saucenspiegel aus edlem Balsamico und milder Kirschreduktion und verzierte den Teller anschließend mit essbaren Blüten. »Mich freut es, dass dir meine Gerichte zusagen.«

»Mh. Kann ich dir ein Geheimnis anvertrauen?«

»Sicher«, erwiderte Hailey belustigt und schob den fertigen Teller nach vorn. »Service! Tisch fünf!«

Wie aufs Stichwort kam die Serviceleitung um die Ecke und legte einen neuen Bestellzettel auf die Anrichte, bevor sie den Teller mit dem Rinderfilet und einen ebenfalls fertigen Teller mit einem Stück Kalbsfilet hochhob, um sie formvollendet in den Gästeraum zu tragen.

»Was für ein Geheimnis ist es denn?« Hailey wischte mit einem Küchentuch über die Anrichte und verstaute dieses anschließend in der Schlaufe ihrer Schürze.

Neugierig schaute sie Nick an, der wie die Unschuld vom Lande lächelte und ihr nun anvertraute: »Dein Spargelmousse hat mir vorgestern zu richtig gutem Sex verholfen.«

Sie war sich nicht sicher, ob sie ihn richtig verstanden hatte. »Wie bitte?«

Ihr Chef grinste, als teilten sie beide einen Insider, den nur sie verstanden. »Claire war so begeistert von deinem Rezept, dass sie sich anschließend auf mich geworfen hat.« Bedeutungsvoll wackelte er mit den Augenbrauen. »Himmel, ich kann dir sagen …«

»Das will ich gar nicht so genau wissen«, wehrte Hailey rasch ab.

Kameradschaftlich klopfte er ihr auf den Rücken. »Wenn deine Kreationen immer diese Wirkung auf Claire haben, darfst du dich ab sofort um die Auswahl der Gerichte für die Wochenkarte kümmern.«

Hailey war sich nicht sicher, ob sie sich über dieses fragwürdige Kompliment freuen sollte, bedankte sich jedoch artig. »Äh, danke, Nick.«

»Ich glaubte, ich sollte eher dir danken.« Er zwinkerte ihr zu und schnappte sich anschließend den neuen Bestellzettel, als hätte er sie nicht gerade in sein Liebesleben mit seiner Freundin eingeweiht. Er schien in Gedanken schon wieder ganz woanders zu sein, schließlich hielt er ihr zwei Sekunden später den Bestellzettel unter die Nase. »Was soll das hier heißen? Sashimi oder Saltimbocca? Marahs Sauklaue treibt mich noch in den Wahnsinn.«

Stirnrunzelnd betrachtete Hailey den handschriftlichen Zettel. »Ich hätte jetzt Saibling gelesen, aber Saltimbocca könnte auch passen.«

»Verdammt«, fluchte Nick. »Wer soll denn diese Hieroglyphen entziffern?«

Da sie momentan sowohl Sashimi vom Schwertfisch als auch Saltimbocca vom Seeteufel und Tartar vom Saibling im Angebot hatten, wäre eine leserlichere Schrift tatsächlich von Vorteil gewesen.

»Hey, Chef! Wir brauchen deinen Rat wegen des Tartars«, erscholl eine Stimme aus dem hinteren Bereich der Küche.

Hailey nahm Nick den Bestellzettel aus der Hand und verließ ihren Posten. »Ich suche Marah und frage sie nach der Bestellung. Kümmere du dich um das Tartar.«

Sie gab ihm keine Möglichkeit, Widerspruch einzulegen, weil sie schnurstracks das Weite suchte, bevor Nick noch auf die Idee kam, ihr ausführlicher von seinem Abend mit Claire zu berichten.

Vor der Restaurantküche befand sich ein kleiner Flur, der

Küche und Gastraum voneinander trennte, jedoch war Marah hier nirgends zu sehen. Normalerweise ließ sich Hailey nur selten im Gastraum blicken, zumal meistens keine Zeit dafür blieb, Gäste zu begrüßen. Dafür war der Service zuständig. Weil ihr Küchenchef jedoch auf die korrekte Bestellung wartete, blieb Hailey gar nichts anderes übrig, als den Gastraum zu betreten und nach der Angestellten zu suchen. Wenigstens war es schon spät und die meisten Tische bereits verlassen. Also öffnete sie die verglasten Türen und lief an der Seite des Raumes in Richtung Bar, an der die Serviceleitung stand und gerade telefonierte.

Im Gegensatz zur Atmosphäre in der Küche, in der es immer laut und hektisch zuging, herrschte hier himmlische Ruhe. Die Lichter waren gedämpft, dezente Hintergrundmusik war zu hören, und das Personal strahlte Gelassenheit aus. Wenn Hailey allzu lange hiergeblieben wäre, hätte sie sich vermutlich an einen der Tische gesetzt und wäre dabei so entspannt gewesen, dass sie zweifelsfrei eingeschlafen wäre.

Marah hatte sie bereits bemerkt und nickte ihr zu.

Hailey schnitt eine Grimasse und deutete auf den Zettel in ihrer Hand.

»Was gibt es?«, wollte die andere Frau wissen, nachdem sie das Telefonat beendet hatte.

»Der Chef hat sich über deine Handschrift mokiert und rätselt darüber, ob er Saltimbocca, Saibling oder Sashimi zubereiten soll.«

Marahs Schultern sackten nach unten, und sie seufzte genervt auf. »Ich kümmere mich darum.« Zack! Marah hatte ihr den Zettel bereits aus der Hand geschnappt und ging in gemäßigtem Tempo in Richtung Küche.

Hailey wollte ihr folgen, nickte dem Barkeeper zu und drehte sich um, wobei ihr Blick automatisch durch den Gastraum schweifte. Abrupt hielt sie mitten in der Bewegung inne, als sie Scott bemerkte, der im verglasten Erker an einem der Tische saß.

Und er war nicht allein.

Ihm gegenüber saß eine Frau und hing an seinen Lippen.

Kerzenschein, Champagner, ein abgelegener Tisch und ein intimes Dinner.

Hailey kannte die Anzeichen ganz genau. Scott hatte gerade ein Date – in *ihrem* Restaurant. Und das nur wenige Tage nachdem sie beide nach ihrem Ausflug auf die Bowlingbahn in seinem Auto gesessen und miteinander geflirtet hatten. Himmel! Es hätte nicht viel gefehlt, und Hailey hätte ihn in seinem Jaguar förmlich bestiegen. Dabei wäre es ihr sogar egal gewesen, dass sie direkt vor dem Haus ihres Dads geparkt hatten.

Seither grübelte sie darüber nach, ob sie Scott zu einem weiteren Date einladen sollte. Zu einem richtigen Date, das sie nicht vom Geld ihres Vaters ersteigert hatte.

Und was tat er?

Er führte eine Frau nur kurze Zeit später ins *Bonfire*, trug dabei einen fabelhaft aussehenden schwarzen Anzug und spielte den Charmeur. Eigentlich hatte Hailey die Idee mit dem Bowling zuckersüß gefunden, aber jetzt fragte sie sich, warum er ihr nicht die gleiche Aufmerksamkeit geschenkt hatte wie der Frau, die gerade perlend lachte, als er irgendetwas sagte und dabei lächelte.

Wut vernebelte ihren Verstand.

Sie hätte jetzt einfach kehrtmachen und zurück in die Küche gehen sollen, aber das war nicht ihr Stil. Es war auch nicht ihr Stil, sein Essen zu versalzen, um es ihm heimzuzahlen. Hailey ging die Dinge lieber direkt an.

Entschlossen marschierte sie auf seinen Tisch zu und nahm

am Rande wahr, dass die Tische in der näheren Umgebung nicht besetzt waren.

Anscheinend war Scott tatsächlich so skrupellos geworden, wie sie es befürchtet hatte, weil nicht das kleinste Anzeichen eines schlechten Gewissens zu erkennen war, als er Hailey erblickte. Er war sogar noch dreister, schließlich lächelte er, als sei er erfreut, sie hier zu sehen. Und das, obwohl er mit einer anderen Frau hier hockte!

»Hallo Hailey, wir haben gerade ...«

»Ich hoffe, dein Champagner ist noch nicht schal«, unterbrach sie ihn und griff nach seinem Glas, um ihm den Inhalt ins Gesicht zu schütten. Leider war nur noch ein kleiner Schluck übriggeblieben, der wenig Schaden anrichtete. Nicht einmal seine Haarspitzen waren nass geworden.

Seine Begleitung holte mit einem erschrockenen Laut Luft und setzte sich ruckartig auf.

Auch wenn die Frau ihr nichts getan hatte und sicherlich nicht schuld an dieser Situation war, warf Hailey ihr einen vernichtenden Blick zu und ... erstarrte.

»Hailey, du kennst doch sicherlich noch Melissa«, hörte sie Scott sagen und bemerkte aus dem Augenwinkel, dass er sich mit seiner Serviette übers Gesicht wischte. Seine Stimme klang völlig gelassen, obwohl sie ihn soeben mit Champagner attackiert hatte. »Ich wollte ihr und Samuel zeigen, wo du arbeitest. Ach ... da kommt ja auch schon mein Bruder.«

Hailey hob den Kopf.

Scotts älterer Bruder Samuel kam gerade aus Richtung der Gästetoiletten und hob grüßend die Hand, als er sie bemerkte. Seine Frau Melissa, die nicht nur rund fünfzehn Kilogramm abgenommen, sondern sich offenbar auch die Haare blondiert hatte, seit Hailey sie zum letzten Mal gesehen hatte, rutschte unruhig auf ihrem Stuhl herum. Scott dagegen strahlte geradezu vor Zufriedenheit, und seine Mundwinkel zuckten vergnügt.

Erst jetzt fiel Hailey auf, dass auf dem Tisch drei Gedecke lagen.

Scheiße – sie hatte sich komplett zum Affen gemacht.

# 12

Seit ihrem Eifersuchtsanfall antwortete sie auf keine seiner Nachrichten.

Scott wusste nicht, wie er Hailey aus ihrem Schneckenhaus locken sollte, in dem sie sich verschanzt hatte, nachdem sie vor drei Tagen so wunderbar die Contenance verloren hatte, weil sie geglaubt hatte, er wäre mit einer anderen Frau im *Bonfire* zum Essen gewesen. Dass es sich bei der anderen Frau um seine Schwägerin gehandelt hatte, mit der sein älterer Bruder Sam in die Stadt gekommen war, um ihn zu besuchen, war das I-Tüpfelchen gewesen.

Die Genugtuung, dass Hailey eifersüchtig darauf reagierte, ihn mit einer anderen Frau zu sehen, war unbeschreiblich. Wenn es sie störte, dass er mit anderen Frauen ausgehen könnte, musste das bedeuten, dass sie noch immer Gefühle für ihn hatte – egal, ob sie es nun bestritt oder nicht. Wenn er gewusst hätte, dass Eifersucht der Schlüssel zum Erfolg war, wäre er mit einem ganzen Gefolge halb nackter Unterwäschemodels in San Francisco aufgetaucht, nachdem sie dorthin abgehauen war.

Die Frage war nur, wie er diese Erkenntnis für sich nutzen

konnte, wenn Hailey ihm konsequent aus dem Weg ging. Wie war es sonst zu erklären, dass sie weder seine Nachrichten beantwortete noch seine Telefonanrufe annahm?

Scott grübelte noch darüber nach, als er vor der reichhaltigen Auslage im *Chez Liz* stand und sich die unzähligen Pralinensorten anschaute, die hier angeboten wurden. Weil er es in diesem Jahr nicht schaffen würde, zum Geburtstag seiner Mom nach Wisconsin zu fliegen, der in zwei Wochen stattfand, hatte er sich überlegt, seinem Bruder ein Paket für sie mitzugeben. Er hatte ihr bereits ein schönes Paar Ohrringe besorgt und wollte das Ganze mit einer Auswahl der köstlichen Pralinen krönen, die Liz verkaufte. Die Freundin seines Trainers stellte so wunderbare Süßigkeiten her, dass seine Mom entzückt sein würde. Zwar war seine Mutter keine große Köchin und legte auf gutes Essen nicht viel Wert, aber sie schwärmte für Süßes. Vermutlich würde sie sich über eine Auswahl von Pralinen mehr freuen als über den sündhaft teuren Südseeperlenschmuck, den er unter einem akuten Anfall von schlechtem Gewissen gekauft hatte, weil er zum Geburtstag seiner Mom nicht da sein würde.

»Weißt du schon, was du haben möchtest?«

»Vermutlich nehme ich von allem etwas.«

Liz lächelte und schob die hintere Glasscheibe der Auslage zur Seite, bevor sie nach einer hübsch bedruckten Box griff und sie vor sich hinstellte.

Obwohl Scott als Mann naturgemäß keinen Sinn für hübsche Dekorationen und verzierte Pralinenboxen hatte, musste er zugeben, dass die Pâtisserie und alles, was sich in ihr befand, geschmackvoll und perfekt aufeinander abgestimmt waren. So trug Liz eine rosafarbene Schürze, auf der ihr Logo abgedruckt war, das sich auch auf der Box befand, in die sie mit einer Zange unterschiedliche Pralinen packte.

»Vermutlich soll ich Adam nicht erzählen, dass du hier warst und einen Haufen Pralinen gekauft hast«, gab Liz belustigt von sich und schenkte ihm ein wissendes Lächeln. »Er kann schrecklich autoritär sein, was sein Training betrifft.«

»Die Pralinen sind für meine Mom«, fühlte sich Scott bemüßigt, ihr zu erklären. »Außerdem kann sich dein Freund auf den Kopf stellen, was das Essen betrifft, weil ich lieber einmal mehr in der Woche zum Sport gehe, als auf ein gutes Essen zu verzichten.«

»Du gefällst mir, Scott.« Liz lachte. »Für den Kommentar gibt es gleich eine kleine Kostprobe von mir. Brombeertartelettes. Ich wollte sie Adam gestern Abend zum Probieren geben, aber er faselte etwas von Kohlenhydratzufuhr am Abend und lehnte ab.« Sie verdrehte die Augen.

»Sein Verlust. Mein Gewinn.«

Liz schnaubte. »Heute Morgen fehlte eins, aber Adam war schon weg, also konnte der Trottel mir auch nicht sagen, wie es ihm geschmeckt hatte.«

»Das übernehme ich liebend gerne für ihn, solange Adam nicht eifersüchtig wird.«

»Ich glaube kaum, dass Adam eifersüchtig wird, wenn ich dir ein Gebäckstück zum Probieren gebe.« Sie stellte die Box beiseite und griff nach einem Teller, auf den sie eins der sehr ansprechend aussehenden Brombeertörtchen legte. »Aber keine Sorge: Falls er dennoch zur Eifersucht neigen würde, müsstest du nicht mit Champagner in deinem Gesicht rechnen. Adam würde dir eher eine Extratrainingseinheit aufbrummen.«

Scott brauchte ein paar Sekunden, bis er verstand, worauf Liz anspielte. Verdutzt starrte er sie an. »Woher weißt du denn davon?«

Liz lächelte entschuldigend. »Von Haileys Eifersuchtsanfall im *Bonfire*? So etwas verbreitet sich in Windeseile. Nick erzählt es Claire. Claire erzählt es meiner Schwester Vicky. Und Vicky erzählt es mir.«

»Oh Mann!« Er seufzte. »Ein Wunder, dass es noch nicht in der Zeitung steht.«

Sie reichte ihm den Teller. »Da hast du wohl recht.«

Fast schon automatisch nahm Scott den Teller entgegen, war jedoch plötzlich gar nicht mehr so versessen darauf, das Gebäckstück zu probieren. Stattdessen sah er Liz an, die mit einem feuchten Lappen über die Theke wischte, und schluckte schwer. Zwar kannte er sie kaum, und er war auch kein Mensch, der mit seinen persönlichen Probleme hausieren ging, aber sie war momentan die einzige weibliche Person, mit der er über Hailey reden konnte. Also räusperte er sich und stellte den Teller vor sich auf seiner Thekenseite ab.

»Kann ich dich etwas fragen, Liz?«

Ihre freundlichen Augen richteten sich auf ihn. »Natürlich. Wenn es mit den neuen Macaronsorten zu tun hat, dann ...«

»Nein, nein«, unterbrach er sie rasch und grinste schief. »Die Frage zielt nicht auf deine Torten ab, sondern eher auf deine Erfahrung als Frau.«

»Oh.« Anscheinend neugierig geworden, richtete sie sich auf und verschränkte die Arme vor der Brust. »Geht es um diese Champagner-Eifersuchtssache?«

»Also bist du auch der Meinung, dass Hailey eifersüchtig war?« Er musste es einfach wissen.

Liz zuckte mit der Schulter. »Das kann ich leider nicht sagen. Ich weiß nur, dass Nick gesagt hat, es wäre so etwas wie ein akuter Anfall von Eifersucht gewesen, weil Hailey dir ein Glas Champagner ins Gesicht geschüttet hätte, nachdem sie dich mit einer Frau im *Bonfire* gesehen hat.«

»Mit meiner Schwägerin Melissa«, fügte er erklärend hinzu. »Klingt es für dich nach Eifersucht?«

»Unter uns?« Sie beugte sich ein winziges Stück über die Theke und zwinkerte ihm zu. »Warum sonst hätte sie dir ein Getränk ins Gesicht schütten sollen? Du hast schließlich nicht ihr Essen beleidigt, oder?«

»Ganz und gar nicht – ich bin doch nicht selbstmordgefährdet.« Er tippte sich an die Stirn und grinste dabei.

»Warum grinst du so?«

»Weil Hailey eifersüchtig ist.«

»Und das ist etwas Gutes?«

»Ja, das ist es«, erklärte er, ohne zu viel preiszugeben. »Es ist sehr gut, dass Hailey eifersüchtig ist. Die Frage ist nur ...«

Als er nicht weitersprach, zog Liz die Augenbrauen in die Höhe. »Ich kann keine Gedanken lesen, Scott. Du musst schon in ganzen Sätzen reden.«

Nachdenklich musterte er sie ein paar Augenblicke lang und fiel förmlich mit der Tür ins Haus: »Was müsste ein Mann tun, um deine Aufmerksamkeit zu bekommen?«

»Ich denke, dass du Haileys Aufmerksamkeit längst hast.«

Scott brummte und warf ihr einen schrägen Blick zu. »Das täuscht.«

»Sonst hätte sie dich nicht mitten im Restaurant attackiert.«

Er machte eine wegwerfende Handbewegung. »Die anderen Gäste haben es nicht einmal bemerkt. Die meisten waren bereits gegangen.«

»Aber darum geht es doch gar nicht«, widersprach Liz fröhlich. »Glaub mir, du hast ihre Aufmerksamkeit, wenn sie sich dazu hat hinreißen lassen.«

Das half ihm leider nicht weiter. Zwar kam er sich etwas bescheuert vor, einer fast Fremden so eine private Frage zu stellen, aber Scott war an einem Punkt, an dem es ihm nicht einmal mehr etwas ausmachte, wenn Liz ihn für einen Sonderling hielt. »Und wie schaffe ich es, dass sie mir eine zweite Chance gibt?«

»Hast du es schon einmal mit etwas Romantik versucht?«

»Hailey ist nicht der romantische Typ.«

Liz lachte trocken. Scott bekam nun den Eindruck, dass sie ihn wie einen leicht zurückgebliebenen, mitleiderregenden Trottel ansah. »*Jede* Frau ist ein romantischer Typ.«

»Nicht meine Hailey«, widersprach er fest. »Früher hat sie sich mehr darüber gefreut, wenn ich ihr ein gutes Stück Fleisch mitgebracht habe als einen Strauß Blumen.«

»Das heißt nicht, dass sie kein romantischer Typ ist«, belehrte Liz ihn freundlich. »Denk darüber nach, was sie begeistern und was ihr zu Herzen gehen kann. Etwas, womit sie nicht rechnet und was sie überrascht und erfreut. Vielleicht eine Sache, die sie an früher erinnert und in nostalgische Stimmung versetzt.«

Augenblicklich dachte er ans Bowling.

Scott war mit ihr absichtlich zum Bowling gefahren, weil es sie an früher hatte erinnern sollen, als sie noch unbeschwert Spaß miteinander gehabt hatten. Er hatte ihr zeigen wollen, dass er sich Gedanken gemacht hatte. Und es hatte funktioniert. Anders war es nicht zu erklären, dass sie später in seinem Auto regelrecht geflirtet hatten und auf Tuchfühlung gegangen waren. Das Bowling musste sie tatsächlich an früher erinnert und sie berührt haben. Liz hatte recht: Er musste etwas finden, das ihr ans Herz ging. Anstatt ihr Blumen zu schenken und zu einem Dinner bei Kerzenschein einzuladen, musste er kreativ werden und etwas finden, das sie nicht so einfach ignorieren konnte wie seine Nachrichten und Anrufe.

Nachdenklich schaute er zu Liz, die seinen Blick richtig gedeutet haben musste. »Schokolade wäre ein guter Anfang.« Sie schob die bereits geschlossene Box mit den Pralinen für seine Mom über die Theke. »Schokolade geht immer.«

Scott legte den Kopf schräg. »Kannst du noch eine Packung fertig machen?«

***

Es war kurz nach Mitternacht, als Hailey nach Hause kam und gähnend ihr Schlafzimmer betrat. Sie war todmüde und wollte einfach nur nach einem Bad ins Bett fallen. Die Arbeit selbst war gar nicht so anstrengend gewesen, schließlich hatte sich die gesamte Küchenbrigade sehr gut aufeinander eingespielt. Nein, anstrengend waren nur die bedeutungsvollen Blicke ihres Küchenchefs, das Gekicher des restlichen Teams und die Frotzeleien über ihren – wie Nick es nannte – Eifersuchtsanfall vor ein paar Tagen gewesen.

Seither machten sich die Mitarbeiter des *Bonfire* einen Heidenspaß daraus, sie zu necken. Entweder hing eine Champagnerflasche aus Plastik an ihrem Spind, oder sie fand auf ihrem Arbeitsplatz den Flyer eines Weinhändlers, der bei einer Großbestellung Champagner mit Rabatt warb. Dazu kamen nicht existente Bestellungen wie ein Champagnersüppchen oder ein Champagnerrisotto. Nicht zu vergessen die Vorschläge ihrer Kollegen, für besonders liquide Gäste die Möglichkeit einer Champagnerdusche einzuführen.

Der Kreativität der Küchenbrigade waren keine Grenzen gesetzt.

Die Befürchtung, dass Nick ihr aufs Dach steigen würde, weil sie immerhin mitten im Gastraum die Kontrolle über sich verloren hatte, war unbegründet gewesen. Hailey hatte sich zerknirscht entschuldigen wollen, aber Nick hatte lediglich achselzuckend gemeint, dass man schon einmal Dinge tat, die man sonst nicht tun würde, wenn man verliebt und gleichzeitig eifersüchtig sei.

Es war egal, wie oft Hailey ihm zu erklären versucht hatte, dass sie nicht in Scott verliebt war, denn der verbohrte Trottel glaubte ihr nicht. Das zusammen mit den Scherzen ihrer Kollegen trieb Hailey noch in den Wahnsinn. Den ganzen Tag lang war sie in Habachtstellung und abends dementsprechend k.o. – aber wie!

Auf dem Weg ins Schlafzimmer hatte sie nachgesehen, ob ihr Dad noch in seinem Arbeitszimmer saß, und hatte ihn schließlich im Wohnzimmer gefunden, wo er laut lachend eine Comedysendung geschaut hatte. Auf Zehenspitzen war sie an der Tür vorbeigelaufen und nach oben gegangen, um ihn nicht zu stören. Und um mit ihm nicht reden zu müssen. Hailey konnte nicht sicher sein, ob er wusste, dass sie seit Tagen Scotts Anrufe wegdrückte und seine Nachrichten nicht beantwortete. Heute Abend war sie einfach zu müde und auch zu ausgelaugt, um mit ihrem Dad über Scott zu reden.

Sie schlüpfte gerade aus ihrer Jeansjacke und wollte ihre Tasche aufs Bett werfen, als sie das Päckchen bemerkte, das auf ihrer ordentlich drapierten Tagesdecke lag.

Hailey stutzte und legte Tasche sowie Jacke auf den Stuhl neben der Tür, bevor sie sich langsam dem Päckchen näherte.

Es war ungefähr so groß wie ein Schuhkarton und mit einem rosafarbenen Geschenkpapier bezogen, auf dem kleine Herzchen abgedruckt waren. Himmel, war das kitschig!

Nichtsdestotrotz zogen sich ihre Mundwinkel automatisch nach oben.

Sie setzte sich auf die Bettkante und zog das Päckchen auf ihren Schoß. Instinktiv wusste sie, dass es von Scott war, und zögerte einen Moment lang, es zu öffnen. Die letzten Tage waren nicht nur wegen ihrer Arbeit und der Neckereien ihrer Kollegen derart anstrengend gewesen, sondern auch, weil

Hailey ständig über Scott und ihre Reaktion auf sein vermeintliches Date mit einer anderen Frau nachgegrübelt hatte.

Diese widerstreitenden Gefühle machten sie noch verrückt!

Drei Jahre hatte sie ihn für ein skrupelloses, auf seinen eigenen Vorteil bedachtes und widerlich ehrgeiziges Arschloch gehalten, das für ihre Gefühle kein Verständnis gehabt hatte. Damals war sie erschrocken gewesen, dass Scott sich so verhalten konnte. Sie war entsetzt gewesen, dass aus dem wundervollen Scott, mit dem sie seit sieben Jahren zusammen gewesen war und den sie von Herzen geliebt hatte, ein kalter und fast schon mitleidsloser Mensch geworden war. Hailey hatte die Reißleine gezogen und Schluss gemacht.

Heute erlebte sie ihn wieder anders.

Er war witzig, cool und hartnäckig – dabei jedoch rücksichtsvoll. Außerdem gab es da diese Durchsetzungskraft, die ihr an ihm gefiel. Scott ließ sich nichts gefallen, und das zog sie an. Und irgendwie weckte er sehnsüchtige Erinnerungen an sieben Jahre, in denen Hailey unbeschreiblich glücklich gewesen war.

Mehr und mehr kam sie zu der Erkenntnis, dass sie sich in den letzten drei Jahren etwas vorgemacht hatte, denn sie hatte nicht mit ihrem Leben weitergemacht, sondern war auf der Stelle verharrt und hatte sich lediglich abgesondert. Sie hatte darauf gewartet, ein Zeichen zu bekommen, dass sie über ihn hinweg war. Aber das war sie anscheinend noch nicht.

Wie sollte sie es jedoch mit ihm ein zweites Mal versuchen, wenn sie beim letzten Mal enttäuscht und tief verletzt worden war?

Mit einem tiefen Atemzug öffnete sie das Paket und staunte nicht schlecht.

Eine kleine Flasche Champagner, eine Pralinenschachtel

aus dem *Chez Liz* und ein Buch, *Stolz und Vorurteil* von Jane Austen. Ein Brief befand sich nicht in dem Paket. Dafür stand eine Widmung im Buch.

Ein paar Minuten später lag Hailey in ihrer Badewanne und hatte die Pralinen und den Champagner mitgenommen. Das ganze Badezimmer roch nach Granatapfelbadesalz, das Hailey großzügig in die Wanne gegeben hatte, und der große Spiegel direkt über dem Waschbecken war bereits beschlagen.

Das Buch lag noch immer auf dem Bett in ihrem Schlafzimmer. Sie hatte es absichtlich dort liegen gelassen, weil sein Anblick ihr Kopfzerbrechen machte. Das war auch der Grund, weshalb sie den Champagner aus der Flasche trank, obwohl er nicht einmal kalt war, und sich mit den köstlichen Pralinen vollstopfte. Alkohol und Schokolade waren nun einmal die allerbesten Seelentröster.

Ein ebenfalls fabelhafter Seelentröster war ihr Stiefbruder.

Ohne der Uhrzeit große Bedeutung beizumessen, schnappte sie sich das Handy, das neben der Badewanne lag, und tropfte dabei den halben Fußboden voll.

Hailey lehnte sich zurück, als sie ihr Telefon in den Händen hielt, und zog die Beine an, sodass ihre nackten Knie aus dem warmen Wasser herausragten. Unschlüssig nagte sie auf ihrer Unterlippe herum und wählte schließlich Miles' Nummer.

Glücklicherweise hatte sie ihn nicht geweckt, weil er fast augenblicklich ans Telefon ging und keinesfalls verschlafen klang. »Hey, ist etwas passiert?«

»Nein, ich …« Sie hielt inne und hielt es für klüger, nicht direkt mit der Tür ins Haus zu fallen, weil sie auf diese Weise wirklich ziemlich verzweifelt gewirkt hätte. »Störe ich dich?«

»Nicht wirklich. Ich bin gerade erst nach Hause gekommen.«

»Oh, Überstunden?« Im gleichen Moment, in dem sie die

Frage ausgesprochen hatte, kam sie sich ziemlich albern vor, schließlich kannte sie keinen Kunsthistoriker, der Überstunden machen musste.

»Nein, ich hatte ein Date«, entgegnete ihr Stiefbruder gelassen.

»War es nicht gut, dass du jetzt schon wieder allein zu Hause bist?« Sie zögerte. »Du bist doch allein? Oder wartet er im Schlafzimmer auf dich?«

»Ich bin allein, Hailey«, erwiderte Miles.

»Dann war es also nicht gut?«

»Doch, es war sogar sehr gut.«

»Warum hast du ihn nicht auf einen Kaffee reingebeten?«, fragte sie und genoss es, Miles ein wenig auf die Palme zu bringen. Er war ab und zu ein wenig zu nüchtern für ihren Geschmack und musste aufgerüttelt werden.

»Es war nicht so ein Date«, erklärte Miles mit einem Anflug von Ungeduld.

»Sondern?«

Miles stieß einen düsteren Laut aus, den Hailey nicht interpretieren konnte, aber sie vermutete, dass sie ihm gerade gehörig auf den Keks ging. »Er muss morgen arbeiten. Ich muss morgen arbeiten. Und wir wollen es langsam angehen lassen. Hast du sonst noch Fragen? Seine Sozialversicherungsnummer kenne ich selbst noch nicht.«

Erstaunt und belustigt zugleich gluckste sie ins Telefon hinein. »Ihr wollt es langsam angehen lassen? Also ist es etwas Ernstes?«

»Ja, Nervensäge. Und jetzt sag mir, warum du so spät anrufst.«

Okay, es war Zeit, nicht länger um den heißen Brei herumzureden, also erklärte Hailey mit einem schweren Seufzer: »Scott hat mir heute ein Päckchen geschickt.«

»Waren Bowlingschuhe drin?«, erkundigte sich Miles.

»Nein, sondern Pralinen, Champagner und ein Buch.«

Miles klang ratlos. »Ich kann ja verstehen, dass er dir Pralinen und den Champagner schickt, aber ein Buch? Du bist nicht unbedingt das, was ich eine Leseratte bezeichnen würde.«

»Hey, ich lese sehr wohl! Nur habe ich nicht so viel Zeit wie du«, empörte sie sich.

»Welches Buch hat er dir denn geschickt? Sag bitte nicht, dass es dieser Hausfrauenporno mit der Seidenmaske und der Peitsche auf dem Cover ist!«

Beinahe hätte sie die Augen verdreht. »Es ist *Stolz und Vorurteil* von Jane Austen.«

»Ich *weiß*, wer *Stolz und Vorurteil* geschrieben hat.« Ihr Stiefbruder schnaubte in den Hörer hinein. »Mich wundert, dass er dir das Buch geschenkt hat.«

»Wieso?«

»Weil ich gar nicht wusste, dass Scott und du euch für Klassiker der englischen Literatur begeistern könnt.«

Das taten sie auch nicht, aber sie hatten bei ihrem ersten Date vor Jahren den Film im Kino gesehen und seither an jedem Jahrestag die DVD herausgeholt. Jedes Mal hatte Hailey Stein und Bein geschworen, irgendwann einmal das Buch zu lesen, weil sie den Film so wunderschön gefunden hatte, obwohl sie mit Liebesfilmen eigentlich gar nicht so viel anfangen konnte. Und an jedem Jahrestag hatte Hailey Scott damit aufgezogen, dass es Männer wie Mr. Darcy heute nicht mehr gäbe, leider.

Ein beunruhigendes Gefühl breitete sich in ihrem Magen aus, wenn sie an die Widmung im Buch dachte. »Wir haben bei unserem ersten Date den Film im Kino gesehen.«

»Ach so.« Das klang wissend und sogar ein wenig belustigt.

»Ich weiß.«

»Da scheint sich Scott ja große Mühe zu geben.«

Das sah Hailey ähnlich. Sie wusste nur nicht, wie sie darauf reagieren sollte. »Vor ein paar Tagen habe ich mich ziemlich danebenbenommen«, gab sie zu. »Scott war im *Bonfire*. Mit einer anderen Frau.«

»Und?«

Obwohl Miles es nicht sehen konnte, machte sie eine unwirsche Handbewegung und spritzte sich dabei selbst Wasser ins Gesicht. »Er war mit seinem Bruder und seiner Schwägerin ins Restaurant gekommen, aber Sam saß gerade nicht mit ihnen am Tisch und Melissa habe ich anfangs nicht erkannt.«

»Lass mich raten«, warf Miles fröhlich ein. »Du bist in typischer Hailey-Manier an den Tisch gewalzt und hast ihn zur Schnecke gemacht.«

»Ich habe ihm Champagner ins Gesicht gegossen«, korrigierte sie kleinlaut.

Ihr Stiefbruder lachte laut auf. »Deshalb schickt er dir eine Flasche Champagner. Sehr gut!« Er schien zu schmunzeln. »Und vermutlich isst du gerade die Pralinen und blätterst durch das Buch.«

»Nein, ich liege in der Wanne und telefoniere mit dir. Und ja, ich esse die Pralinen und trinke den Champagner.«

»Auch auf die Gefahr hin, dass du mich erwürgst, Hailey, aber Scott kennt dich vermutlich besser als jeder andere Mensch.«

»Und das soll heißen?«

»Das soll heißen, dass du dir Gedanken darüber machen solltest, warum du so heftig auf die Vorstellung von ihm mit einer anderen Frau reagierst und warum du mich mitten in der Nacht anrufst, wenn Scott dir ein Geschenk schickt, um dessen Bedeutung du weißt.«

Wieder nagte sie auf ihrer Unterlippe herum, bevor sie kläglich erklärte: »Es ist nicht so einfach.«

»Wer hat denn gesagt, dass Liebe einfach ist?«

»Du klingst wie diese schlechten Spruchseiten auf Facebook.«

Miles seufzte. »Hailey, was ist dein Problem? Der Mann scheint sich große Mühe für dich zu geben.«

Wieder war da dieser Kloß in ihrem Hals, als Erinnerungsfetzen an die Zeit vor drei Jahren vor ihr auftauchten. Plötzlich war ihr eiskalt, obwohl das Wasser in der Badewanne noch immer wunderbar warm war. »Ich kann doch nicht einfach alles vergessen, was passiert ist, Miles. Damals habe ich nicht grundlos Schluss gemacht. Und die Gründe sind noch immer dieselben.«

»Hast du mit ihm jemals darüber geredet?«

Nein, das hatte sie nicht.

Damals hatte sie nicht die Kraft dazu besessen, weil sie gleichzeitig so wütend und so verletzt gewesen war, dass Hailey geglaubt hatte, sterben zu müssen, wenn sie mit Scott über ihre Gefühle reden würde. Seine hatte er schließlich sehr deutlich gemacht.

»Nein, das habe ich nicht«, sagte sie laut. Zittrig holte sie Luft. »Und ich weiß ehrlich gesagt auch nicht, ob ich es heute kann.«

»Seit wann bist du feige?«

»Ich bin nicht feige«, wehrte sie ab. »Ich bin nur etwas unsicher.«

»Unsicher?« Ihr Stiefbruder klang, als würde er sich maßlos amüsieren. »Wenn du nur unsicher wärst, würdest du das überspielen. So, wie du es immer tust.«

»Miles …«

»Die Hailey, die ich kenne, gebraucht ihre große Klappe

gerne dazu, über ihre Unsicherheiten hinwegzutäuschen, und Scott wird das besser wissen als alle anderen. Du solltest mit ihm reden.«

Sie holte tief Luft. »Miles, es gibt da ein paar Dinge, die du nicht weißt.«

»Du hast die Hosen gestrichen voll – das weiß ich. Und wenn du nicht mit ihm darüber redest, wird es nicht besser. Du hast die Wahl: Entweder sagst du ihm, dass er dich ein für alle Mal in Ruhe lassen soll, und beendest diesen Hickhack, oder du setzt dich mit ihm hin und ihr redet miteinander. Alles andere wäre Scott gegenüber nicht fair.«

Natürlich wusste Hailey, dass ihr Stiefbruder recht hatte. Es machte sie mittlerweile wahnsinnig, Scott aus dem Weg zu gehen und mit einer Eifersucht konfrontiert zu sein, mit der sie nur schlecht umgehen konnte. Dazu kamen das Bedürfnis, bei ihm zu sein, und die Erinnerung an damals, als sie begonnen hatte, in ihm den skrupellosen Mistkerl zu sehen.

Bei all den Emotionen war es eigentlich kein Wunder, dass sie nicht wusste, wie sie sich verhalten sollte.

Manchmal wünschte sie sich …

»Du hast mir nicht widersprochen, Hailey.«

»Was?« Es kostete sie Mühe, ihm zu folgen und sich auf das Gespräch zu konzentrieren.

»Als ich gesagt habe, dass niemand behauptet hat, Liebe sei einfach, hast du nicht widersprochen. Heißt das, dass du Scott noch liebst?«

Hailey presste die Lippen aufeinander, bevor sie ins Telefon brummte: »Erwartest du ernsthaft, dass ich mit dir darüber rede?«

Er lachte. Er lachte! »Na, mit Scott scheinst du nicht darüber reden zu wollen, also warum nimmst du nicht mit mir vorlieb?«

»Vielleicht weiß ich es selbst nicht«, platzte es aus ihr raus.

Miles' Stimme klang plötzlich weich. »Ich glaube, du weißt es bereits, aber hast zu viel Angst, es dir einzugestehen, Hailey. Ausgerechnet jetzt solltest du nicht anfangen, feige zu werden.«

Sie beendete kurz darauf das Telefonat, stieg aus der Wanne und machte sich beinahe schlafwandlerisch bettfertig. Als sie wenige Minuten später in ihrem Bett lag und zur dunklen Zimmerdecke über sich aufsah, tastete ihre Hand wie selbstverständlich zu dem Buch, das neben ihr auf dem zweiten Kopfkissen lag.

*Vielleicht bin ich nicht Elizabeth's Mr. Darcy, Hailey, aber ich könnte deiner sein.*

*Scott*

# 13

Es war der erste Junggesellenabschied, auf dem Scott jemals war.

Und er kannte nicht einmal den Bräutigam, der mit einem Partyhut auf dem Kopf und bereits ziemlich gut abgefüllt auf einem Stuhl mitten im heute geschlossenen *Bonfire* saß und einen Lapdance über sich ergehen lassen musste.

*Ergehen* war wirklich das passende Wort, denn Andrew Knight schien das Spektakel nicht zu genießen, dabei gab sich insbesondere die Frau mit dem Glitzer-BH und dem passenden String die größte Mühe, den zukünftigen Ehemann zu erfreuen. Sie saß förmlich auf dem Schoß des hilflosen Mannes und drückte ihm ihre Brüste ins Gesicht. Die anderen Partygäste verhielten sich sehr viel ausgelassener, jubelten und feuerten Drew an, von dem Scott wusste, dass er ein knallharter Verhandlungspartner war, nach allem, was Scotts Mitarbeiter David Kincaid ihm vor einigen Monaten berichtet hatte. Jetzt gerade wirkte er jedoch nicht sonderlich taff und zuckte sogar zusammen, als er dazu aufgefordert wurde, der Dame auf seinem Schoß den BH zu öffnen.

»Komm schon, Drew! Das ist deine letzte Gelegenheit,

bevor du nur noch Brookes Unterwäsche in die Finger bekommst«, johlte ausgerechnet Nick O'Reilly fröhlich und hielt dabei eine Flasche Bier in der Hand.

Er war derjenige gewesen, der Scott angerufen und zum Junggesellenabschied seines besten Freundes eingeladen hatte. Wie Scott zu dieser Ehre gekommen war, konnte er noch nicht genau sagen, aber Nick hatte irgendetwas gemurmelt, dass ein Mann Eier in der Hose haben musste, wenn er es mit Hailey aufnahm. Besonders schmeichelhaft war das zwar nicht, aber da es ein lustiger Abend zu werden versprach, zu dem auch Adam gekommen war, beschwerte sich Scott nicht.

Auch er feuerte Drew an, als dieser – eher widerwillig – den BH der Stripperin öffnete. Der BH segelte zu Boden, während dessen Besitzerin weiterhin wilde Verrenkungen auf dem Schoß des Bräutigams veranstaltete.

Spontan beschloss Scott, niemals einen eigenen Junggesellenabschied haben zu wollen, um der Situation zu entgehen, die Drew gerade erleben musste.

Kaum hatte er den Gedanken vollendet, musste er wieder an Hailey denken, die sich nicht bei ihm gemeldet hatte, nachdem er Theresa das Paket übergeben hatte. Das war vorgestern gewesen. Mittlerweile war er so weit, tatsächlich bei ihr durchs Fenster einzusteigen und sie dazu zu zwingen, mit ihm zu reden.

Ausgelassener Jubel signalisierte ihm, dass die Stripperin ihren Auftritt beendete. Während sie gelassen ihren BH und das Polizistinnenkostüm wieder einsammelte und anscheinend kein Problem damit hatte, fast nackt vor einem Haufen wildfremder Männer zu stehen, machte Drew einen so erleichterten Eindruck, dass es fast schon komisch war. Auch alle anderen Männer schienen plötzlich nicht zu wissen, wohin sie schauen sollten. Die Show war vorbei. Jetzt war es irgendwie unangenehm, eine leicht bekleidete Frau in ihrer Mitte zu haben, die rasch in ihre Kleidung schlüpfte.

Als Nick sie zur Tür brachte, waren sie wohl alle froh, dass dieser Programmpunkt vorbei war.

»Hey Nick«, rief Adam ihm zu, als dieser die Eingangstür hinter der Stripperin wieder verschlossen hatte. »Ich dachte, das hier sei ein Restaurant! Gibt es irgendwann etwas zu essen?«

»Nur Geduld, fürs Essen ist gesorgt.« Der dunkelhaarige Küchenchef zuckte mit den Schultern und trat mit seiner Bierflasche in der Hand an den Tisch heran, an dem sie sich alle versammelt hatten. Prostend hob er die Flasche. »Auf Drew, dem man gar nicht angesehen hat, wie ätzend er die Show fand.«

Gutmütiges Gelächter ertönte, als sie alle ihre Flaschen hoben.

»Auf Drew!«

»Auf Drew.«

»Hey Drew, sie war doch ziemlich hübsch. Hat es dir nicht in den Fingern gejuckt, noch einmal vor der Hochzeit … du weißt schon«, ließ sich Nicks früherer Souschef Cal vernehmen, der für den Junggesellenabschied extra aus Chicago gekommen war. Dort arbeitete Cal seit ein paar Monaten, wie Scott wusste. Um ehrlich zu sein, wusste er so ziemlich alles, was dieses Restaurant und seine Mitarbeiter betraf.

»Du stellst ihm jetzt nicht wirklich diese Frage, oder?« Adam schnaubte laut auf und warf dem feixenden Cal einen ungläubigen Blick zu.

»Da kann ich Adam nur zustimmen.« Nick nickte wie ein hochherrschaftlicher Lord, der von einem achtzig Jahre alten Scotch probierte. »Brooke ist nicht nur ein heißes Gerät, sondern hat auch Haare auf den Zähnen. Nichts für ungut, Kumpel, du weißt, dass ich dich liebe und so weiter, aber deine Frau hat bei euch die Hosen an.«

Belustigt verfolgte Scott, wie Drew die Augen verdrehte und dem Spott seines Kumpels ziemlich gelassen entgegentrat. Wirklich bedrohlich hätte er mit dem Partyhut auf seinem Kopf sowieso nicht wirken können.

»Das kannst du ruhig weiter glauben, Nick, aber du weißt nicht einmal die Hälfte.«

»Und das soll heißen?«

»Nichts.« Drew machte eine unbedeutende Handbewegung und lächelte wissend. Mehr gab er nicht preis. Das war auch gar nicht nötig, weil die Neugier seines Freundes geweckt war.

»Nichts? Willst du uns mit einem einfachen Nichts abspeisen?«

»Im Gegensatz zu dir muss ich nicht aus dem Nähkästchen plaudern, um mich wie ein ganzer Mann zu fühlen. Und nur so viel.« Er zwinkerte. »Bei uns zu Hause werde ich von meiner Frau bekocht und bekomme als Dank für unvergessliche Stunden das Essen ans Bett gebracht. Du dagegen musst Claire mit Essen gefügig machen.«

Auch Scott musste lachen, als Nicks Miene immer finsterer wurde. Leider blieb ihm das Lachen im Halse stecken, als Nick ihn durchdringend ansah. »Du lachst mit?«

»Natürlich.« Scott prostete ihm zu. »Es ist ziemlich interessant, was ich heute alles über euch erfahre.«

Nick kniff die Augen zusammen. »Dann kommen wir doch mal zu dir, Scott.«

»Zu mir?« Er streckte die Beine von sich und hob die Flasche an die Lippen. »Was willst du denn wissen?«

»Du könntest uns erklären, warum meine abgeklärte, coole und besonnene Souschefin dir Champagner ins Gesicht geschüttet hat, weil sie dich mit einer anderen Frau in meinem Restaurant gesehen hat.«

Eigentlich war es nicht Nicks Restaurant, sondern seins, aber das behielt Scott wohlweislich für sich. »Kein Kommentar.«

»Lass den armen Kerl in Ruhe«, rief nun Drew in den Raum hinein. »Mit Hailey wird er sowieso nicht viel zu lachen haben. Sie scheint mir sehr ... äh ... willensstark zu sein.«

Willensstark? Fast hätte er gelacht, denn es war die Untertreibung schlechthin. »Sie ist stur wie ein Esel«, korrigierte Scott und ahnte nicht, wie liebevoll er dabei geklungen haben musste.

Die anderen vier Männer sahen ihn jedenfalls erstaunt an.

»Und es ist etwas Gutes, wenn eine Frau stur ist?« Das kam von Cal.

Scott hätte ihm sagen können, dass es Haileys Sturheit und ihre Durchsetzungskraft gewesen waren, die ihn von Anfang an fasziniert hatten. Sie war nicht schüchtern gewesen, sondern hatte immer gewusst, was sie gewollt hatte. Hailey war laut, stürmisch und voller Leben. Nie war es mit ihr langweilig geworden. Ihr Ehrgeiz und ihre Leidenschaft hatten ihn am meisten angezogen. Gott, er hatte es geliebt, wenn ihre Augen entschlossen gefunkelt hatten. Er liebte es heute noch. Sie war eine starke Persönlichkeit. Gleichzeitig hatte Scott von Anfang an gewusst, wie zart und verletzlich sie im Inneren war.

Und sie war ein fürsorglicher Mensch, auch wenn sie ihre Sorge um ihre Liebsten gern hinter spröden Worten und lässigen Sprüchen versteckte.

Sie tat es momentan bei ihrem Dad, den sie zu seinen Arztterminen begleitete und ihm mit dem Gartenschlauch drohte, obwohl Scott die blanke Panik in ihren Augen gesehen hatte, als sie davon gesprochen hatte, dass ihr Dad an seinem Schlaganfall hätte sterben können. Ja, sie stritt sich mit ihrem Dad wie ein Kesselflicker, aber sie liebte und sorgte sich um ihn. Und sie wusste, dass ihr Dad ebenso stur war wie sie. Wenn sie ihn zu sehr verhätscheln und zu nachgiebig sein würde, wäre niemandem damit gedient.

Als er vor zig Jahren mit einer Blinddarmentzündung im Krankenhaus gelegen hatte, war es Hailey gewesen, die nicht von seiner Seite gewichen war. Sie hatte seine Eltern per Telefon auf den neusten Stand gebracht, mit seinen Ärzten gesprochen, ihm täglich selbst gekochtes Essen ins Krankenhaus gebracht und die Krankenschwestern genervt, weil sie am liebsten im Besucherstuhl geschlafen hätte und ihn nicht allein lassen wollte.

Ja, das war seine Hailey – eine Frau mit Ellenbogen und einer großen Klappe, die feuchte Augen bekam, wenn die Budweiserwerbung mit dem Welpen im Fernsehen lief.

Das alles würde er jedoch keinem der anwesenden Männer verraten.

»Wenn sie nicht stur wäre, wäre sie nicht Hailey«, entgegnete er kryptisch.

Adam seufzte. »Oh Mann, dich muss es echt erwischt haben.«

Nick räusperte sich. »Wer im Glashaus sitzt ...«

»Boah, Jungs, was ist das denn für ein Junggesellenabschied«, beschwerte sich Cal. »Jetzt fehlt nur noch, dass Drew uns erzählt, wie das Blumenarrangement auf der Hochzeit aussehen wird und auf welche Weise er Brooke einen Antrag gemacht hat. Dann muss ich, glaube ich, los.«

Obwohl es eine rhetorische Frage gewesen war, antwortete Drew gutmütig: »Das war in der Küche beim Spülen, nachdem Brookes Eltern bei uns zum Essen waren.«

»Beim Spülen?«

»Es war ein spontaner Antrag, Nick«, rechtfertigte sich Drew.

»Eigentlich wollte ich das so genau gar nicht wissen«, warf Cal ein.

»Zu spät.« Scott schüttelte den Kopf. »Ich schätze, wir müssen da jetzt durch. Erzähl mal, Drew, welches Blumenarrangement werdet ihr haben?« Er feixte.

Drew verdrehte die Augen. »Scheiß auf die Blumen. Brooke und ich wollten eine kleine Feier, aber dank ihrer Mom ist die ganze Stadt eingeladen. Es wird der reinste Zirkus werden. Ich liebe meine zukünftige Schwiegermutter, aber was die Hochzeit betrifft, rastet sie noch völlig aus.«

»Die ganze Stadt? Was beschwerst du dich? Das Kaff, in dem du wohnst, hat doch höchstens fünfzig Einwohner.«

Scott verfolgte, wie Drew Nick düster fixierte. »Jetzt hast du noch gut reden und kannst lachen, aber wenn Claire und du irgendwann heiraten werdet, wirst du erleben, wie ihre Mom bei euch auf der Matte stehen wird, um bei den Hochzeitsvorbereitungen zu helfen.«

»Claires Mom lebt in London«, erinnerte Nick seinen besten Freund.

»Dann wird sie nicht mal eben vorbeikommen, um über die Sitzordnung zu reden, sondern bei euch für mehrere Wochen ihr Lager aufschlagen. Hör auf meine Worte.«

Während Nick plötzlich weit weniger begeistert wirkte als noch kurz zuvor, seufzte Adam: »Liz' Mom ist echt nett, aber sie füttert mich regelrecht, wenn ich bei ihnen bin, und erzählt mir von angeblichen Wunderdiäten, von denen sie im Internet gelesen hat. Ehrlich gesagt weiß ich nie, was sie von mir erwartet.«

Er klang so irritiert, dass Scott lachen musste, denn Adam war einer der resolutesten Männer, die Scott kannte.

Apropos resolut – ein energisches Räuspern war hinter

ihnen zu hören, bevor Haileys Stimme erklang: »Ist die Stripperin schon weg?«

Genau wie die übrigen Männer drehte Scott den Kopf und bemerkte überrascht und auch ein bisschen fassungslos, wie Hailey hinter ihnen stand und die Versammlung vor sich mit einer hochgezogenen Augenbraue und mit vor der Brust verschränkten Armen betrachtete. Seine Anwesenheit schien sie nicht zu überraschen.

Nick runzelte die Stirn. »Was treibst du denn hier?«

Hailey zuckte mit den Schultern und bückte sich, um eine Serviette aufzuheben. »Ich springe für Marah ein.«

»Aber …«

»Sie meinte, sie könne es nicht ertragen, geifernde Männer dabei zu beobachten, wie sie einer hilflosen Frau Dollarscheine in die Unterwäsche schieben, und hat sich geweigert, heute Abend vorbeizukommen, um euch das Essen zu servieren. Also übernehme ich das.« Scott konnte Nick ansehen, dass er gerne Widerspruch eingelegt hätte, aber resolut, wie Hailey nun einmal war, stemmte sie die Hände in die Hüfte. »Also, wer von euch hat Hunger?«

***

Ein Junggesellenabschied!

Sie hatte nichts auf einem Junggesellenabschied zu suchen und hätte sich selbst in den Hintern treten können, dass sie hier war. Die Ausrede mit Marah nahm ihr doch sowieso niemand ab. Hailey hatte Scotts misstrauischen Blick genau gesehen. Und Nick hatte sie ebenfalls angesehen, als zweifele er an ihrem Verstand. Hoffentlich rutschte Marah niemals heraus, dass Hailey sie angerufen und gefragt hatte, ob sie für sie einspringen sollte.

Warum Hailey heute Abend unbedingt ins *Bonfire* hatte kommen wollen, wusste sie selbst nicht einmal. Es war ihr freier Abend, sie hätte alles Mögliche tun können. Doch jetzt stand sie in der Küche und bereitete ein paar Häppchen zu, die sie den Gästen dieses Junggesellenabschieds servieren würden – und Scott.

Seit dem Abend, an dem sie sich wie eine Schwachsinnige aufgeführt hatte und eifersüchtig auf seine Schwägerin geworden war, hatte sie ihn weder gesprochen noch gesehen. Auf sein Geschenk hatte sie noch nicht reagiert und war ihm regelrecht aus dem Weg gegangen. Warum also hatte sie heute unbedingt hier sein wollen, obwohl sie gewusst hatte, dass auch er kommen würde?

Vielleicht lag es daran, dass sie ihn vermisste.

Oder daran, dass sie nicht wollte, dass er einer anderen Frau dabei zusah, wie sie sich auszog.

Hailey war so durcheinander, dass sie sich beinahe in den Finger geschnitten hätte. Fluchend atmete sie tief durch und legte das Messer beiseite.

»Ist alles okay?«

Hastig blickte sie auf und entdeckte Nick, wie er in der Tür zur Küche stand und eine Flasche Bier in der Hand hielt. Sie hatte eigentlich damit gerechnet, Scott zu sehen.

»Natürlich. Warum fragst du?«

Ihr Chef betrat die Küche und runzelte die Stirn, während er auf die kunstvollen Häppchen sah, die sie gerade anrichtete. »Du weißt aber schon, dass ich Marah gebeten hatte, Pizza zu holen, oder? Niemand erwartet heute irgendwelche Hors d'œuvres.«

Ja, Marah hatte das zwar erwähnt, aber Hailey hatte sich nicht die Blöße geben wollen, vor Andrew Knight, ihrem Chef und Scott vor Fett triefende Pizza zu servieren.

»Es gibt etwas, das nennt sich Pizzataxi, das du hättest anrufen können, anstatt Marah loszuschicken.«

Nick griff nach einem Lachshäppchen und steckte es sich in den Mund. »Marah sollte wegen einer verlorenen Wette kommen, Hailey, nicht wegen der Pizza.«

Das hatte sie gewusst, gab sich nun jedoch ahnungslos. »Woher sollte ich das denn wissen?«

Zweifelnd schaute Nick sie an und kaute auf dem Lachshäppchen herum.

Weil sein durchdringender Blick sie nervös machte, fragte Hailey gespielt empört nach: »Sollte Marah etwa für euch strippen? Also ich mache das auf jeden Fall nicht.«

»Nein, keine Sorge, dafür war schließlich die Stripperin da«, erwiderte Nick gelassen. »Falls es dich interessiert: Scott hat die halb nackte Dame nicht einmal angesehen. Ich schätze, wenn du dich ausziehen würdest, hätte er nichts dagegen, sofern wir alle anderen wegschauen.«

Sie spürte, wie ihre Wangen heiß wurden, und grollte: »Das fällt vermutlich unter sexuelle Belästigung am Arbeitsplatz, Nick.«

Er schnaubte. »Verklag mich doch!«

Schweigend machte sie sich daran, den Ceasar Salad zu würzen, und kam sich plötzlich ziemlich bescheuert vor. Sie benahm sich wie ein verliebter Teenager, der sich nicht eingestehen wollte, dass er seinen Schwarm stalkte, geschweige denn, dass er in ihn verliebt war. Mit neunzehn hatte sie keine Probleme gehabt, auf Scott zuzugehen und ihm ihre Zuneigung zu zeigen. Aber jetzt, mit neunundzwanzig, war sie die Unsicherheit in Person. Und das, obwohl sie beide schon so viel zusammen durchgestanden hatten.

»Ich will mich ja nicht in das Liebesleben meiner Mitarbeiter einmischen, aber ...«

»Dann tu es auch nicht, Nick.«

»*Aber* nimm mal einen Rat von jemandem an, der es selbst fast verbockt hätte, weil er die Hosen gestrichen voll hatte.« Nick griff nach einem weiteren Lachshäppchen. »Wenn du nicht mit ihm sprichst, wird es nicht besser.«

Naserümpfend entgegnete Hailey: »Danke, Herr Freud. Und jetzt lass die Pfoten von den Häppchen.«

»Wir haben Hunger.«

»Das hier dauert noch ein paar Minuten.« Sie zog die Augenbrauen in die Höhe. »Ich bringe euch das Essen, sobald alles fertig ist. Bis dahin kannst du ja die Gäste mit deinen psychologischen Ratschlägen beglücken.«

Nachdenklich murmelte Nick: »Manchmal frage ich mich, warum ich dir solche Sprüche durchgehen lasse.«

»Ganz einfach: weil du mich magst und weil du keine bessere Souschefin als mich bekommen würdest.«

Anstatt darauf zu antworten, entgegnete Nick mit einem Grinsen: »Beeil dich mal ein bisschen, Chefin, bevor wir verhungern.«

Kaum war er verschwunden, atmete Hailey durch.

Ungefähr zehn Minuten später schleppte sie zwei Platten mit diversen Häppchen in den Gastraum und bemerkte, dass das Gespräch schlagartig versiegte, als sie dazukam.

Hailey verdrehte die Augen. »Himmel, ihr könnt ruhig weiter eure schönsten Pornofantasien zum Besten geben, auch wenn ich hier bin. Ich dachte, das wäre ein Junggesellenabschied.«

»Ein Junggesellenabschied mit Hors d'œuvres?« Das kam von Scott, der zweifelnd auf die erste Platte sah, die Hailey auf den Tisch stellte. Dabei kam sie ihm so nahe, dass sie die winzigen Poren auf seiner Stirn erkennen und seinen Duft riechen konnte.

Heute trug er Jeans und ein dunkelblaues Poloshirt. Das Outfit erinnerte sie daran, wie sie ihm zu dem ersten Geburtstag, den sie mit ihm gefeiert hatte, einen Pullover in einem ganz ähnlichen Farbton gekauft hatte, weil sie Blau so gerne an ihm sah. Wenn er blau trug, hatten seine dunkelgrauen Augen einen bläulichen Schimmer. Früher hatte sie sich nicht an ihm sattsehen können, und auch jetzt kribbelte es ihr in den Fingern, ihn einfach nur anzustarren.

Sie riss sich zusammen. »Nur weil ihr billiges Bier trinkt und euch an Polyesterunterwäsche erfreut, heißt das nicht, dass ihr schlecht essen müsst. Im *Bonfire* kommt fettige Pizza nicht auf den Tisch«, entschied sie resolut und bekam Herzrasen, als Scott ihr zuzwinkerte.

»Ceasar Salad? Hast du den gemacht, weil du weißt, wie gerne ich ihn esse?«

Fragte er das tatsächlich in Anwesenheit der anderen Männer?

Zur Antwort schnaubte Hailey und fragte stattdessen zackig wie ein Feldmarschall: »Wer will Salat?«

Prompt wurden ihr Teller gereicht, die sie mit Salat vollpackte, den sie tatsächlich gemacht hatte, weil Scott ihn am liebsten mochte. Er war früher ganz verrückt danach gewesen und hätte ihn vermutlich täglich essen können. Während andere Grippekranke Hühnersuppe haben wollten, hatte sich Scott immer ihren Ceasar Salad gewünscht, wenn er krank gewesen war. Sie erinnerte sich daran, dass er ihren Salat als beste Medizin gegen Grippe und Erkältung genannt hatte.

Anscheinend war sie nicht die Einzige, die gerade daran dachte, weil er den übrigen Männern auskunftsfreudig erzählte: »Haileys Ceasar Salad ist so ungefähr das Leckerste, was es gibt. Früher habe ich mich ab und zu krank gestellt, damit sie ihn mir zubereitet hat.«

»Was?« Sie fuhr so überrascht zu ihm herum, dass besagter Salat beinahe auf dem Boden gelandet wäre.

Nur am Rande nahm sie wahr, wie Drew, Nick, Adam und ihr Vorgänger Cal winzige Sandwiches, Lachshäppchen und andere Köstlichkeiten mampften und dabei ihnen beiden interessiert zusahen. »Du hast was getan?«

Scott nahm ihr den Teller ab. »Erinnerst du dich an Thanksgiving vor vier Jahren?«

Natürlich erinnerte sie sich, schließlich hatte sie damals in Boston bleiben müssen, weil ihr damaliger Boss das Restaurant aus PR-Gründen für Obdachlose geöffnet hatte. Auch wenn es ein gutes Gefühl gewesen war, an dem Abend etwas für seine Mitmenschen zu tun, wäre sie gerne mit Scott nach Wisconsin zu seiner Familie gefahren. Während seiner Reise hatte sich Scott eine Erkältung zugezogen. Sie erinnerte sich zu gut, wie sie ihn zwei Tage lang gehegt und gepflegt hatte ...

Hailey sah ihn scharf an. »Warst du damals etwa gar nicht krank?«

Reuelos grinste er und versenkte seine Gabel im Salat. »Natürlich nicht. Ich habe markiert, damit du mich bekochst, ganz besonders nett zu mir bist und mir die Kissen aufschüttelst.«

Das belustigte Räuspern und Kichern der anderen Männer überhörte sie einfach. Sie schaute Scott an, der in aller Seelenruhe den Salat aß. Hailey wusste nicht, ob sie lachen oder schimpfen sollte. Sie entschied sich für eine Retourkutsche: »Den Salat hätte ich dir eh gemacht, du Trottel, als du nach Hause gekommen bist. Und wenn du nicht wie das Leiden Christi zur Tür hereingekommen wärst und gejammert hättest, wie schlecht es dir doch ging, hättest du vielleicht bemerkt, dass ich unter dem Bademantel schwarze Spitzenunterwäsche getragen habe, weil ich dich überraschen wollte.«

Als er sie entgeistert ansah, fühlte sie absolute Genugtuung.

Das Gefühl verging allerdings nach wenigen Sekunden, als er mit einem wissenden Lächeln fortfuhr: »Ach, das macht nichts. Ich erinnere mich schließlich, wie freigiebig du warst, als ich wieder *genesen* war.«

»Iss deinen Salat«, brummte Hailey und schnappte sich eines der Sandwiches, das sie sich auf einmal in den Mund schob.

»Das sind in der Tat ziemlich interessante Fakten, würde ich sagen«, ließ sich Adam vernehmen, der Nick fragend ansah. »Du bist auch Koch. Musst du deine Liebste ebenfalls bekochen, wenn es ihr schlecht geht?«

»Frauen gehen nicht damit hausieren, wenn sie krank sind«, schaltete sich Hailey ein. »Und sie tun auch nicht so, als wären sie krank, weil sie verhätschelt werden wollen.«

»Das stimmt.« Nick grinste großspurig. »Aber Frauen können schwanger werden und lassen sich dann gerne bekochen.«

»Claire ist schwanger?« Drew machte große Augen. »Ernsthaft?«

»Ja, in der vierzehnten Woche«, entgegnete der Küchenchef sichtlich stolz. »Claire hat mir endlich erlaubt, es zu erzählen.«

Schwanger.

Hailey hatte den Atem angehalten und war förmlich erstarrt, seit Nick dieses Wort ausgesprochen hatte. Sie wollte gar nicht wissen, wie Scott auf diese Ankündigung reagierte, und verzog sich unter den Gratulationsbekundungen der anderen Männer zurück in die Küche.

Dort stand sie mit brennenden Augen an der Spüle und ließ mechanisch Wasser einlaufen, als sie hörte, wie sich hinter ihrem Rücken die Tür öffnete. Schritte näherten sich, bis Scott direkt hinter ihr stand. Sie wusste, dass er es war.

»Hailey ...«

»Sag jetzt nichts«, bat sie ihn mit erstickter Stimme. »Sag einfach nichts.«

Er sagte auch nichts. Stattdessen schlang er seine Arme um sie und zog sie an sich. Oh Gott, das fühlte sich wunderbar an! Tröstlich und schützend zugleich. Zitternd holte sie Luft und erlaubte ihm – und ihr – für ein paar Sekunden, in dieser Umarmung zu verharren, bis sie spürte, dass sie gleich weinen würde.

In dem Moment befreite sie sich aus seiner Umarmung und wich zurück. »Ich will das nicht, Scott. Ich will es nicht.«

Bevor er etwas hätte sagen können, griff sie nach ihrer Tasche und rannte aus der Küche.

# 14

*3 Jahre zuvor*

»Ich habe gelesen, dass man manchmal das Geschlecht bereits in der zwölften Woche erkennen kann.« Hailey sah zu Scott auf, der neben ihrer Liege auf einem Hocker saß und ihre Hand hielt.

Neugierig blickte er ihr in die Augen. »Willst du denn wissen, was es wird?«

»Willst du?« Fragend legte sie den Kopf schief, lächelte und drückte seine Hand.

»Ich habe keine Ahnung«, erwiderte er mit einem leisen Lachen und beugte sich zu ihr, um ihr einen Kuss auf die Stirn zu geben.

Mit klopfendem Herzen atmete sie aus und fuhr sich über die trockenen Lippen, während sie beide auf die Ultraschall-untersuchung warteten. Scott wirkte genauso nervös wie sie, und er war etwas blass um die Nase, was Hailey ihm angesichts der Poster, Schaukarten und Plastikeierstöcke im Untersuchungsraum ihrer Gynäkologin nicht verübeln konnte. Vor allem die Plastik, die ihnen gegenüber auf einem Tisch stand und ein Baby im Uterus der Mutter zeigte, war so detailgetreu und realistisch, dass sie sogar etwas Verstörendes an sich hatte.

Hailey selbst fand den Gedanken befremdlich, dass in ihrem Bauch ein neuer Mensch heranwuchs, der momentan die Größe und das Gewicht einer kleinen Pflaume besaß. Sie konnte sich kaum vorstellen, dass sich dieses winzige Baby momentan in ihrem Körper befand und in wenigen Monaten so groß sein würde wie das Plastikbaby, das sie gerade vor Augen hatte.

Ja, das Gefühl war befremdlich, aber gleichzeitig atemberaubend. In einem halben Jahr würde sie eine Mom sein – wenn das kein Grund war, um den Atem anzuhalten, wusste sie es auch nicht. Als sie auf den positiven Schwangerschaftstest gestarrt hatte, war es gewesen, als wäre die Welt für ein paar Sekunden stehen geblieben. Seither konnte sie nur daran denken, dass sie bald Mutter sein würde. Und das Gefühl machte sie glücklich und versetzte sie gleichzeitig in Panik. Was wusste sie denn schon davon, eine Mom zu sein? Geschweige denn eine *gute* Mom zu sein? Sie hatte ihre Mom nie kennengelernt.

Hailey hatte nicht geplant, mit sechsundzwanzig Jahren schwanger zu werden. Aber als die beiden Striche auf dem Test erschienen waren, hatte sie gewusst, dass sie nichts mehr wollte als dieses Baby. Trotz der Übelkeit der letzten Wochen und den furchtbaren Stimmungsschwankungen, unter denen vor allem Scott hatte leiden müssen, war sie die ganze Zeit über glücklich gewesen. Sogar wenn sie aus unerfindlichen Gründen hatte weinen müssen, war sie glücklich gewesen. Sie bekam ein Baby und war mit Scott verlobt, dem Vater ihres ungeborenen Babys und ihrem besten Freund. Dem Mann, der ihr in der letzten Zeit ziemlich häufig die Haare hochgehalten hatte, wenn sie kotzen musste.

Wie von allein stiegen die locker sitzenden Tränen erneut in ihre Augen.

Scott musste es ebenfalls bemerkt haben, da seine Miene alarmiert wirkte. »Oh nein, nicht schon wieder.«

»Ich kann nichts dafür«, schniefte Hailey und biss die Zähne zusammen. »Das sind die Hormone.«

Dass seine Mundwinkel zuckten, machte es nicht besser.

»Lach nicht! Im Internet steht, dass es bald vorbei ist und dass der Partner besonders einfühlsam reagieren sollte, wenn die Frau Stimmungsschwankungen hat.« Würdevoll hob sie das Kinn, was vermutlich sinnlos war, weil sie währenddessen hickste.

»Sag bitte nicht, dass du schon wieder auf diesen Schwangerschaftsforen im Internet unterwegs warst.«

Hailey versetzte ihm einen Stoß in die Seite und funkelte ihn an. »Mach dich nicht darüber lustig, Scott! Ich will alles richtig machen …«

»Dafür musst du dich nicht in merkwürdigen Foren herumtreiben, in denen sie eine Hexenjagd betreiben, wenn man erzählt, dass man nicht selbst stillen will.« Mit einem Schnauben verdrehte er die Augen.

Natürlich hatte er recht, was ein paar dieser Foren anging, weil Hailey bereits bemerkt hatte, wie viele Freaks sich dort tummelten. Doch insbesondere für eine junge Frau während der ersten Schwangerschaft, die sich bei niemandem Rat holen konnte, weil ihre Mom tot war und Scotts Mom von dem Baby noch nichts wusste, war es hilfreich, dort alle möglichen Themengebiete abzuklappern.

Da das erste Trimester vorbei war, wollten sie es bald ihren Familien sagen. Dann würde Hailey auch Scotts Mom anrufen können, wenn ihr irgendwelche Fragen unter den Nägeln brannten. Und ihr Dad würde es endlich erfahren. Bei dem Gedanken, dass er vor Freude außer sich sein würde, seufzte Hailey verzückt auf. Sie wusste, dass er Scott wie einen Sohn liebte und über ihre Verlobung sehr glücklich war. Ein Enkelkind würde er mit offenen Armen willkommen heißen.

»Ich hoffe, die Ärztin kommt bald«, murmelte Scott und klopfte mit seinem Fuß angespannt auf den Boden. »Im Büro wartet ein Haufen Arbeit auf mich.«

»Hey.« Stirnrunzelnd sah sie ihn an und zog bestimmend an seiner Hand. »Hier spielt die Musik, nicht im Büro.«

»Ich weiß. Ich weiß.« Zerknirscht lächelte er. »Das hier ist wichtig. Nur haben wir morgen dieses Meeting, für das ich unbedingt noch einmal die Verträge durchgehen will, um nichts zu übersehen. Wenn ich diesen Geschäftsabschluss betreuen darf, dann wäre mir die Beförderung sicher und Mr. Douglas …«

Aufgeregt unterbrach sie ihn. »Gib mir schnell mein Notizbuch.«

Scott stöhnte und betrachtete sie ungläubig. »Was ist denn jetzt, Hailey?«

»Mein Notizbuch.« Sie deutete auf ihre Handtasche, die auf dem Besucherstuhl hinter der Liege lag. »Ich will mir schnell einen Namen aufschreiben, damit ich ihn nicht vergesse. Mr. Douglas' Frau heißt doch Ainslie, oder?«

»Ainslie?« Ihm klappte beinahe der Unterkiefer hinunter. »Du willst das Baby Ainslie nennen?«

»Wer weiß?« Hailey zuckte mit den Schultern. »Ich schreibe mir einfach alle Namen auf, die ich schön finde, damit wir eine gute Auswahl haben, wenn wir wissen, ob es ein Mädchen oder ein Junge wird.«

Sie gab erst Ruhe, als Scott ihr das Notizbuch gegeben hatte und sie den Namen unter die anderen schrieb, die ihr bisher gefallen hatten.

»Rosalie und Xavier?« Scott warf einen neugierigen Blick in ihre Notizen und hustete bedeutungsvoll. »Ist das dein Ernst?«

»Wer weiß?« Sie lächelte ihn listig an. »Xavier MacIntosh, das klingt ziemlich außergewöhnlich.«

»Außergewöhnlich trifft es auf den Punkt.« Grinsend nahm er ihr das Büchlein aus den Händen und blätterte ein paar Seiten um. »Diese Namen gefallen mir. Jillian, Charlotte und Emily.«

»Das sind aber nur Mädchennamen.«

Lächelnd schloss er das Buch und legte es beiseite. »Ich weiß.«

»Heißt das, dass du lieber ein Mädchen haben würdest?«

»Hauptsache, es ist gesund«, erklärte Scott und griff wieder nach ihrer Hand, die er an seinen Mund hob, um sie zu küssen. »Aber irgendwie werde ich die Vorstellung von einer winzigen Hailey nicht los.«

Das war so süß, dass Hailey schlucken mussten, um nicht wieder in Tränen auszubrechen. Weil sie vor ihm nicht wie eine Heulsuse erscheinen wollte und weil Scott sie mit ihren derzeit locker sitzenden Tränen sowieso permanent aufzog, schniefte sie hoheitsvoll und brummte: »Mich im Doppelpack könntest du gar nicht bewältigen.«

»Das fürchte ich auch«, erwiderte er gut gelaunt und zwinkerte ihr zu.

Bevor sie weiter über Babynamen sprechen konnten, öffnete sich die Tür und ihre Gynäkologin kam hinzu. »Hallo zusammen. Ich hoffe, Sie mussten nicht zu lange warten.« Dr. Pierce begrüßte sie freundlich und zog den zweiten Hocker für sich heran.

»Überhaupt nicht. Wir haben die Zeit genutzt und über Babynamen geredet«, verriet Hailey ihrer Ärztin auskunftsfreudig, während diese das T-Shirt nach oben zog und anschließend nach dem Gel griff. »Ich finde Xavier schön, aber Scott sieht das etwas anders.«

Scott schnaubte. »Das habe ich so gar nicht gesagt.«

Fröhlich streckte sie ihm die Zunge heraus und drehte den Kopf anschließend zu Dr. Pierce, die nun das Gel auf Haileys Bauch verteilte. »Können Sie heute schon sehen, ob es ein Mädchen oder ein Junge wird?« Sie konnte selbst hören, wie aufgeregt sie klang.

Ihre Ärztin lächelte sacht. »Dafür ist es in der zwölften Woche etwas zu früh, aber beim nächsten Mal werde ich Ihnen bestimmt sagen können, ob Sie sich für eine blaue oder rosafarbene Tapete entscheiden sollen. Wollen Sie das Geschlecht des Babys denn wissen?«

»Ja, das wollen wir«, entgegnete Hailey spontan.

»Ach, wollen wir?« Scott drückte ihre Hand und lächelte dabei.

»Ja, wollen wir«, wiederholte sie und spürte, wie Dr. Pierce den Ultraschallkopf gegen ihre Bauchdecke drückte. »Wenn wir wissen, dass das Baby ein Junge wird, kann ich dich noch ganze sechs Monate damit aufziehen, dass dein Sohn Xavier heißen wird.«

»Das sind ja wunderbare Aussichten, Baby.«

»Finde ich auch«, erwiderte sie und linste neugierig auf den Monitor, auf dem sie undeutlich ein winziges Gebilde erkennen konnte.

Während sie spürte, wie Dr. Pierce den Ultraschallkopf über ihren Bauch gleiten ließ, schaute sie kurz zu Scott, der ebenso gebannt wie sie den Monitor anstarrte, auf dem das Baby zu sehen war. Die Rührung auf seinem Gesicht ging ihr zu Herzen.

Weil Hailey keine Sekunde dieses Augenblicks verpassen

wollte, schaute sie zurück zum Monitor und erhaschte dabei einen winzigen Blick auf die gerunzelte Stirn von Dr. Pierce. Ihre Ärztin fixierte ebenfalls den Monitor, doch ihre Miene machte einen ernsten Eindruck. Als sie mit dem Ultraschallkopf weiterhin über Haileys Bauch fuhr, dabei jedoch keinen Ton sagte und ihr Gesichtsausdruck immer nachdenklicher wurde, hielt Hailey den Atem an, denn sie spürte instinktiv, dass irgendetwas nicht stimmte.

Sie schluckte schwer gegen den Kloß in ihrem Hals an. »Ist alles okay?«

Dr. Pierce antwortete nicht sofort, sondern schaute weiterhin konzentriert auf den Bildschirm und fuhr mit dem breiten Ultraschallkopf über Haileys Bauch. »Lassen Sie mich genauer nachsehen.«

Nachsehen? Was wollte sie denn nachsehen?

Hailey schaute zurück zu Scott und spürte, dass ihre Hände zu schwitzen begannen und ein panisches Gefühl in ihr aufkommen wollte. Am liebsten wäre sie einfach aufgesprungen und weggelaufen. Stattdessen blieb sie liegen und hörte ihren eigenen Herzschlag in ihren Ohren dröhnen.

»Hailey?«

»Ja?«

Sie blickte zu Dr. Pierce, die über ihren Kopf hinweg Scott ansah, bevor sie ihr das Gesicht mit einem mitleidigen Lächeln zuwandte.

In diesem Moment wusste sie, was ihre Ärztin ihr gleich sagen wollte, und ihr wurde eiskalt.

»Es tut mir sehr leid, aber ich finde keinen Herzschlag.« Behutsam zeigte sie auf den Monitor. »In der zwölften Woche müsste hier ein Herzschlag zu sehen sein. Leider ist dort keiner zu finden.«

»Was?«

Dr. Pierce nickte sachte. »Ich fürchte, dass das Herz einfach zu schlagen aufgehört hat. Manchmal passiert dies leider.«

»Das Baby ist tot?« Sie klammerte sich an Scotts Hand und sah das Gesicht ihrer Ärztin nur noch verschwommen vor sich.

»Leider kann das im ersten Trimester ab und zu vorkommen. Dafür gibt es keine Erklärung.« Dr. Pierce legte den Ultraschallkopf beiseite und drückte mitfühlend ihre Schulter. »Es tut mir wirklich sehr leid für Sie beide. Ich lasse Sie für ein paar Minuten allein. Danach besprechen wir alles Weitere.«

Während sich Dr. Pierce schweigend zurückzog, starrte Hailey vor sich hin und konnte nicht begreifen, was soeben passiert war. Sie fühlte sich wie betäubt. Gerade war alles noch gut gewesen und jetzt ...

Sie schaute zu Scott, der noch immer ihre Hand hielt, und schluckte schwer. »Was machen wir jetzt?« Ihre Stimme zitterte.

»Ich weiß es nicht.« Er wirkte ebenso verstört wie sie, atmete nun durch und schenkte ihr ein schwaches Lächeln, das seine Augen nicht erreichte, bevor er sie an sich zog.

Sie schloss ihre Augen und lehnte das Gesicht gegen seine Schulter.

Komischerweise hatte Hailey ausgerechnet jetzt keine Tränen übrig. Wortlos saßen sie beide beieinander, hielten sich aneinander fest und vergossen keine einzige Träne. Hailey verstand, dass ihre Schwangerschaft vorbei war und dass der winzige Embryo, von dem sie geglaubt hatte, ihn in sechs Monaten im Arm zu halten, nicht mehr lebte, aber begreifen konnte sie es dennoch nicht. In den letzten Wochen hatte dieses kleine Wesen ihr Leben komplett auf den Kopf gestellt und sie unwahrscheinlich glücklich gemacht. Und innerhalb weniger Sekunden sollte das alles vorbei sein?

Wie sollte sie das begreifen?

Es mochten ein paar Minuten vergangen sein, als Scott sich räusperte und sich langsam von ihr löste. Seine Hand rieb tröstlich über ihren Rücken. »Bist du in Ordnung?«

Was sollte sie darauf antworten? Nein, sie fühlte sich überhaupt nicht in Ordnung! Aber sie wollte Scott nicht mit ihrem eigenen Kummer belasten, weil schließlich auch er das Baby verloren hatte. Außerdem konnte sie es nicht ertragen, dass noch immer das Gel vom Ultraschall auf ihrem Bauch klebte, also nickte sie wortlos und griff nach einigen Papiertüchern, um es wegzuwischen. Innerlich fühlte sie sich völlig hohl.

»Hey«, flüsterte Scott, drückte ihren Oberschenkel und suchte ihren Blick. »Schau mich an, Liebling.«

Das tat sie und hätte nun fast doch geweint, als sie den weichen Ausdruck in seinen Augen bemerkte.

»Bist du wirklich in Ordnung, Hailey?«

»Ja, bin ich«, flüsterte sie zurück. »Es ist nur ...« Es versagte ihr die Stimme.

»Ich weiß.«

Es war nur so unfair. Sie hatte sich auf dieses Baby sehr gefreut.

Die Hand auf ihrem Oberschenkel fühlte sich schwer und tröstlich an. Während sich alles um sie drehte, konnte sich Hailey wenigstens auf Scotts Hand konzentrieren und wusste, dass sie nicht allein war. Er war bei ihr. Solange er bei ihr war, war sie in Ordnung. Irgendwie.

Seine Finger beschrieben winzige Kreise auf ihrem Bein. Seine Stimme klang zögerlich. »Wer weiß, wofür es gut war, Liebling. Vielleicht sollte es einfach noch nicht sein.«

»Was?«

Sein Lächeln war ein kläglicher Versuch, sie zu trösten. Und sie verstand nicht, was er ihr sagen wollte.

»Wir versuchen es später noch einmal.«

»Später?«

Scott nickte und streichelte noch immer über ihr Bein. Er schien nach den richtigen Worten zu suchen. »Ja, später. Wenn es für uns beide besser passt.«

Verständnislos sah sie ihn an.

Seine Finger verknoteten sich mit ihren. »Ich bin auch traurig, Hailey, und ich habe mich auf das Baby gefreut, nur war es nicht geplant. Nicht jetzt. Vielleicht war es einfach noch nicht der richtige Zeitpunkt.«

Sie hörte, was aus seinem Mund kam, aber konnte nicht verstehen, was er ihr sagen wollte. Mit dumpfer Stimme fragte sie nach: »Wolltest du das Baby nicht haben?«

»Doch«, entgegnete er rasch. »Natürlich wollte ich das Baby haben. Sehr sogar.«

»Aber?«

Er holte tief Luft. »Aber vielleicht hatte es einen Grund, dass es jetzt nicht klappen sollte. Du stehst kurz davor, Souschefin zu werden, und ich warte auf eine Beförderung. Wenn du und ich die nächsten Stufen unserer Karriereleitern genommen haben, wäre der Zeitpunkt bestimmt besser, um ein Baby zu bekommen. Wir könnten uns mehr um einen Säugling kümmern und müssten jobtechnisch keine Kompromisse machen.«

*Kompromisse.*

Seine Hand drückte ihre. »Vielleicht versuchen wir es in drei Jahren noch einmal, wenn ein Baby besser in unseren Zeitplan passt.«

Mechanisch nickte Hailey, auch wenn sie seine Hand am liebsten weggestoßen hätte, *ihn* am liebsten weggestoßen hätte. Wieso sprach er über Kompromisse im Job, Karriereleitern und über Zeitpläne, während sie sich fühlte, als hätte man ihr das Herz aus der Brust gerissen?

Als ihr Blick auf das kleine Notizbüchlein fiel, hätte sie beinahe zu schluchzen begonnen. Stattdessen überließ sie es Scott, ihre Sachen einzusammeln, und schlüpfte wie ein Roboter in ihre Schuhe, bevor sie das Untersuchungszimmer verließen und vor der Tür von Dr. Pierce erwartet wurden.

Deren Erklärungen über die Notwendigkeit eines weiteren Termins für eine Ausschabung überhörte sie und dachte stattdessen darüber nach, wieso Scott nicht einmal fünf Minuten nach dem verhängnisvollen Ultraschall derart geschäftsmäßig und gefühlsneutral über eine weitere Schwangerschaft reden konnte. Für ihn schien die ganze Sache bereits erledigt zu sein.

Verstohlen schaute sie nach links, wo er neben ihr saß und mit Dr. Pierce sprach.

So kannte sie ihn gar nicht.

Seit wann war der Job ihm dermaßen wichtig, dass er sogar erleichtert wirkte, jetzt nicht mehr von einem Baby davon abgehalten zu werden, auf der Karriereleiter nach oben zu klettern? Wie hatte er es ausgedrückt?

Der Zeitplan hätte besser sein können.

Hailey verstand.

***

Scott verstand die Welt nicht mehr.

»Was soll das heißen: Du hast einen Job in San Francisco angenommen?«

»Das soll heißen, dass ich einen Job als Souschefin in San Francisco angenommen habe.« Hailey sah ihn mit diesem gefühlskalten Ausdruck in den Augen an, den er schon seit Wochen an ihr bemerkte, wann immer sie sich miteinander unterhielten.

Früher hatte sie ihn niemals so angesehen. Ja, früher hatte sie auch mit ihm geredet, anstatt ihn zu ignorieren und ihm das Gefühl zu geben, das größte Arschloch der Welt zu sein. Außerdem wäre sie früher nicht auf die Idee gekommen, ihn vor vollendete Tatsachen zu stellen.

»Ich habe dich schon verstanden«, erwiderte er, mühsam beherrscht. Es hätte nichts gebracht, wenn er jetzt ausgerastet wäre und geschrien hätte, während sie wie die Ruhe selbst in ihrem gemeinsamen Schlafzimmer stand und einen Koffer packte.

Wenn er heute nicht früher nach Hause gekommen wäre, hätte er sie womöglich sogar verpasst. Scott konnte nicht verstehen, was hier gerade passierte. Hailey informierte ihn zwischen Tür und Angel, dass sie ans andere Ende des Landes ziehen würde – und das nicht etwa in ein paar Wochen, sondern bereits morgen früh.

Verdammt, das konnte nicht ihr Ernst sein! Sie waren verlobt! Der Termin für die Hochzeit stand bereits fest, und sie hatten sich sogar schon auf den Geschmack für die Tortenfüllung geeinigt. Hatte er irgendetwas verpasst?

Scott atmete durch, um sich zu beruhigen.

Seit der Fehlgeburt lief einfach alles schief. Aus seiner lebenslustigen und immer lauten Hailey war eine verschlossene Frau geworden, die nicht den Anschein machte, ihn in ihrer Nähe haben zu wollen. So nah sie beide sich in den vergangenen sieben Jahren gewesen waren, so distanziert benahm sie sich nun ihm gegenüber. Scott wusste einfach nicht, was er tun sollte, um diesen unerträglichen Zustand zu beenden.

Seinen Vorschlag, für ein paar Tage wegzufahren, hatte sie rundheraus abgelehnt und gemeint, er hätte bei der Arbeit sicherlich zu viel zu tun, um sich Urlaub zu nehmen. Seine

Idee, die Wohnung zu renovieren, hatte sie mit der Antwort abgekanzelt, dass weder er noch sie die Zeit und die Energie dafür hätten. Selbst wenn er abends mit einem Film und ein paar Leckereien nach Hause kam, wies Hailey ihn ab und weigerte sich, mit ihm den Abend auf der Couch zu verbringen. Stattdessen brachte sie stets Ausreden vor, warum sie keine Zeit miteinander verbringen konnten. Erst vor drei Tagen hatte sie sich morgens nicht von ihm zu ihrer Ärztin fahren lassen und behauptet, sie wolle nicht schuld sein, wenn er zu spät ins Büro kam. Es wäre müßig gewesen, ihr zu sagen, dass ihm die Arbeit scheißegal war, aber dass es ihm nicht egal war, wie es ihr ging. Also hatte er es gelassen und Hailey nicht gezeigt, wie betroffen er war, dass sie ihn abwies und nicht dabeihaben wollte.

Er wurde das Gefühl nicht los, dass er in ihren Augen nur noch falsch reagierte.

Anfangs hatte er sie noch zu trösten versucht, aber dann war ihm aufgegangen, dass sich Hailey von ihm nicht trösten lassen wollte. Sie stieß ihn weg.

In einem Ratgeber, den er in seinem Büro verwahrte und dort las, damit Hailey es nicht bemerkte, stand, dass ihr Verhalten normal war. Viele Frauen reagierten anscheinend auf diese Weise auf eine Fehlgeburt. Auch wenn es Scott schwerfiel, übte er sich in Geduld, weil so der Ratschlag lautete – Geduld und Zeit. Aber verdammt! Wie sollte er sich in Geduld üben und ihr Zeit geben, alles zu verarbeiten, wenn sie kurz davorstand, ihn zu verlassen?

Scott wusste, dass sie trauerte, auch wenn sie es ihm nicht sagte und ihm die kalte Schulter zeigte. Dass ihr Verhalten ihm wehtat, ließ er sie nicht wissen, obwohl auch er trauerte und gerne mit ihr über die Fehlgeburt gesprochen hätte.

Sie weinte nicht. Also weinte er auch nicht.

Sie sprach nicht über das Baby. Also sprach er auch nicht über das Baby.

Sie tat, als wäre nichts gewesen. Also tat er ebenfalls, als wäre nichts gewesen.

War das falsch gewesen?

Eigentlich wollte er einfach nur zu ihrem normalen Alltag zurückfinden. Deshalb berichtete er ihr alles, was ihm in den Sinn kam. Ob es ein Meeting, ein lustiges Ereignis in der Firma oder die neue Baustelle mitten in Beacon Hill war – er erzählte von allem, einfach, um irgendein Thema zu finden, über das sie sich unterhalten konnten. Doch je mehr er erzählte, desto verschlossener wurde sie.

Und Scott wusste nicht, wie er auf Haileys Verhalten reagieren sollte. Diese Distanz konnte er einfach nicht mehr ertragen.

Während sie weiterhin in aller Ruhe ein paar Kleidungsstücke faltete und sie in ihren Koffer packte, kribbelte es in seinen Fingern, das ganze Zeug einfach aus dem Fenster zu schmeißen.

»Du wirst das Jobangebot nicht erst vor zehn Minuten bekommen haben. Seit wann weißt du davon?«

»Seit ein paar Tagen.«

»Und du hast es nicht für nötig gehalten, mit mir darüber zu reden?« Seine Stimme bebte vor Wut und Hilflosigkeit.

Sie stand mit dem Rücken zu ihm. »Du hattest in den letzten Tagen so viel zu tun …«

»Bullshit!«

»Vor drei Tagen hattest du dieses Meeting in New York. Ich wollte dich nicht ablenken«, sagte sie lakonisch.

»Entgeht mir hier gerade irgendetwas Entscheidendes?«, fuhr er sie an und trat entschlossen neben sie. Das Shirt, das sie gerade in den Händen hielt, entriss er ihr einfach und hörte nur am Rande, wie eine Naht platzte.

»Hey!«

»Du bekommst ein Jobangebot und erzählst mir nicht einmal davon, bevor du dich entscheidest, es anzunehmen? Verdammt, Hailey! Das ist doch nicht dein Ernst!«

Ihre Augen funkelten vor Wut. »Das war mein Lieblingsshirt.«

Scott kniff die Augen zusammen und neigte den Kopf. »San Francisco liegt nicht gerade um die Ecke, sondern ist dreitausend Meilen entfernt!«

»Ich weiß, wie weit entfernt San Francisco ist, Scott.«

Ihre Ruhe störte ihn am meisten. Und machte ihm am meisten Angst. »Seit wann reden wir nicht mehr miteinander, wenn es um Jobangebote geht, die dreitausend Meilen entfernt sind?«

»Du hast mich vorher auch nicht gefragt, ob du diese Beförderung akzeptieren sollst oder nicht.«

Er hörte wohl nicht recht! »Es ging um eine Beförderung, Hailey! Ich bin mit meinem Büro ein paar Stockwerke nach oben gezogen, aber keine dreitausend Meilen weg!«

»Tja, bei mir geht das leider nicht.«

Scott ballte die Hände zu Fäusten. »Warum willst du den Job überhaupt annehmen? Ich dachte, du wärst zufrieden hier in Boston.«

»Ich muss an meine Karriere denken«, erklärte sie mit einem eigenartigen Tonfall in der Stimme, den er nicht deuten konnte. »San Francisco ist ein Schritt nach oben auf der Karriereleiter. Der Chefkoch dort ist Jacques Dubois.«

Er schluckte schwer, denn Jacques Dubois sagte sogar ihm etwas. Himmel, er verstand sie, und er liebte ihren Ehrgeiz, der sie nun einmal ausmachte, aber sollte er etwa frohlocken, dass sie ihn vor vollendete Tatsachen stellte? Scott konnte nicht akzeptieren, dass sie eine solche Veränderung im Alleingang entschied. Ihr Lebensmittelpunkt war Boston – und nicht San Francisco.

»Auch wenn Jacques Dubois dein Küchenchef sein wird, kannst du nicht einfach deine Sachen packen und ans andere Ende des Landes ziehen, um dort zu arbeiten, Hailey! Wir sind verlobt und wollen heiraten. Wie stellst du dir das vor? Dass ich jedes Wochenende nach Kalifornien fliege, um dich für eine Stunde zu sehen, bevor du wieder ins Restaurant verschwindest?«

Sie schnaubte trocken. »Hast du Angst, dass die Fliegerei deinen Terminkalender beeinträchtigen könnte?«

Ihm platzte der Kragen. »Was ist denn los, verdammt noch mal? Ich will vernünftig mit dir reden und du …«

»Du willst nicht vernünftig mit mir über meinen neuen Job reden, sondern du erwartest, dass ich hierbleibe!«

Er schob den Unterkiefer vor. »Ich bin gerade befördert worden und kann jetzt nicht umziehen und mir in San Francisco einen neuen Job suchen! Du weißt genau, wie hart ich für meinen jetzigen Posten gearbeitet habe.«

»Ja, das weiß ich nur zu gut«, entgegnete sie leise.

»Und wie soll unsere Beziehung funktionieren, wenn du in San Francisco lebst und ich hier?«

Sie antwortete nicht, sondern packte Socken zwischen die bereits gefalteten Kleidungsstücke.

Dass sie nicht antwortete, steigerte seine Nervosität. »Verflucht, Hailey! Ich stehe hier wie der letzte Idiot und habe keine Ahnung, was in dir vorgeht. Von jetzt auf gleich schmeißt du alles hin und willst wegziehen, obwohl wir heiraten wollen, zusammen wohnen und ein Baby erwartet haben. Hättest du den Job auch angenommen, wenn wir das Baby bekommen hätten?«

Er konnte sehen, wie sie einen Moment lang erstarrte, bis

sie emotionslos erwiderte: »Da das Baby tot ist, ist auch die Frage hinfällig, oder?«

»Hailey.« Er kämpfte mit dem Drang, sie gehörig durchzuschütteln und gleichzeitig tröstend in den Arm zu nehmen. »Geht es hier um das Baby?«

»Nein, es geht um das, was du gesagt hast, Scott.«

Scott wusste nicht, was sie meinte – ehrlich gesagt schwirrte ihm der Kopf. »Was habe ich denn gesagt?«

»Dass wir uns auf unsere Karrieren konzentrieren sollten. Du und ich auch, Scott. Du hast deine Beförderung bekommen. Jetzt muss ich an mich denken. Kein Baby bedeutet auch keine Ablenkung.«

Er holte tief Luft, denn er kaufte ihr diese distanzierte Emotionslosigkeit nicht ab. Hailey war nicht so kalt, wie sie jetzt vorgab zu sein. Sie hatte an der Fehlgeburt ebenso zu knabbern wie er, und Scott erinnerte sich zu gut an ihre Bestürzung und den Schock, als die Ärztin ihnen erklärt hatte, dass das Herz des Babys nicht mehr schlug. Schließlich war seitdem alles anders. Und so unglücklich hatte er Hailey nie zuvor gesehen. Mochte sie jetzt auch die Gleichgültige spielen, so wusste er doch genau, wie sehr sie sich auf das Baby gefreut hatte.

Und er wusste auch, wie hilflos er sich selbst fühlte, weil er keine Ahnung hatte, wie er ihr helfen konnte. Ebenso hilflos hatte er sich gefühlt, als er gesehen hatte, dass Hailey alle Sachen weggeräumt hatte, die auf die Schwangerschaft schließen ließen – ihre Schwangerschaftsvitamine waren im Müll gelandet, ebenso das Schwangerschaftsbuch, in dem sie abends gelesen hatte, sogar das Notizbüchlein mit den Namensvorschlägen hatte sie wegwerfen wollen. Bereits da war ihm klar geworden, dass etwas nicht stimmte.

Vielleicht hätte er mit ihr zu einem Therapeuten gehen sollen.

Aber vielleicht brauchte Hailey auch nur etwas Abstand und Zeit, um wieder zu sich zu finden. Auch wenn alle seine Instinkte Nein brüllten, musste er der Wahrheit ins Auge sehen: Ein Tapetenwechsel und eine neue Aufgabe könnten ihr guttun.

Seine Kehle wurde trocken, als er heiser erklärte: »Gut ... wir bekommen das schon irgendwie hin, Liebling. Als du in New York gearbeitet hast, hat es auch funktioniert. Ich kann dich an deinen freien Tagen besuchen kommen, oder du fliegst nach Boston. Mit dem Flugzeug sind es sechs Stunden. Und die Hochzeit können wir verschieben, damit es nicht zu stressig für dich wird.«

Scott hatte nach dieser Ansage mit einem Lächeln gerechnet oder mit Erleichterung, jedoch war der Blick, den Hailey ihm schenkte, als sie sich endlich zu ihm umdrehte und die Arme vor der Brust verschränkte, geschäftsmäßig und felsenfest. »Das halte ich für keine gute Idee.«

Wütend runzelte er die Stirn. »Hast du nicht gehört, was ich gesagt habe? Ich versuche hier gerade, verständnisvoll zu sein und dich zu unterstützen, verdammt noch mal!«

»Ich meine, es ist keine gute Idee, die Hochzeit zu verschieben.«

»Denkst du an deinen Dad? Er wird schon verstehen, dass wir sie um ein Jahr nach hinten schieben, weil du einen neuen Job hast.«

»Nein, Scott. Ich meine damit die ganze Hochzeit. Wir sollten den Termin nicht verschieben, sondern sie komplett absagen.«

Er war wie vom Donner gerührt. »Wie bitte?«

Sie nickte mechanisch wie ein Roboter.

Erst jetzt bemerkte er, dass sie den Verlobungsring nicht mehr trug.

»Eine Hochzeit und eine Ehe würden uns momentan nur ablenken. Du solltest an deine Karriere denken und ich an meine. Dabei müssen wir Ablenkungen vermeiden. Findest du nicht auch?«

Er fand nur, dass hier etwas gehörig schiefging.

»Seien wir doch ehrlich.« Sie schloss den Koffer und wirkte knallhart. »Du hast mir den Antrag gemacht, weil ich schwanger war, Scott.«

»Ich habe dich gebeten, mich zu heiraten, weil wir uns lieben und seit sieben Jahren zusammen sind«, widersprach er heftig. »Weder das Baby noch der Antrag waren Resultat eines One-Night-Stands. Himmel, wir leben sogar zusammen und haben eine Wohnung, Hailey! Eine Hochzeit und ein Baby wären der nächste Schritt.«

»Der nächste Schritt?«

»Ja!« Aufgebracht warf er eine Hand in die Höhe. »Eine Hochzeit, ein Haus, ein Baby!«

Sie kniff ihre Augen zusammen. »Du hast gesagt, wir sollten uns in den nächsten Jahren um unsere Karrieren kümmern, bevor wir es noch einmal mit einem Baby versuchen. Und das tue ich jetzt auch! Eine Hochzeit würde uns nur hindern.«

»Du kümmerst dich um deine Karriere, indem du von jetzt auf gleich alles hinter dir lässt, ausziehst und die Hochzeit absagst?« Fassungslos betrachtete er sie und wollte einen Schritt auf sie zumachen, als Hailey prompt zurückwich.

»Wenn ich mich nicht jetzt um meine Karriere kümmere, werde ich es nie tun. Wer weiß, wofür es gut ist, wenn wir getrennte Wege gehen.«

»Getrennte Wege?« Er schüttelte den Kopf. »Du tust ja gerade so, als würdest du mich nicht mehr lieben.«

Leise, aber mit fester Stimme erwiderte Hailey ungerührt: »Vielleicht tue ich das auch nicht mehr, Scott.«

Ihm sackte das Herz in die Hose. »Das meinst du nicht ernst.«

»Ich weiß es nicht«, gab sie zu und hievte den Koffer vom Bett. »Irgendwie hat sich alles verändert, Scott. *Wir* haben uns verändert.«

Seine Kehle war staubtrocken. »Das war es jetzt? Du gehst, und ich soll das akzeptieren, weil du glaubst, dass wir uns verändert haben?«

Darauf antwortete sie nicht, aber ihre Augen glänzten verdächtig. »Ich will dir nicht wehtun, aber ich kann das hier momentan nicht mehr.«

Er atmete schwer. »Heißt das, dass du Zeit brauchst?«

Sie zögerte und ihr Kinn zitterte, bevor sie ebenso heiser wie er erklärte: »Das heißt, dass ich nicht weiß, ob du auf mich warten sollst.«

# 15

Obwohl Hailey in ihrem Auto ziemlich lange herumgefahren war, bevor sie endlich nach Hause kam, war ihr Dad noch wach und fuhr mit seinem Rollstuhl gerade in den Eingangsbereich des Hauses, als sie über die Schwelle trat.

Sie hatte gehofft, niemanden zu treffen, und hatte die Tür so leise wie ein verspäteter Teenager lange nach der Sperrstunde aufgeschlossen, doch jetzt stand sie ihrem Dad gegenüber, der nur einen Blick in ihr Gesicht warf und besorgt wissen wollte: »Ist etwas passiert?«

Hailey schluckte schwer. »Nein.«

»Warum ist dein Gesicht dann völlig geschwollen und sieht aus, als hättest du geweint?«

Wieder stiegen ihr die Tränen in die Augen, die sie in den vergangenen drei Jahren erfolgreich unterdrückt hatte. Hailey hatte keine Ahnung, was plötzlich mit ihr los was.

Sie hatte nicht geweint, als man ihr gesagt hatte, dass sie eine Fehlgeburt hatte, und sie hatte auch nicht geweint, als sie die Hochzeit abgesagt und mit Scott Schluss gemacht hatte. Und sie hatte auch nicht geweint, als sie vom Schlaganfall ihres Dads erfahren hatte. Aber kaum hörte sie, dass die Freundin ihres Chefs ein Baby erwartete, und kaum legte Scott seine Arme tröstend um sie, brach sie völlig zusammen.

Hailey hatte sich schrecklich hilflos gefühlt. Drei Jahre lang hatte sie sich nicht erlaubt, an das Baby oder an Scott zu denken – aber das funktionierte nicht mehr. Sie dachte permanent an ihn, und in den letzten zwei Stunden, in denen sie mit dem Auto durch die Gegend gefahren war, weil sie gehofft hatte, dadurch einen klaren Kopf zu bekommen, hatte sie auch daran denken müssen, was sie verpasst hatte. Weil sie ihn von sich gestoßen hatte.

Ja, sie war todunglücklich, und das schon seit Jahren, nur hatte sie ihrer Trauer keinen Platz gelassen. Stattdessen war sie wütend gewesen, auf Scott und auf sein Verhalten direkt nach der Fehlgeburt. Wut war sehr viel besser zu ertragen gewesen als Trauer um das, was sie verloren hatte. Ihre Wut hatte nicht zugelassen, dass sie ihn vermissen konnte. Sie hatte sich selbst etwas vorgemacht.

Da ihr Dad noch immer auf eine Antwort wartete und sie besorgt ansah, zuckte sie mit den Schultern. »Es … es ist nichts.«

»Nichts? Seit wann weinst du denn, Peanut?«

»Ich weine doch gar nicht«, entgegnete sie schniefend und wischte sich über die Augen, weil sie Gefahr lief, dass ihr ein paar Tränen über die Wangen laufen könnten.

»Ich mag ja im Rollstuhl sitzen, aber ich bin nicht blind«, spottete ihr Dad gutmütig und fuhr noch ein Stück näher an sie heran. »Hat dir jemand etwas getan?«

Hailey schüttelte stumm den Kopf, weil sie fürchtete, laut schluchzen zu müssen, wenn sie den Mund aufmachte.

Sehr nachdenklich betrachtete ihr Dad sie und schlug schließlich vor: »Willst du auch einen Kaffee?«

Eigentlich wollte sie nur ins Bett und sich die Decke über

den Kopf ziehen, aber sie brachte es nicht übers Herz, ihn einfach stehen zu lassen, also nickte sie und folgte ihm schleichend in die Küche.

Wenn sie nicht so durcheinander und betrübt gewesen wäre, hätte sie sich darüber freuen können, dass er mittlerweile so aufgeblüht war, dass er selbstständig Kaffee machte. Er wurde immer aktiver und trug auch nicht mehr den ganzen Tag lang seinen Pyjama oder wahlweise eine Trainingshose. Seine Physiotherapie absolvierte er nun regelmäßig, auch wenn er grummelte, dass er sie nicht brauchte.

Als er sich jedoch aus seinem Rollstuhl erhob, um an einen der Küchenschränke zu gelangen, machte Hailey große Augen. Ihr Dad mochte zwar äußerst langsam und behäbig aufgestanden sein und wirkte etwas wacklig auf den Beinen, als er die Kaffeedose aus dem Schrank holte, aber er war aufgestanden, um allein Kaffee zu machen.

Er hätte sie fragen können, ob sie ihm die Dose holte. Aber das hatte er nicht getan.

Neben all dem Frust und der Traurigkeit nahm sich ihre Erleichterung über die Verbesserung des Gesundheitszustandes ihres Dads komisch aus. Wenn sie nicht aufpasste, würde sie gleich auch darüber heulen.

Während sie ihren Vater beobachtete, der mit dem Rücken zu ihr stand und Kaffee aufsetzte, ließ sich Hailey auf einen Stuhl sinken und wischte sich ein weiteres Mal über die Augen. Sie musste grauenvoll aussehen.

»Ich will Theresa schon seit einem Jahr zu einem dieser Kaffeevollautomaten überreden«, erklang seine Stimme, während er das Kaffeepulver in die Maschine einfüllte. »Sie trinkt gerne Cappuccino, und ich liebe Espresso, aber sie findet, der Automat ist unnötig und technisch viel zu kompliziert.«

»Mh.«

»Vielleicht sollte ich ihn einfach kaufen und sie vor vollendete Tatsachen stellen.«

»Mh.«

»Deinen stichhaltigen Argumenten kann ich mich nur anschließen«, entgegnete er trocken.

»Dad«, erwiderte Hailey erschöpft. »Kauf das Ding doch einfach, wenn du Lust dazu hast.«

»Du könntest meinen höflichen Versuch, Konversation zu betreiben, ruhig einmal wertschätzen.«

»Ich bin begeistert, Dad.« Hailey lehnte sich auf ihrem Stuhl zurück und atmete durch, während sie auf die Tischplatte vor sich sah.

Anscheinend verstand ihr Dad, dass ihr der Sinn nicht nach Smalltalk stand, weil er nichts mehr sagte, während der Kaffee durchlief.

Erst als er sich wieder in seinen Rollstuhl setzte und ihr eine Tasse an den Tisch brachte, ergriff er das Wort. »Erzählst du mir jetzt, was passiert ist?«

»Ich würde eigentlich nicht so gerne darüber reden.« Sie nahm einen Schluck Kaffee.

»Quid pro quo, Peanut, schließlich schleppst du mich auch von einem Therapeuten zum nächsten.«

»Dad, du hattest schließlich einen Schlaganfall«, erläuterte sie ruhig und schloss ihre Hände um die Tasse. Der Kaffee fühlte sich wunderbar warm in ihrem Magen an.

Ebenso ruhig antwortete ihr Vater: »Ja, Schatz, und du hast dein Baby verloren.«

Sie erstarrte und hob ruckartig den Kopf. »Woher weißt du das?«, flüsterte sie erschrocken. »Hat Scott …?«

»Nein, er hat gar nichts gesagt. Meinst du etwa, ich wüsste nicht über alles Bescheid, was dich betrifft?«

Ein Kloß bildete sich in ihrer Kehle, als sie daran dachte,

dass Scott und sie ihrem Dad nach der Ultraschalluntersuchung hatten sagen wollen, dass sie ihn zum Großvater machen würden. Und Scotts Eltern hatten sie ebenfalls Bescheid geben wollen. Doch dann war alles anders gekommen. Bis heute hatte sie gedacht, dass nur Scott und sie von dem Baby wüssten.

»Wieso hast du nie etwas gesagt?«

»Weil du nie etwas gesagt hast. Und weil Scott nie etwas gesagt hat. Ich dachte, euch wäre es lieber, nicht darüber zu reden. Das habe ich respektiert, Hailey.«

Er hatte recht. Sie hatte nicht über das Baby reden wollen – und auch nicht darüber, wie verletzt und wütend sie wegen Scotts Reaktion gewesen war. Hailey hatte ihren Groll lieber für sich behalten. Vielleicht hatte sie auch nur befürchtet, dass ihr Dad Verständnis für Scott aufgebracht hätte, weil ihr Vater ebenfalls ein Arbeitstier war, der seine Karriereziele ehrgeizig verfolgt hatte.

Nein, sie hatte wütend auf Scott sein *wollen*. Es war so viel einfacher gewesen, sich mit ihrer Wut zu beschäftigen, als den Verlust des Babys zu betrauern.

Hailey hatte schon immer besser wütend als traurig sein können.

»Ich habe auch verstanden, weshalb du nach San Francisco gegangen bist.«

Sie sah zu ihm auf und wusste, worauf er anspielte. Sie wollte jedoch auch jetzt nicht über das Baby oder ihre Gefühle reden, weshalb sie gelassen von sich gab: »Das Angebot, Souschefin bei Jacques Dubois zu werden, hat meiner Karriere gutgetan, Dad. Ich hätte diese Chance nicht ausschlagen können. *Deshalb* bin ich nach San Francisco gezogen.«

»Das mag schon sein, aber du brauchtest vor allem etwas Abstand und etwas Zeit für dich, um alles zu verarbeiten.«

Er klang wie Scott – und das gefiel ihr ganz und gar nicht. »Dad ...«

»Nur hätte ich nicht damit gerechnet, dass du so lange fort bleibst. Scott muss es auch überrascht haben, dass er drei Jahre nichts von dir gehört hat.«

Hailey knirschte mit den Zähnen. »Du klingst fast so, als hätte Scott auf mich gewartet, Dad. Wir hatten uns getrennt und die Hochzeit abgesagt. Ich habe ohne ihn ein neues Leben begonnen. Und er ohne mich.«

Sein Lächeln irritierte sie nicht nur, sondern brachte sie aus einem unerfindlichen Grund auf.

»Warum lächelst du so?«

»Ich lächle, weil du dich täuschst.«

Prompt versteifte sie sich. »Wie bitte?«

»Weder du noch Scott habt neu angefangen. Die ganze Zeit habt ihr aufeinander gewartet.«

Anscheinend wurde ihr Dad auf seine alten Tage zu einem hoffnungslosen Romantiker. Anders war es nicht zu erklären, was er gerade von sich gab.

Abwehrend rümpfte sie die Nase. »Nichts gegen dich, Dad, aber ich fürchte, dass du dich täuschst. Scott hat seine eigene Firma gegründet, ist allem Anschein nach ein knallharter Geschäftsmann geworden und genießt nach allem, was man so hört, sein Junggesellenleben in vollen Zügen. Warum sonst sollte er mit Frauen ausgehen, die vor einem Jahr noch eine Zahnspange getragen haben?«

»Du weißt, dass Scott nicht so ist.«

Nein, das wusste sie nicht. Sie wusste nur, dass sie den alten Scott vermisste – den Scott, der nicht von einer Karriere gesprochen hätte, wenn man von seiner Ärztin erfuhr, dass das Baby gestorben war. Der Scott, den sie geliebt hatte, wäre niemals auf die Idee gekommen, dem Tod des Babys etwas Positives abzugewinnen und zu erklären, dass man sich ohne wenigstens auf seinen Karriereplan konzentrieren konnte. Ihr Scott hätte nicht dermaßen geschäftsmäßig vorgeschlagen, es mit einem weiteren Baby in drei Jahren zu versuchen, wenn sie beide in ihren Jobs weiter vorangekommen wären.

Allein die Erinnerung an jenes Gespräch brach ihr ein weiteres Mal das Herz. Sie atmete tief durch. »Mir ist es relativ gleichgültig, was Scott macht oder nicht macht. Mein Leben auf dieser Erde dreht sich schon seit drei Jahren ohne ihn weiter.«

Ihr Vater schaute sie mit einem warmen Ausdruck in den Augen an. »Sich drei Jahre lang mit Arbeit abzulenken und nicht nach Hause zu kommen, weil man seinem Verlobten nicht begegnen will, bedeutet nicht, dass man ein neues Leben begonnen hat. Es bedeutet, dass man einer Konfrontation aus dem Weg gehen will. Wenn du wirklich neu angefangen hättest, würdest du nicht jedes Mal zusammenzucken, wenn Scotts Name fällt, und sicherlich wärst du heute nicht dermaßen aufgebracht nach Hause gekommen.«

Sie schnappte nach Luft. »Du weißt doch gar nicht, wovon du sprichst, Dad.«

»Im Gegensatz zu dir habe ich ein paar Jahre mehr Lebenserfahrung auf dem Buckel, und ich kenne dich ziemlich gut. Genauso wie Scott.«

»Was soll das heißen?«, wollte sie angriffslustig von ihm wissen.

»Das soll heißen, dass du so stur wie ein Maulesel bist und vermutlich in zehn Jahren nicht nach Hause gekommen wärst, wenn Scott dich nicht hergelockt hätte.«

Ahnungslos schaute sie ihn an. »Was zum Teufel redest du denn da?«

»Ich rede davon, dass Scott es anscheinend leid war, darauf

zu warten, dass du von allein nach Hause kommst. Deshalb hat er dich mit einem Trick zurück nach Boston geholt.«

»Dad«, erklärte sie geduldig und hoffte, dass seine aktuelle Verwirrung nicht auf den Schlaganfall zurückzuführen war. »Ich bin nach Hause gekommen, weil man mir angeboten hat, Souschefin im *Bonfire* zu werden, und weil ich die Chance bekommen habe, das Restaurant mitaufzubauen. Deshalb bin ich zurück.«

Ihr Vater legte den Kopf schief und schaute sie halb belustigt, halb mitleidig an. »Ich weiß, Schatz.«

»Deshalb …«

»Hast du dich mal gefragt, wer der Investor des *Bonfire* ist?«

Hailey runzelte die Stirn. »Die DK-Group ist der Inhaber, Dad. Sie hat mich kontaktiert und mir das Angebot gemacht.«

»Weißt du, wofür DK steht?«

Müde hob sie beide Hände in die Höhe. »Ich habe keine Ahnung.«

»DK steht für David Kincaid.«

»Und?«

»David Kincaid ist Scotts Prokurist.«

# 16

Scott trat aus der Dusche heraus und trocknete sich die Haare ab, als er hörte, dass sein Handy im Schlafzimmer klingelte.

Er ließ es klingeln, denn nach dem heutigen Abend stand ihm nicht der Sinn nach einem Telefonat.

Nachdem Hailey den Junggesellenabschied schlagartig verlassen hatte, war auch ihm die Lust auf einen feuchtfröhlichen Abend unter Männern vergangen. Haileys Reaktion auf Nicks Ankündigung, dass Claire ein Baby erwartete, war bezeichnend gewesen. Die Heftigkeit, mit der sie ihn schließlich von sich gestoßen hatte, und ihr aufgelöster Gesichtsausdruck gingen ihm nicht mehr aus dem Kopf. Er hatte sich so hilflos gefühlt wie damals, als bei der Ultraschalluntersuchung festgestellt worden war, dass das Herz des Babys nicht mehr schlug.

Allein die Erinnerung an die schlimmsten Minuten seines Lebens ließ ihn nach Luft schnappen.

Von der einen auf die andere Sekunde war alles anders gewesen.

Damals hatte er sich verloren gefühlt. Obwohl Hailey erst ein paar Wochen schwanger gewesen war, war das Baby für sie beide schon so real gewesen, dass er es kaum ertragen hatte, es verloren zu haben. Noch schlimmer war der Blick gewesen, mit dem Hailey auf den Monitor geschaut hatte, auf dem der winzige Herzschlag nicht mehr zu sehen war. Der Herzschlag, den sie beide bei der ersten Untersuchung ergriffen und glücklich beobachtet hatten. Scott hätte nicht sagen können, was ihn betroffener gemacht hatte – der fehlende Herzschlag oder Haileys trostloser Blick. Anschließend war nichts mehr so gewesen wie zuvor.

Er hatte einfach nicht gewusst, was er tun sollte.

So wie heute.

Während er sich die Zähne putzte und in den beschlagenen Spiegel sah, konnte Scott nur daran denken, dass er ein Idiot gewesen war. Wieso hatte er nur gedacht, dass alles gut würde, wenn Hailey erst einmal wieder zurück in Boston wäre? Er war davon ausgegangen, dass sie beide sich zusammenraufen würden und dass Hailey erkennen müsste, dass sie noch immer Gefühle für ihn hatte. Und er glaubte tatsächlich, dass sie ihn noch liebte.

Aber anscheinend reichte das nicht. Er hätte viel eher handeln müssen und sie nicht gehen lassen dürfen, damit sie drei Jahre am anderen Ende der Welt verbrachte.

Desillusioniert ging er zurück in sein Schlafzimmer und schlüpfte dort in Boxershorts und T-Shirt, bevor er nach seinem Handy griff.

Drei Anrufe von Hailey und eine Nachricht auf seiner Mobilbox.

Weil er sich nicht vorstellen konnte, dass sie ihn einfach so anrief – nicht nach dem Ereignis des heutigen Abends –, musste irgendetwas passiert sein.

Augenblicklich dachte er an Bill.

Doch wie es aussah, ging es nicht um ihren Dad. Nicht nur.

*»Dad hat mir gerade erzählt, dass du der Investor des* Bonfire *bist, Scott. Er meinte, du hättest mich herlocken wollen. Ich bin so wütend, dass ich nicht mehr klar denken kann! Ist dir nach drei Jahren aufgefallen, dass ich jetzt in deinen beschissenen Zeitplan passe? Weißt du was? Fick dich, Scott!«*

Scott fluchte und warf sein Handy auf das Bett, während er sich davon abhalten musste, sich die Haare zu raufen. Da hatte Bill ihm wirklich einen Bärendienst erwiesen!

Und was zum Teufel hatte sie mit seinem beschissenen Zeitplan gemeint?

Irritiert, ratlos und wütend tigerte er in seinem Zimmer auf und ab, griff nach seinem Handy und war versucht, sie zurückzurufen.

Aber er wusste, dass sie ihn sowieso wegdrücken würde. Und er wusste, dass er ihr keine Chance geben wollte, einfach aufzulegen, wenn er mit ihr sprach.

Scott hatte Hailey nämlich auch einiges zu sagen. Während er spürte, dass er immer zorniger wurde, weil er es leid war, aus ihm unerfindlichen Gründen ein schlechtes Gewissen haben zu müssen und von ihr wie ein Arschloch dargestellt zu werden, schlüpfte er in eine Jeans und ein Sweatshirt und schnappte sich seinen Autoschlüssel.

Es war mitten in der Nacht. Er war übernächtigt und aufgebracht. Und er wusste nicht, was er vorhatte. Aber Scott wäre vermutlich explodiert, wenn er jetzt zu Hause geblieben wäre und die Hände in den Schoß gelegt hätte. Also fuhr er los.

Im Haus der Sinclairs war alles dunkel und still. Er parkte sein Auto am Beginn der Einfahrt und lief diese hoch, weil er Bill nicht wecken wollte – vielleicht wollte er Hailey auch keine

Chance geben, das Haus zu verbarrikadieren, weil sie sein Auto hörte. Dummerweise hatte er keine Ahnung, wie er ins Haus kommen sollte, ohne Bill oder Hailey zu wecken, schließlich hatte er keinen Schlüssel. Da Theresa seit einem Einbruch auf dem Nachbargrundstück vor zwei Jahren pflichtbewusst die Küchentür abschloss, würde Scott auch dort nicht hineinkommen.

Verdammt, das letzte Mal, dass er mitten in der Nacht vor diesem Haus gestanden hatte und darauf bedacht gewesen war, Bill nicht zu wecken, war zehn Jahre her, als er am Rosenspalier zu Haileys Zimmer hochgeklettert war ...

Bevor er den Gedanken beendet hatte, schlich er schon um die rechte Seite des Hauses herum und kletterte im Dunkeln an dem Rankgitter hoch. Puh, was war er froh, dass er regelmäßig trainierte! Früher war ihm das Klettern leichter gefallen. Außerdem war das Spalier vor zehn Jahren nicht mit so vielen Rosenpflanzen überwuchert gewesen, deren Dornen sich nun schmerzhaft in seine Hände bohrten.

»Was zum Teufel tust du da?«

Scheiße.

Scott legte den Kopf in den Nacken und sah nach oben zum Fenster zu Haileys Schlafzimmer. Er hätte nur noch zwei Sprossen nehmen müssen, um durchs Fenster klettern zu können, doch Hailey musste ihn bereits gehört haben, weil sie den Kopf aus dem Fenster steckte und ihn ungläubig ansah.

»Ich hoffe, mir keine Blutvergiftung zu holen«, entgegnete er unwirsch und nahm die nächste Sprosse, während er betete, dass sie ihm nicht das Fenster vor der Nase zuschlug.

»Sehr komisch«, erwiderte sie trocken. »Soll ich die Polizei oder die Feuerwehr rufen?«

Scott schnitt eine Grimasse und hangelte sich bis zum Fensterbrett, an dem er sich hochzog.

Zu seiner grenzenlosen Überraschung reichte sie ihm die Hand und half ihm ins Schlafzimmer, in das er ansonsten vermutlich wie ein nasser Sack hineingeplumpst wäre. Seine Hände brannten wie Feuer, und sein linkes Knie hatte etwas abbekommen, als er damit gegen das Fensterbrett gestoßen war – aber Scott hatte nur Augen für Hailey, die ein übergroßes Shirt trug, das ihm sehr bekannt vorkam. Dass ihre Beine nackt waren, registrierte er lediglich am Rande. Sprachlos betrachtete er das Logo der *Blue Huskies*, seiner Mannschaft von seiner Highschool. Das Shirt hatte er seit Jahren nicht gesehen.

»Du trägst mein altes Eishockeyshirt.«

Wie es Haileys Art war, ignorierte sie seinen Kommentar einfach und runzelte stattdessen die Stirn, während sie die Arme vor der Brust verschränkte. Das Shirt rutschte einige Zentimeter nach oben und offenbarte, dass sie nur ein Höschen darunter trug, aber keine Pyjamashorts.

Ihr Aufzug und die Tatsache, dass ihr Zimmer noch immer so aussah wie früher, bevor sie beide sich eine gemeinsame Wohnung gesucht hatten, brachten Scott dazu, einmal tief Luft zu holen. Wenn Hailey jetzt gelächelt und ihn nicht derart finster angesehen hätte, wäre es fast so wie früher gewesen. Für eine winzige Sekunde schaute er in Richtung des mädchenhaften Himmelbetts und erinnerte sie daran, wie sie beide zusammen auf der Tagesdecke gelegen hatten und Hailey ihm erzählte, wie gerne sie nur ein einziges Mal mit ihrer Mutter reden würde und wie traurig sie darüber war, dass ihr Dad fast nie über ihre Mom sprach. Damals hatte er seine Finger mit ihren verknotet, während sie in aller Unschuld nebeneinandergelegen und zu ihrem Himmelbett über sich geschaut hatten.

»Was willst du hier, Scott?«

Rasch schüttelte er alle Gedanken um das Himmelbett und ihre Gespräche ab und konzentrierte sich auf das Hier und Jetzt.

Auch er verschränkte nun die Arme vor der Brust und schob das Kinn vor. »Das müsstest du dir doch denken können, nach dieser Nachricht auf meiner Mobilbox.«

»Was? Deshalb bist du hier?«

»Natürlich.«

»Hättest du nicht einfach anrufen können?«

»Wärst du denn drangegangen?«

Ihr störrischer Gesichtsausdruck sagte ihm alles, was er wissen musste.

Hailey schnaubte auf. »Du hättest dir bei der Kletterei den Hals brechen können!«

»Früher bin ich auch hier hochgeklettert«, erwiderte er mit einem lapidaren Schulterzucken.

»Früher warst du bedeutend leichter«, wies sie ihn zurecht.

»Danke für das Kompliment. Schön, dass dir aufgefallen ist, dass ich trainiere.«

Ihre Augenbrauen berührten sich beinahe über ihrer Nasenwurzel. »Scott, das ist kein Scherz.«

»Wenn ich hinuntergefallen wäre, hätten die Büsche meinen Sturz aufgefangen.« Er lächelte schwach. »Wärst du untröstlich gewesen, wenn ich mir beim Versuch, in dein Schlafzimmer einzudringen, den Hals gebrochen hätte?«

»Nein.« Hailey verdrehte die Augen. »Ich will einfach nur in Ruhe schlafen und habe keine Lust, dass ein Haufen Cops das Haus belagert, weil du dich entschlossen hast, hier eine Kamikazeeinlage hinzulegen.«

»Dein Mitgefühl geht mir zu Herzen.«

Sie deutete eine Verbeugung an. »Da das geklärt ist, könntest du jetzt wieder gehen.«

»Gar nichts ist geklärt«, versetzte er düster. »Ich bin hergekommen, damit wir endlich reden – ich habe dir nämlich auch ein paar Sachen zu sagen.«

»Beispielsweise, dass du einen Strohmann engagiert hast, um das *Bonfire* zu kaufen?« Ihre Augen funkelten ihn an. »Hat Dad recht? Arbeitet dieser David Kincaid für dich?«

»Ja.«

»Ich fasse es nicht!«

»Und ich fasse es nicht, dass du deswegen so ein Fass aufmachst. Denkst du denn, dass es mir Spaß gemacht hat, in ein Restaurant zu investieren, damit du endlich zurück nach Boston kommst?«

»Ich denke, dass du wahnsinnig geworden bist.« Ihr Mund wirkte verkniffen. »Und ich denke, dass ich jedes Recht der Welt habe, wütend auf dich zu sein!«

»Wütend? Du bist wütend?« Drohend machte er einen Schritt auf sie zu. »Soll ich dir sagen, was mich wütend macht? Mich macht es wütend, dass du mich wie ein rücksichtsloses Arschloch behandelst, obwohl ich das nicht verdient habe. Mich macht es wütend, dass du mir keine Chance gegeben hast, mit dir zu reden, und dass ich deshalb zu diesen Mitteln greifen musste. Und mich macht wütend, dass du uns keine Gelegenheit gibst, uns auszusprechen.«

»Aussprechen?« Sie legte den Kopf in den Nacken, um ihm direkt ins Gesicht zu sehen. »Warum sollten wir uns aussprechen, Scott? Wir sind seit drei Jahren nicht mehr zusammen.«

»Und ich weiß bis heute nicht warum«, fuhr er sie unbeherrscht an. »Ich weiß nur, dass du mich wie einen Aussätzigen behandelt hast, nachdem das Baby tot war, und dass ich nichts mehr richtig machen konnte. Und eigentlich bin ich davon ausgegangen, dass du etwas Zeit und Abstand brauchtest, um darüber hinwegzukommen, aber dann bist du einfach nicht zurückgekommen. Was hätte ich denn tun sollen? Einfach zusehen, wie du ein neues Leben beginnst, während ich hier auf dich warte?«

Verächtlich schnappte sie nach Luft. »Tu nicht so, als hättest du die ganze Zeit sehnsüchtig auf meine Rückkehr gewartet. Ich erinnere dich nur an Mandy und will gar nicht wissen, wie viele es von ihrer Sorte gab, als ich weg war.«

Er presste die Zähne zusammen und brachte aufgebracht hervor: »Mandy ist eine Freundin von Mitch, die ich vor dem Abend nie zuvor gesehen habe und die ich nicht angerührt habe – wie ich in den vergangenen drei Jahren auch niemanden angerührt habe. Ist dir nicht in den Sinn gekommen, dass ich sie nur deshalb mit zu der Eröffnungsparty genommen habe, weil ich wusste, dass du dort sein würdest, und weil ich dich eifersüchtig machen wollte?« Das hatte er ihr nicht auf die Nase binden wollen, aber er war es leid, nicht mit offenen Karten zu spielen.

Sie zögerte einen Moment und wirkte unschlüssig. »Du wolltest mich eifersüchtig machen?«

»Ich wollte deine Aufmerksamkeit erregen, verdammt noch mal! Was denkst denn du, warum ich diesen ganzen Zirkus veranstalte?« Scott machte einen Schritt auf sie zu und umklammerte ihre Schultern fest mit seinen Händen, wobei er ignorierte, dass Hailey erschrocken zurückzuckte. »Ich will dich zurück, Hailey. Das wollte ich die ganze Zeit.«

An ihrer Kehle konnte er sehen, dass sie schluckte. Heiser stieß sie hervor: »Scott, findest du es nicht merkwürdig, dass du genau drei Jahre gewartet hast, bis du dich daran erinnert hast, mich zurück nach Boston zu holen?«

Am liebsten hätte er sie so lange geschüttelt, bis sie nicht mehr in Rätseln sprach. »Findest du nicht, dass drei Jahre reichen?«

»Drei Jahre.« Sie schnalzte mit der Zunge. »Damals war dein Zeitplan exakt auf drei Jahre ausgelegt.«

»Schon wieder dieser Zeitplan«, knurrte er. »Wovon sprichst du überhaupt?«

Ihre Mimik hatte etwas Kriegerisches. »Glaubst du, ich hätte vergessen, dass du nach der Fehlgeburt gesagt hast, dass wir drei Jahre warten sollten, bevor wir ein neues Baby planen können?«

Nach der Fehlgeburt hatte er vieles gesagt, an das er sich heute nicht mehr erinnern konnte, weil er sie trösten wollte. Wenn sie damals zusammengebrochen wäre und geweint hätte, hätte er es nicht ertragen können.

»Hailey«, entgegnete er angespannt und hielt sie weiterhin an den Schultern fest. »Ich verstehe nicht, worauf du hinauswillst, aber ...«

»Du wolltest unbedingt Karriere machen«, unterbrach sie ihn bitter. »Und das hast du geschafft. Gratulation. Jetzt ist es Zeit für den nächsten Schritt auf deiner Agenda? Hochzeit, Haus und Kind. Stimmt doch, oder?«

»Ich hätte dich schon vor drei Jahren geheiratet!«

»Ja, aber das Baby wäre eine unliebsame Ablenkung gewesen.« Der Vorwurf in ihrer Stimme war nicht zu überhören.

Scott erstarrte. »*Was?*«

Plötzlich platzte es aus ihr heraus, während sie sich aus seinem Griff befreite. »Dir war deine Karriere wichtiger als das Baby, Scott! Du hast gesagt, dass es sowieso kein guter Zeitpunkt für ein Kind gewesen wäre, weil wir uns auf unsere Jobs konzentrieren sollten. Ich glaube sogar, dass du erleichtert warst.« Sie schluchzte auf und zeigte mit dem Finger auf ihn. »Niemals hätte ich es für möglich gehalten, dass ausgerechnet du so kaltherzig sein könntest! Ich wollte das Baby haben und hatte das Gefühl, sterben zu müssen, als sein Herz nicht mehr schlug, und was hast du getan? Du hast mir etwas von deiner Karriereleiter erzählt und davon, dass es kein günstiger Zeitpunkt wäre. *Wer weiß, wofür es gut ist* – das waren deine Worte!«

Bestürzt taumelte er zurück und starrte sie fassungslos an.

Schluchzend schüttelte sie den Kopf. »Deshalb bin ich gegangen, weil ich nicht ertragen konnte, was du gesagt hattest und wie sehr du dich verändert hattest. Diese Skrupellosigkeit gehörte nicht zu dem Mann, den ich geliebt habe.«

»Skrupellosigkeit?«, hörte er sich selbst mit krächzender Stimme fragen. »Du hältst mich für skrupellos?«

Tränen strömten aus ihren Augen. »Was soll ich denn denken, wenn du so etwas sagst und deinen Job über alles stellst? Oder wenn du ein Restaurant kaufst, nur damit ich wieder nach Boston und damit in deine Reichweite komme?«

Scott wusste nicht, was er sagen sollte.

Entsetzt stand er Hailey gegenüber, die weinte, und hatte das Gefühl, dass ihm gerade jemand das Herz aus der Brust riss. Dass sie ihn für einen skrupellosen, gefühlskalten und egoistischen Mistkerl hielt, der derart emotionslos auf die Fehlgeburt reagiert haben sollte, verletzte ihn bis ins Mark. Und nun fiel es ihm wie Schuppen von den Augen. Nun verstand er ihr abweisendes Verhalten. Wie oft hatte er sich gefragt, warum er den Eindruck nicht loswurde, dass Hailey ihn verachtete? Jetzt hatte er die Antwort.

Ja, er war verletzt. Und wütend.

Er ballte die Hände zu Fäusten. Seine Stimme bebte. »Bist du eine einzige Sekunde auf die Idee gekommen, dass ich dich trösten wollte und dass ich selbst so durcheinander war, dass ich gar nicht wusste, was ich sage?«

Hailey sah ihn unglücklich an. »Du warst nicht durcheinander, Scott. Du wirktest sehr effizient und gefasst …«

»Ich hatte wahnsinnige Angst, dass du zusammenbrechen könntest«, konterte er mit kaum zu überhörender Wut in der Stimme. »Was hätte ich tun sollen? Vor deinen Augen in Tränen ausbrechen oder mich an dich klammern, während du so verloren gewirkt hast, dass es mir Angst machte? Einer von uns musste stark sein.«

»Stark, aber nicht geschäftsmäßig.«

»Ich war nicht geschäftsmäßig«, widersprach er bitter. »Ich war traurig, ängstlich und panisch – und habe irgendetwas gesagt, von dem ich hoffte, dass es dich trösten oder zumindest ablenken würde. Irgendetwas, das dich dazu bringen würde, mich nicht mit dieser Hilflosigkeit und Verzweiflung anzuschauen, bei denen ich das Gefühl hatte, versagt zu haben.«

Ihr Kinn zitterte. »Du warst so kühl, Scott, und hast etwas von einem besseren Zeitpunkt in drei Jahren gefaselt. Ich habe dich kaum wiedererkannt.«

Er schnappte nach Luft. »Wir waren sieben Jahre lang zusammen, Hailey. Sieben Jahre! Eigentlich dachte ich, du würdest mich besser kennen als alle anderen Menschen. Aber trotzdem hast du wirklich geglaubt, dass mich der Tod unseres Babys nicht berührt hätte oder dass ich sogar froh über die Fehlgeburt war?«

Ihre Schultern bebten. Mit zittriger Hand wischte sie sich über die Augen. »Du hast gesagt, dass das Baby sowieso nicht geplant war und dass wir mit einem Kind Kompromisse in unseren Jobs hätten eingehen müssen – fünf Minuten danach, Scott.«

Beinahe hätte er die Hände in die Luft geworfen. »Das war irgendein Unsinn, an den ich mich nicht einmal erinnern kann, weil er nicht wichtig war!«

»Aber ich kann mich daran erinnern.«

Entgeistert fixierte er sie und hörte seinen eigenen Herzschlag in den Ohren dröhnen. »Hast du mich tatsächlich von dir gestoßen, die Hochzeit abgesagt und mich verlassen, weil ich in meiner Panik einmal irgendeinen Unsinn gesagt habe? Ist das wirklich dein Ernst?«

Sie zuckte sichtlich zusammen. »Was du gesagt hast ... das konnte ich dir nicht verzeihen.«

Scott hatte das Gefühl, dass ihm jeden Augenblick ein Gefäß in seinem Kopf platzen würde. »Hast du deshalb einfach deine Koffer gepackt, ohne mit mir zu reden?«

Seine selbstsichere Hailey wirkte absolut hilflos, als sie flüsterte: »Ich wollte dieses Baby haben.«

»Ich etwa nicht?!« Er brüllte nun wirklich und erwartete, dass jeden Moment Bill an die Tür klopfen würde, weil sie beide so einen Krach machten. Aber selbst das war ihm egal. Mittlerweile war ihm alles egal. »Ich wollte nichts anderes als dich und das Baby!!«

»Aber ...«

Er unterbrach sie grob. »Sogar nach San Francisco wäre ich mitgekommen und hätte gekündigt, wenn du mir gesagt hättest, dass du mich hättest dabei haben wollen. Du wolltest aber nicht! Nein, du klammerst dich bis heute lieber an die Vorstellung, dass ich ein emotionsloses Arschloch bin, das für seinen Job über Leichen geht und das sich verändert hat. Dass ich völliges Verständnis für dich und deine Trauer hatte und drei Jahre lang gewartet habe, dass du endlich zurückkommst, ignorierst du einfach. Und du ignorierst immer noch die Tatsache, dass auch ich das Baby verloren habe, Hailey. Nicht nur du!«

Sie sagte nichts, sondern sah ihn mit ihren großen blauen Augen an.

»Weißt du was?« Er atmete schwer und ließ die Schultern

fallen. »Du hast recht. Wir haben uns verändert. Wir beide. Vielleicht so sehr, dass ich falsch lag, als ich drei Jahre gewartet habe.«

Obwohl er sie erstickt nach Atem ringen hörte, reagierte er nicht, sondern drehte sich wortlos um, marschierte durch die Tür und ließ Hailey einfach stehen.

# 17

»Musst du heute nicht zur Arbeit?«

»Ich habe mich krankgemeldet«, erklärte Hailey an Theresa gewandt, als sie die Küche betrat und Ausschau nach der Kaffeemaschine hielt.

Geknickt schlich sie zu der vollen Glaskanne und ignorierte den forschenden Blick der anderen Frau. Wenn Theresa nicht über Nacht erblindet und ertaubt war, mussten ihr Haileys geschwollene Augenlider und ihre krächzende Stimme aufgefallen sein. Aber sie enthielt sich eines Kommentars und kümmerte sich stattdessen weiterhin um den Abwasch.

Hailey war ihr dankbar, dass sie nichts sagte. Nach der letzten Nacht glaubte sie nämlich nicht, dass sie die Kraft hatte, mit ihr über Scott oder über den Streit zu reden, der sie so erschüttert hatte, dass sie kein Auge zugetan hatte.

Oh Gott, sie schämte sich so.

Während sie sich eine Tasse einschenkte, zog sie den Kopf ein. Die Schuldgefühle wollten einfach nicht verschwinden.

Zaghaft nippte sie an dem Kaffee. Eigentlich war Theresas Kaffee stets ein Genuss, aber heute schmeckte er irgendwie nach nichts. Es war auch nicht so, dass Hailey besonders großen Durst gehabt hätte, aber als sie die Küche betreten und Theresa gesehen hatte, war sie völlig automatisch an die Maschine getreten, um wenigstens ihre Hände beschäftigt zu halten.

Ein kurzer Blick zur Seite sagte ihr, dass sich Theresa gerade die Hände mit einem Handtuch abtrocknete und dann nach einem Teller griff, auf den sie einige Scheiben French Toast legte. Hailey konnte sich denken, dass das Frühstück für sie sein sollte.

»Du bist lieb, Theresa, aber ich habe keinen Hunger«, murmelte sie zurückhaltend und nippte ein weiteres Mal an ihrem Kaffee.

Die Haushälterin hielt in ihrer Tätigkeit inne und sah sie verdattert an. »Keine French Toasts? Die isst du doch so gerne.«

»Vielleicht etwas später«, erwiderte sie und zwang sich zu einem schwachen Lächeln.

»Dann musst du wirklich krank sein, wenn du mein Essen verschmähst.« Wie eine besorgte Mutterglucke scheuchte Theresa sie zum Tisch, zwang sie dazu, sich hinzusetzen, und nahm ihr den Kaffee weg. Stattdessen machte sie ihr einen Tee.

»Hast du Fieber?«

»Nein, kein Fieber.« Hailey seufzte. »Ich habe einfach schlecht geschlafen und jetzt ziemliche Kopfschmerzen.«

Das war keine besonders gute Ausrede, zumal Theresa wusste, dass Hailey kein Mensch war, der wegen Kopfschmerzen zu Hause blieb.

Daher kam vermutlich auch der skeptische Blick, den sie ihr schenkte, während sie ihr eine Hand auf die Stirn legte. »Vermutlich willst du auch nicht, dass ich einen Arzt rufe, richtig?«

»Richtig«, entgegnete Hailey niedergeschmettert.

Leichthin erklärte Theresa, während sie ihr zärtlich durchs Haar fuhr: »Was wäre, wenn ich dich einfach wieder ins Bett schicke und dir später einen Kakao und ein gegrilltes Schinken-Käse-Sandwich hochbringe? So wie früher?«

Das klang fabelhaft. Weil Hailey heute in besonders weinerlicher Stimmung war, erinnerte sie sich prompt an die unzähligen Male, an denen Theresa sie als Kind und Teenager gepflegt hatte, wenn sie krank gewesen war. Nicht zu vergessen der Zwergenaufstand, den sie mit acht Jahren veranstaltet hatte, als ihre erste Stiefmutter ihr während einer Erkältung Hustensaft hatte geben wollen und Hailey darauf bestanden hatte, ihn von Theresa zu bekommen. Ihr Dad erzählte noch heute die Geschichte und lachte sich dabei scheckig.

Für Hailey war sie jedoch bezeichnend, weil Theresa die einzige Mutter war, die sie kannte.

Wenn sie nicht aufpasste, würde sie wieder zu weinen anfangen.

»Ich bin neunundzwanzig – ein bisschen zu alt, um ins Bett geschickt zu werden.« Scherzhaft verzog sie den Mund.

»Niemand ist zu alt, um ein bisschen verhätschelt zu werden, wenn es ihm nicht gut geht.« Theresa drückte ihre Schulter. »Außerdem kenne ich dich, seit du dein Töpfchentraining hinter dir hast, Liebling, und würde dich auch dann noch ins Bett schicken, wenn du fünfzig Jahre alt bist.«

Hailey verdrehte amüsiert die Augen. »Das sind ja wundervolle Aussichten.«

»Spotte du nur, aber du wirst selbst sehen, wie das ist, wenn du irgendwann ein Baby bekommst.«

Ganz sicher war Theresas Kommentar scherzhaft gemeint, und sie konnte auch nicht wissen, dass ihr Schützling ausgerechnet heute sehr empfindlich auf das Thema reagierte, aber Hailey zuckte dennoch kurz zusammen. Da Theresa sich umgedreht hatte, um das heiße Wasser in die Teekanne zu gießen, hatte sie Haileys Reaktion glücklicherweise nicht bemerkt.

Mit einem Kloß im Hals musste Hailey daran denken, dass sie vor drei Jahren gerne mit jemandem über die Fehlgeburt gesprochen hätte.

Sie hatte Angst gehabt, war traurig gewesen und hatte die medizinische Prozedur allein über sich ergehen lassen, nachdem die Fehlgeburt festgestellt worden war. Scott hatte sie absichtlich außen vor gelassen und ihn nicht involviert. Vermutlich war das ihre Art gewesen, ihn zu bestrafen. Zu den Arztterminen und anschließenden Untersuchungen hatte sie ihn nicht mitgenommen, obwohl die Aussicht, allein zu sein, erschreckend gewesen war. Heute fragte sie sich, wie sie damals so egoistisch und abweisend hatte sein können.

Das Schlimme an der Sache war jedoch, dass sie womöglich niemals so viel Einsicht gezeigt hätte, wenn er sie gestern Nacht nicht mit dem Kopf draufgestoßen hätte.

Er hatte recht: Nicht nur sie hatte das Baby verloren, sondern auch er.

Leider kam diese *Einsicht* zu spät.

Hailey verfluchte ihre Sturheit und ihre Verbissenheit, mit der sie sich an den Gedanken geklammert hatte, dass Scott sich verändert hatte und zu einem rücksichtslosen Menschen mutiert war, mit dem sie nicht leben konnte. In den vergangenen Wochen hatte er ihr oft genug bewiesen, dass er noch immer der lustige, warmherzige und charmante Mann war, mit dem sie ihr Leben hatte teilen wollen. Aber sie hatte jede Gefühlsregung unterdrückt, die ihr gesagt hatte, dass sie ihn vermisste und sich nach ihm sehnte. Stattdessen hatte sie sich eingeredet, dass er ein schlechter Mensch sei und dass sie sich damals aus einem guten Grund von ihm getrennt hatte.

Heute wusste sie, wie falsch sie gelegen hatte und dass er derjenige war, dem unrecht getan worden war. Nicht sie.

»Willst du mir nicht erzählen, was wirklich los ist?«

Hailey sah auf, als Theresa ihr eine Tasse Tee vor die Nase stellte. »Es ist kompliziert«, murmelte sie ausweichend.

»Wenn es nicht kompliziert wäre, würdest du nicht hier wie ein Trauerkloß sitzen und alle fünf Sekunden einen traurigen Seufzer ausstoßen«, erwiderte Theresa sanft.

Sie hatte nicht einmal gewusst, dass sie traurige Seufzer ausstoßen konnte.

»Dass du nicht wirklich krank bist, haben wir ja schon festgestellt.« Theresa zog einen Stuhl nach hinten und setzte sich ihr schräg gegenüber an den kleinen Tisch. »Wenn ich raten müsste, würde ich auf Liebeskummer tippen.«

Rasch sah Hailey auf. »Liebeskummer haben nur Teenager, Theresa.«

Die ältere Frau lachte leise auf. »Wenn das so wäre, würden weder die Schokoladenindustrie noch der Markt für Abnehmprodukte so viel Geld verdienen. Und ich müsste mir nicht das Gejammer meiner älteren Schwester anhören, weil ihr Mann dem Fernseher mehr Beachtung schenkt als ihr.«

Hailey verdrehte die Augen. »Das klingt in meinen Ohren nicht nach Liebeskummer.«

»Dann sag du mir doch, wie dein Liebeskummer aussieht.«

Zögerlich schaute sie in Theresas dunkelbraune Augen und sagte fast von ganz allein: »Ich habe mich gestern mit Scott gestritten.«

»Aha.«

»Ja.« Sie nickte langsam. »Jetzt fürchte ich, dass ich es versaut habe.«

Überrascht öffnete Theresa den Mund. »Ich dachte, du wolltest nichts mehr mit ihm zu tun haben.«

Unglücklich schüttelte sie den Kopf. »Ich habe gestern erst bemerkt, wie dumm ich die ganze Zeit war. Und wie ungerecht Scott gegenüber.«

»Hailey ...«

»Ich habe einen Fehler gemacht«, bekannte sie mit bebender Stimme. »Ich habe ihn vor den Kopf gestoßen und ihn verletzt. Das verzeiht er mir sicherlich nicht.«

Bis auf das Ticken der Küchenuhr war kein Geräusch zu hören.

»Hast du ihn angerufen?«

Hailey seufzte erneut. Auch wenn sie eine große Klappe hatte und gerne furchtlos auftrat, hieß das nicht, dass sie den Mut hatte, Scott anzurufen, nachdem er erklärt hatte, dass es ein Fehler gewesen war, drei Jahre lang auf sie zu warten.

»Nein, das habe ich nicht.«

»Wieso nicht?«

»Weil er den Anruf sicherlich nicht annehmen würde«, antwortete sie dumpf.

»Du könntest ihm einen Brief schreiben.«

»Einen Brief?« Zweifelhaft sah sie auf.

Theresa nickte nachdrücklich. »Ein handgeschriebener Brief hat eine Bedeutung und ist viel persönlicher als diese schrecklichen Handynachrichten oder E-Mails. Wenn meine Freundinnen und ich früher einen Brief von einem Kavalier bekommen haben, war das etwas Besonderes.«

Obwohl Theresas Vorschlag romantisch klang und sogar süß war, konnte sich Hailey nicht vorstellen, Scott einen Brief zu schreiben. Sie hätte nicht einmal gewusst, wie sie anfangen sollte.

»Ich habe ja nicht einmal seine Adresse«, entgegnete sie abwehrend und hoffte, Theresa mit dieser Ausrede zufriedenzustellen.

Diese schnalzte jedoch lediglich mit der Zunge und schenkte ihr einen langen Blick. »Natürlich hast du seine Adresse, Scott wohnt schließlich noch immer in eurer Wohnung.«

»Wie bitte?« Hailey hob verwirrt den Kopf.

Theresa zuckte mit den Schultern. »Er wohnt noch immer in eurer Wohnung.«

»Er ist nie umgezogen?« Sie konnte es kaum glauben. »Nicht nach Beacon Hill in eines der hübschen Häuser mit Backsteinfassade und auch nicht in eine dieser schicken Penthauswohnungen mit Blick auf den Charles River, die ein Vermögen kosten?«

»Nein.«

Die Vorstellung, dass Scott noch immer in ihrer gemeinsamen Wohnung lebte, die sie vor Jahren für eine lächerlich geringe Summe gemietet und die sie selbst renoviert hatten, stimmte nicht mit der Vorstellung von Scott überein, die Hailey gepflegt und gehegt hatte. Himmel, er fuhr einen Jaguar, war CEO einer profitablen Gesellschaft und saß in der obersten Etage eines Bürogebäudes mitten in Boston. Wie konnte er da noch immer in der Wohnung leben, in der die Heizung während der kalten Wintermonate regelmäßig ausfiel und die nicht einmal einen Aufzug hatte?

Wie sie es finden sollte, dass er ihre gemeinsame Wohnung nicht aufgegeben hatte, konnte sie nicht sagen.

»Das wird schon wieder.« Theresa tätschelte ihre Hand.

»Ich fürchte nicht«, flüsterte sie zurück. »Drei Jahre lang habe ich ihn als den Bösen in dieser ganzen Sache zwischen uns gesehen.« Sie schluckte schwer und zögerte ein paar Augenblicke. »Jetzt glaube ich, dass ich die Böse war und dass ich Scott unrecht getan habe.«

»Ach, Schatz.« Theresa seufzte leise. »Was ist denn, wenn niemand der Böse ist?«

»Wie meinst du das?«

»Ich glaube nicht, dass Scott oder du dem anderen etwas Böses wollten. Vielleicht habt ihr einfach aneinander vorbeigeredet?«

Hailey holte tief Luft. »Dann bin ich trotzdem die Böse, denn ich habe erst gar nicht mit ihm geredet.«

»Dafür ist es aber noch nicht zu spät. Reden könnt ihr immer noch miteinander.«

***

*Drei Jahre zuvor*

Als Hailey die Tür aufschloss, wehte ihr der Geruch von Lachs entgegen und kündigte an, dass Scott gerade kochte – Tagliatelle mit einer Lachs-Dill-Sauce. Woher sie das wusste? Sie hatte ihm das Rezept selbst gezeigt und kam seither ständig in den Genuss dieses Essens, weil er wusste, dass sie nicht genug davon bekam.

Heute aber hätte sie auf den Geruch von in Butter gebratenem Fisch verzichten können.

Seit sie heute Morgen auf dem Fischmarkt gewesen war, um mit dem Händler die Bestellungen für die kommende Woche durchzugehen, war ihr grauenvoll schlecht. Eigentlich machte es ihr nichts aus, selbst in aller Herrgottsfrühe Fisch zu riechen, aber heute hätte sie sich beinahe auf einer Auslage frischer Miesmuscheln übergeben.

Die Übelkeit war erst am späten Vormittag verschwunden. So wie an allen Tagen der letzten Woche.

Langsam bückte sie sich und lehnte ihren Rucksack gegen die Wand, die Scott und sie in einem zarten Aprikosefarbton gestrichen hatten, als sie hier eingezogen waren.

Für ihre erste gemeinsame Wohnung hatten sie ziemlich viel geschuftet und jeden einzelnen Raum renoviert. Die Dreizimmerwohnung in Back Bay war ein absoluter Glücksfall für sie gewesen, als sie sie vor knapp vier Jahren gefunden hatten. Damals war Hailey gerade aus New York zurück gewesen, Scott hatte seinen Abschluss gemacht und seinen ersten richtigen Job angetreten, und sie beide hatten den nächsten Schritt tun wollen.

Back Bay war kein billiges Pflaster, aber der Stadtteil gefiel ihnen beiden. Viele Restaurants, Geschäfte und die Esplanades direkt vor der Tür – der Standort war perfekt, denn weder hatte Hailey einen langen Weg zu ihrer Arbeit im Theatre District noch brauchte Scott lange bis nach Downtown. Zwar war die Wohnung in einem renovierungsbedürftigen Zustand gewesen, aber sie war günstig.

Und Scott und sie hatten viel Spaß dabei gehabt, die Wohnung auf Vordermann zu bringen.

Sie hatten den alten Holzfußboden abgeschliffen und neu lackiert, sodass das dunkle Holz wieder voll zur Geltung kam, die Wände waren teilweise neu verputzt und dann gestrichen worden, die Decke im Wohnzimmer hatte eine Stuckverzierung bekommen und die Wand im Schlafzimmer eine Steinoptik erhalten. Vor allem die Küche war ein richtiger Blickfang und Scotts Überraschung an sie gewesen, die er mit seinen Brüdern aufgebaut hatte, als Hailey für ein Wochenende auf einem Seminar gewesen war: Massive Holzschränke, eine große Kochinsel mit einem sechsfachen Gasherd und eine wunderschöne Keramikspüle, die ein Vermögen gekostet haben mussten, machten die Küche zu einem richtigen Liebhaberstück. Nirgends machte ihr das Kochen mehr Spaß als in ihrer eigenen Küche, für die sich Scott so viel Mühe gemacht hatte.

Und in der er gerade stand, auf der Arbeitsfläche Gemüse schnitt und ziemlich falsch und ziemlich fröhlich zu dem Lied sang, das aus dem Radio ertönte.

Bis jetzt schien er nicht bemerkt zu haben, dass Hailey nach Hause gekommen war, da er mit dem Rücken zu ihr stand, als sie den Kopf durch die Küchentür steckte. Das gab ihr nicht nur die Gelegenheit, ein paar Mal tief durchzuatmen, sondern auch die Muße, ihn zu beobachten, während er kochte.

Obwohl er mittlerweile täglich einen Anzug trug, in dem er zur Arbeit ging, lief er zu Hause lieber in Jeans und T-Shirt herum – so wie jetzt auch. Außerdem war er barfuß. Hailey musste lächeln, denn wann immer sie ihn damit aufzog, dass er sich eine Erkältung holen würde, wenn er barfuß durch die Wohnung lief, in der es wegen der dicken Steinwände zu jeder Jahreszeit kühl war, erinnerte er sie augenzwinkernd daran, dass er noch immer auf die selbst gestrickten Socken wartete, die sie ihm versprochen hatte. Seine Mom hatte ihr im letzten Jahr das Stricken beibringen wollen, als sie über Weihnachten nach Wisconsin gefahren waren. Leider hatte sich herausgestellt, dass Hailey den Mund mal wieder zu voll genommen hatte, weil sie fürs Stricken gar kein Talent besaß.

Langsam ließ sie den Blick von Scotts Rückseite über die Küche und die Wände wandern, die in einem sehr hellen Grauton gestrichen waren. Damals hatten Scott und sie Schere-Stein-Papier gespielt, um zu bestimmen, welche Wand sie in welcher Farbe streichen wollten. Hier hatte Scott gewonnen, und Hailey musste zugeben, dass seine Farbwahl perfekt gewesen war.

Sie konnte sich genau an den Tag erinnern, als sie den Mietvertrag unterschrieben und zusammen Pläne geschmiedet hatten, wohin sie diese und jene Möbel stellen wollten.

Und jetzt konnte Hailey nur daran denken, dass sie bald

wieder renovieren mussten, um aus dem kuscheligen Gästezimmer ein Kinderzimmer zu machen.

Ja, ein Kinderzimmer. Aufregung und Nervosität pulsierten durch ihre Adern, denn beide Schwangerschaftstests, die sie in ihrer Mittagspause gekauft hatte, waren positiv. Seither hatte sie das Gefühl, wie ein Zombie neben sich herzulaufen.

»Hey, wie lange stehst du schon da?«

Lächelnd lehnte sie sich gegen den Türrahmen und begegnete seinem Blick. »Hey zurück. Noch nicht lange.«

»Und was tust du da, während ich hier das Abendessen koche?«

»Dir zusehen, wie du das Abendessen kochst«, erwiderte sie glücklich, als sich seine Lippen zu einem weichen Lächeln formten.

»Willst du mich beaufsichtigen und sichergehen, dass ich alles richtig mache?«

»Nein, ich will dir nur zusehen, weil du ein erfreulicher Anblick bist«, konterte Hailey. »Außerdem wollte ich dich nicht in deinem melodischen Gesang stören.«

»Ha!«

Gerne hätte sie die wenigen Meter überwunden, um sich an seinen Rücken zu schmiegen, aber sie fürchtete, dass ihr beim Anblick des Fischs nur wieder schlecht werden würde. Deshalb blieb sie stehen, wo sie war, und dachte nach.

Sie bekam ein Baby und hatte keine Ahnung, wie sie es Scott sagen sollte, der gut gelaunt Lachs briet und sich nun wieder dem Gemüse vor sich widmete.

Über seine Schulter hinweg rief er ihr zu: »Wie war dein Tag, Schatz?«

Ziemlich erkenntnisreich. »Ganz gut«, erwiderte sie ausweichend. »Wie war es im Büro?«

»Erfreulich. Die Überstunden haben sich gelohnt – ich

durfte heute ein bisschen Chefetagenluft schnuppern und an einer Vorstandssitzung teilnehmen, bei der ich die Gewinnprognose für das nächste Quartal vorgestellt habe. Anschließend hat mich Mr. Sampson in sein Büro gebeten.«

Auch wenn sie nur die Hälfte verstanden hatte, zuckten ihre Augenbrauen in die Höhe. »Der Boss des Bosses deines Bosses?«

»Genau der.«

»Und was wollte er?«

»Och, eigentlich nichts Besonderes«, erläuterte Scott fröhlich. »Er hat mir nur ein eigenes Projekt angeboten und mich gefragt, ob ich Lust hätte, dem Chef für Anlagestrategien unter die Arme zu greifen, der in den nächsten Monaten in den Ruhestand gehen wird.«

Hailey schnappte nach Luft. »Wie bitte? Soll das heißen, dass du der neue Chef für Anlagenstrategien werden sollst?«

»So sieht es aus.«

»Scott«, flüsterte sie. »Das bedeutet, dass du zum Vorstand des Unternehmens gehören würdest.«

»Ich weiß.« Er lachte ausgelassen. »Frag mich mal, wie dumm ich aus der Wäsche geschaut habe.«

»Das ist fantastisch«, entgegnete sie fassungslos. »Hast du Dad schon davon erzählt?«

Kurz grinste er sie an, bevor er seinen Blick wieder nach vorn richtete. »Eigentlich wollte ich zuerst meiner Freundin davon erzählen.«

»Das ist so toll, und du hast es mehr als verdient.« Nun überwand sie trotzdem die wenigen Meter, die sie trennten, und schmiegte sich an seinen Rücken, während sie die Arme um seine Taille schlang.

»Danke, Schatz«, murmelte er.

»Das sollten wir feiern.«

»Warum, glaubst du, koche ich heute?«

»Ah – deshalb«, neckte sie ihn und vergrub ihre Nase an seiner Schulter. »Und ich dachte schon, dass du mich einfach nur überraschen wolltest.«

»Das auch. Apropos Überraschung: Mr. Sampson hat uns fürs übernächste Wochenende auf sein Weingut eingeladen.« Er schnalzte mit der Zunge. »Richtig gehört: Der Mann besitzt ein Weingut.«

»Oh lala«, scherzte sie zur Antwort. »Wie nobel.«

»Ja, sehr nobel. Ein ganzes Wochenende mit endlosen Weinproben. Ich habe ihm bereits gesagt, dass ich einen Trumpf im Ärmel habe – nämlich dich. Die Weinkennerin schlechthin.«

Hailey erstarrte einen Moment lang und verzog den Mund. »Weinproben?«

»Ja, mein Oberboss wird uns sicherlich abfüllen wollen.«

Sie zögerte, bevor sie ruhig erklärte: »Das wird wohl nicht möglich sein.«

»Wieso nicht? Ich dachte, du hättest an dem Wochenende frei.«

»Habe ich auch«, antwortete sie schlicht.

»Und wieso kannst du dann nicht mitkommen?«, wollte Scott mit milder Neugierde wissen, drehte sich jedoch nicht zu ihr um, sondern schnitt weiter den Staudensellerie.

Hailey nagte auf ihrer Unterlippe herum und löste sich langsam von ihm. Sie trat einen Schritt zurück und forderte ihn unsicher auf: »Könntest du das Messer kurz loslassen? Ich muss dir etwas sagen.«

»Okay.« Er legte das Messer auf das Schneidebrett und drehte sich zu ihr um. »Was gibt's denn?«

Angesichts seiner offenen und freundlichen Miene wurde ihr ganz warm ums Herz. Also platzte sie einfach heraus: »Ich kann keinen Wein trinken und mich abfüllen lassen, weil ich schwanger bin.«

Scotts Augen weiteten sich, und seine Kinnlade klappte förmlich hinunter. »Du bist schwanger?«

»Ja, erst heute Morgen habe ich …«

»Himmel«, unterbrach er sie heiser und starrte ungläubig auf ihren Bauch, als würde er dort bereits irgendetwas sehen können.

Die Befürchtung, dass Scott sich über die Schwangerschaft nicht freuen würde, war völlig unbegründet, weil er ihr Gesicht mit beiden Händen umfasste und sich an sie schmiegte, während er sie küsste. »Ein Baby? Wir bekommen ein Baby? Das ist unglaublich. Das ist … fantastisch!«

»Ich weiß«, entgegnete Hailey und lachte, als Scott sie erneut stürmisch küsste.

»Wir werden Eltern«, flüsterte er heiser gegen ihre Lippen. »Oh Mann, bald bin ich ein Dad!«

Es war überflüssig, aber Hailey fragte dennoch: »Freust du dich?« Dabei schaute sie nach oben in seine dunkelgrauen Augen, die verdächtig glitzerten.

»Ob ich mich freue? Ich bin überglücklich, Hailey.«

Sie schlang ihm die Arme um den Hals. »Ich auch.«

# 18

»Du siehst grauenvoll aus.«

»Danke, so fühle ich mich auch.« Unwillig schaute Scott auf, als Mitch sein Büro betrat.

Ihm wäre es lieber gewesen, wenn er heute allein geblieben wäre – ohne unliebsame Störungen. Seine Laune war auf dem Tiefpunkt, er hatte nicht geschlafen, er litt unter Kopfschmerzen, und seine Hände sahen aus, als hätte er direkt in ein Wespennest gefasst. Außerdem fühlten sie sich auch so an.

Wie man es drehte und wendete, Scott ging es ziemlich beschissen, und er war nur deshalb zur Arbeit gefahren, weil er zu Hause die Wände hochgegangen wäre. Er befürchtete jedoch, dass es in seinem Büro zum Eklat kommen könnte, weil er sich wie eine Dynamitstange fühlte, an dessen Zündschnur bereits fleißig gezündelt wurde.

Ein falsches Wort von Mitch, und Scott konnte für nichts mehr garantieren.

Daran war Hailey schuld. Und er selbst.

Der ganze gestrige Tag war daran schuld und die Erkenntnis, dass er sich zum Narren gemacht hatte.

Drei Jahre lang hatte er darauf gewartet, dass Hailey zurückkam und dass alles wieder wie früher werden würde. Ihre abweisende Kälte hatte er die ganze Zeit akzeptiert und für Trauer um das Baby gehalten. Dass es keine Trauer, sondern Wut auf ihn gewesen war, hatte er nicht einmal bemerkt. Er war so ein Idiot gewesen! Während Scott sie ziehen lassen und sich eingeredet hatte, dass sie Abstand und Zeit bräuchte, um die Fehlgeburt zu verarbeiten, hatte Hailey nur das Schlimmste von ihm angenommen.

Sie hatte geglaubt, dass die Fehlgeburt ihn kaltgelassen hätte.

Schlimmer noch. Hailey hatte wirklich angenommen, dass er seine Karriere für wichtiger gehalten hatte und dass er sogar froh gewesen war, als das Baby starb.

Wie konnte sie das nur von ihm denken?

Scott fühlte sich innerlich völlig leer. Er war erschöpft, desillusioniert und wütend. Oh ja, er war fuchsteufelswild und fragte sich, ob die vergangenen zehn Jahre ein Fehler gewesen waren. Wenn Hailey ihm wirklich diese Gefühlskälte unterstellen konnte, dann war ihre ganze Beziehung völlig sinnlos gewesen.

In der letzten Nacht hatte er wach gelegen und nur daran gedacht, was damals vor drei Jahren passiert war. Und schlagartig hatte er sich daran erinnert, wie merkwürdig und eigenartig Hailey sich ihm gegenüber plötzlich verhalten hatte. Damals war er davon ausgegangen, dass es der Schock über den Verlust des Babys war, aber heute wusste er es besser.

Da war beispielsweise der Termin für die Ausschabung gewesen, von dem er nichts gewusst hatte, weil sie ihn ohne sein Wissen vorverlegt hatte. Hailey war mit einem Taxi hingefahren und hatte sich auch von einem Taxi wieder zurückbringen lassen. Als sie nach Hause kam, hatte er schon auf sie gewartet und war aus allen Wolken gefallen, als sie ihm völlig emotionslos erzählt hatte, dass sie aus der Klinik kam. Am liebsten hätte er sie damals angebrüllt und geschüttelt, weil sie die Prozedur ohne ihn durchgestanden hatte, aber angesichts der Blässe ihrer Haut hatte er es nicht getan. Er hatte Rücksicht genommen.

Hailey hatte das nicht getan. Sie hatte ihm lediglich gesagt, dass es sowieso nur ein ambulanter Eingriff von ein paar Minuten gewesen sei und dass er sich dafür nicht hätte freinehmen sollen.

Ja, damals war Scott davon ausgegangen, dass sie wegen der Fehlgeburt durcheinander war.

Heute wusste er, dass sie ihn absichtlich ausgeschlossen hatte, weil sie geglaubt hatte, dass er über den Tod des Babys erleichtert gewesen war.

»Du solltest heute freinehmen.« Mitch unterbrach seine Gedanken, schloss die Tür hinter sich und spazierte wie selbstverständlich in Scotts Büro.

Als er sich an das bodentiefe Fenster stellte, durch das man eine fabelhafte Aussicht über die Stadt hatte, drehte sich Scott in seinem Sessel um und fixierte seinen Freund. »Heute bin ich kein guter Gesprächspartner. Hau lieber ab.«

Mitch zuckte mit der Schulter. »Eigentlich wollte ich nur wissen, was passiert ist, dass du die arme Cynthia von der Poststelle angeblafft hast und Greg von der Buchhaltung in Tränen aufgelöst ist, weil du ihn so zusammengestaucht hast, dass er jetzt fürchtet, gefeuert zu werden.«

Trotz allem zuckte Scott zusammen. Verdammter Mist, er konnte sich nicht einmal daran erinnern, so hart mit seinen Mitarbeitern umgegangen zu sein. So etwas machte er nicht. Nie.

Mitch seufzte leichthin. »Vielleicht solltest du nach Hause

gehen und etwas ausspannen, bis keiner der Angestellten darüber tuschelt, dass du einen Exorzismus nötig hast.«

Scott runzelte die Stirn. »Sprichst du als mein Anwalt zu mir?«

»Nein, als dein Freund.«

»Zu meinem Freund kann ich auch sagen: Verzieh dich, du störst.«

»Das mag schon sein.« Mitch lehnte sich gegen das doppelt verglaste Fenster und legte den Kopf schief. »Als dein Anwalt, der von dir bezahlt wird, müsste ich mich deinem Wunsch beugen, aber als dein Freund kann ich dir den Mittelfinger zeigen und fragen, was los ist.«

»Nichts ist los. Ich habe einfach einen schlechten Tag.«

»Selbst wenn du einen schlechten Tag hast, brüllst du niemanden an und siehst einen auch nicht wie der gefährlichste Massenmörder südlich des Rio Grande an.« Mitch verzog den Mund. »Wenn ich raten müsste, würde ich sagen, dass es etwas mit Hailey zu tun hat.«

Scott kniff die Augen zusammen.

Mitch dagegen grinste. »Aha, der Kandidat hat hundert Punkte.«

»Ich bin heute nicht zu Späßen aufgelegt«, warnte Scott seinen Freund.

Dieser ignorierte die Warnung einfach. »Was ist passiert?«

Was passiert war? Er hatte genug davon, Hailey hinterherzurennen und sich darum zu bemühen, alte Gefühle wieder aufleben zu lassen, während sie nur das Schlechteste von ihm dachte.

Das alles konnte er Mitch jedoch nicht sagen, ohne ihm von der Fehlgeburt zu erzählen. Der einzige Mensch, der außer Hailey und ihm davon wusste, war Bill. Und Bill wusste es auch nur, weil Scott ihm in einem schwachen Moment davon erzählt hatte, als Haileys Dad verständnislos und sogar zornig darauf reagiert hatte, dass sie so plötzlich alles hinter sich gelassen hatte und nach San Francisco gegangen war. Scott hatte damals nicht gewollt, dass ihr Dad schlecht von ihr dachte.

Was für eine Ironie!

Innerlich schnaubte er verächtlich auf.

»Hailey hat herausgefunden, dass ich hinter der DK Group stecke«, erzählte er seinem Freund, der noch immer auf eine Antwort wartete.

»Oha.«

»Ja. *Oha.*«

»Lass mich raten. Sie hat nicht sonderlich gut auf die Nachricht reagiert, dass du der eigentliche Besitzer des *Bonfire* bist.«

»Davon kannst du ausgehen.« Er machte eine unwirsche Handbewegung und fuhr sich anschließend durch sein Haar. »Wir haben gestritten. Sie hat mich angebrüllt. Ich habe sie angebrüllt. Und jetzt ist es vorbei.«

Mitch antwortete nicht, sondern sah ihn nachdenklich an.

»Was ist?«

Sein Freund wirkte unschlüssig. »Du hast sie angebrüllt? Ausgerechnet du?«

Starr sah er geradeaus und nickte, ohne Mitch zu sagen, dass er es leid gewesen war, der Böse in ihrer Geschichte zu sein.

»Hat sie wirklich Schluss gemacht?«

»Sie hat schon vor drei Jahren Schluss gemacht, nur habe ich das erst gestern begriffen. Es ist seit drei Jahren aus, und das heißt, dass ich die ganze Zeit ein Idiot war, der das Offensichtliche nicht sehen wollte.« Er seufzte schwer. »Aber gestern habe ich es beendet, jedenfalls glaube ich, dass ich das habe.

Mittlerweile bin ich an einem Punkt, an dem ich zu müde für dieses Drama bin.«

Beide schwiegen, bis Mitch sich räusperte. »Liebst du sie noch?«

»Ich weiß es nicht.«

Liebte er sie immer noch? Er befürchtete es.

Außerdem befürchtete Scott, dass er sie immer lieben und niemals über sie hinwegkommen würde. Wie sollte er sich unter solchen Voraussetzungen auf eine andere Frau einlassen können? Die Vorstellung, neben jemand anderen als neben Hailey aufzuwachen, jemand anderem das Ja-Wort zu geben und mit einer anderen Frau ein Kind zu bekommen fühlte sich fremd und unnatürlich an.

Als hätte Mitch seine Gedanken gelesen, fragte er ihn: »Kannst du dir vorstellen, mit einer anderen Frau als mit Hailey zusammen zu sein?«

Das war eine ziemlich merkwürdige Frage. Jedenfalls dann, wenn sie von Mitch kam, denn der führte keine Beziehung, die länger als ein paar Tage dauerte – sofern man die Dates, die er mit jungen Frauen wie Mandy hatte, überhaupt Beziehung nennen konnte.

Anstatt ihm zu antworten, wich Scott ihm aus. »Lachst du dich schlapp, wenn ich die Frage ehrlich beantworte?«

Mitch blinzelte. »Warum sollte ich das tun?«

»Vielleicht weil du Beziehungen meidest wie der Teufel das Weihwasser? Oder weil du dich niemals zweimal mit derselben Frau zeigst, damit keines deiner Dates auf die Idee kommen kann, dass du der Typ für etwas Festes bist?«

Bedächtig antwortete Mitch: »Ich habe bisher auch keine Frau wie Hailey kennengelernt.«

Scott setzte sich kerzengerade auf und starrte Mitch ungläubig an. »Soll das heißen, dass du Hailey ...?«

»Verdammt, Scott.« Nun war es Mitch, der die Augen verdrehte. »Keine Sorge, ich bin an Hailey nicht interessiert. Sie ist hübsch, klug und schlagfertig, aber nicht mein Typ.«

»Was ist denn dein Typ?«

Sein Freund zog eine Augenbraue in die Höhe, als würde das alles erklären. »Sagen wir einfach, dass mein Frauentyp zwar leidenschaftlich sein darf, aber das lieber im Bett ausleben sollte und nicht in hitzigen Diskussionen.«

Nun musste Scott trotz allem grinsen. »Willst du damit sagen, dass Hailey streitlustig ist?«

»So könnte man es sagen. Ich bevorzuge es ruhiger und genügsamer, weniger aufbrausend. Aber dafür obenrum gerne etwas voluminöser.«

Das wäre genau einer der Sprüche gewesen, der Hailey zur Weißglut getrieben hätte, wenn Mitch ihn in ihrer Gegenwart von sich gegeben hätte.

»Ich verstehe schon.«

»Nein, zu mir würde Hailey nicht passen, aber ihr beide passt perfekt zusammen.« Mitch sah ihn offen an. »Wenn ich mir schon nicht vorstellen kann, dass du mit einer anderen Frau zusammen bist, wie sollst du das dann können?«

»Wie bitte?« Sprachlos schaute er seinen Freund an. »Was redest du denn da?« Beinahe hätte er gelacht. Mitch, der eingefleischte Junggeselle, musste betrunken sein. Anders war es nicht zu erklären, was er hier von sich gab.

»Weißt du, dass ich euch beide immer beneidet habe?«

»Willst du mich verarschen?«

Nun zeigte Mitch ihm tatsächlich den Mittelfinger, erklärte dabei jedoch leichthin: »Hailey und du seid ein perfektes Team und ergänzt euch, Scott. Ich habe nie erlebt, dass einer von euch den anderen verändern wollte. Ihr versteht euch blind und unterstützt euch. Wenn ihr es nicht schafft, dann tut es keiner.«

Misstrauisch rümpfte er die Nase. »Willst du mir wirklich weismachen, dass du uns beneidet hast? Wegen unserer Beziehung?«

»Wegen eurer Vertrautheit«, korrigierte Mitch. »Ich hatte nie den Eindruck, dass ihr euch für den anderen verstellt habt. Und ihr konntet immer offen über alles reden.«

»Früher vielleicht.« Scott schluckte schwer. »Früher konnten wir offen über alles reden. Das ist jetzt vorbei. Das war offenbar schon lange vorbei. Wir sind getrennt.«

Mitch stieß sich vom Fenster ab und schüttelte den Kopf. »Du wolltest Hailey mit Mandy eifersüchtig machen, Scott, und du hast erheblich viel Aufwand betrieben, um sie zurück nach Boston zu bekommen. Willst du jetzt wirklich diese Trennung?«

Finster runzelte er die Stirn. »Es ist seit drei Jahren aus, Mitch. Vielleicht wusste ich es sogar die ganze Zeit und war nur zu feige, es mir einzugestehen.«

Spöttisch zog sein Freund eine Augenbraue in die Höhe. »Warum hast du dann noch immer das Bild von ihr auf deinem Schreibtisch stehen? Und versuch erst gar nicht, mir weismachen zu wollen, dass du irgendeinem Geschäftspartner eine heile Beziehung vorgaukeln wolltest. Dafür hättest du nämlich ein weniger verfängliches Bild genommen.«

Scott schaute absichtlich nicht in Richtung des Fotos, das Mitch gemeint hatte. Düster knurrte er ihn an: »Musst du nicht arbeiten?«

Mitch grinste gänzlich unbeeindruckt. »Falls du einen Drink brauchst, weißt du ja, wo du mich finden kannst.«

***

*Neun Jahre zuvor*

»Ich kann nicht fassen, dass du noch nie Schlittschuh gelaufen bist.«

»Lach nicht«, befahl Hailey ihm und kicherte hilflos, während sie mit nach vorn gebeugtem Oberkörper und der Grazie eines Sumoringers vorwärtsstolperte. Das tat sie so langsam, dass man glauben konnte, sie würde sich in Zeitlupe bewegen.

Scott befürchtete, dass sie jeden Moment auf ihrem Hintern landen könnte. Schon wieder.

Sogar die Winzlinge aus der ersten Klasse, die sich mit ihnen an diesem Dienstagvormittag auf der Eisbahn befanden, gaben eine bessere Figur ab und preschten an Hailey vorbei, während diese einem gerade geborenen Fohlen ähnelte, das unkoordiniert im Stroh herumstakste. Dass sie unsicher war und sich vermutlich unwohl fühlte, konnte Scott ihr zwar ansehen, aber es war nicht ihre Art, einfach aufzugeben. Von daher versuchte sie es immer noch, obwohl sie schon dreimal auf dem Hosenboden gelandet war.

Ja, Hailey war hartnäckig und ehrgeizig. Sie warf die Flinte nicht ins Korn, wenn etwas nicht sofort funktionierte. Das mochte er besonders an ihr.

»Soll ich dir einen der Pinguine besorgen, damit du dich an ihm festhalten kannst?« Er zeigte auf die putzigen Plastikpinguine, die auf Skiern standen und dafür da waren, dass Kinder sie vor sich herschieben konnten, bis sie auf den Schlittschuhkufen stehen und von allein fahren konnten.

Hailey funkelte ihn an und wirkte mit ihrer Mütze, der dicken Jacke und dem Schal sowie der unbequemen Körperhaltung so niedlich, dass er prusten musste.

»Du lachst ja doch! Und nein, ich will keinen Pinguin haben! Den benutzen nur Kinder.«

Belustigt fuhr er in ihre Richtung.

»Pass auf«, warnte sie ihn, als er um sie herumfuhr. »Ich will deinetwegen nicht auf dem Hintern landen, du Angeber!«

»Angeber?«

»Wie soll ich dich denn sonst nennen?« Sie hob ihr Kinn ein Stück in die Höhe und wäre beinahe ins Straucheln geraten. »So wie du um mich herumfährst und mir demonstrierst, wie gut du das kannst!«

»Du wolltest doch heute unbedingt Schlittschuh fahren«, erinnerte er sie gutmütig und kam neben ihr zum Stehen.

»Ich dachte ja nicht, dass es so schwer ist«, jammerte sie und schob die Unterlippe vor.

Glucksend entgegnete er: »Es ist auch nicht schwer, Süße, sondern eine Übungssache.«

Bevor sie etwas erwidern konnte, packte er sie und beförderte sie direkt vor sich, wobei er ihr buchstäblich unter die Arme griff.

»Was tust du da?«

»Ich fahre mit dir Schlittschuh«, erwiderte Scott leichthin und stieß sich vom Eis ab. »Du musst einfach nur gerade stehen. Den Rest übernehme ich.«

»Okay«, stimmte sie ihm mit hörbarer Unsicherheit in der Stimme zu.

Gemächlich glitten sie über das Eis, während um sie herum eine Klasse ausgelassener Sechsjähriger tobte, über die Eisfläche flitzte und von drei sichtlich genervten Lehrerinnen zur Ruhe ermahnt wurde.

Weder Scott noch Hailey störten sich an den lärmenden Sprösslingen in ihren dicken Anoraks und Schneeanzügen. Sie fuhren gemütlich eine Runde nach der anderen, und Scott merkte, dass sich Hailey schnell entspannte.

»Besser?«

»Viel besser«, erklärte sie und drehte das Gesicht in seine Richtung. Ihr warmer Atem kitzelte seine Haut, die sich dank der Eiseskälte in der Schlittschuhhalle bereits taub angefühlt hatte. »Wann finden die nächsten Olympischen Winterspiele statt? Ich glaube, ich bin schon so gut, dass ich teilnehmen kann«, witzelte sie und lehnte den Kopf zurück.

Sein Herz begann automatisch zu rasen – wie immer, wenn Hailey in seiner Nähe war.

»Warte lieber ab, bis du den vierfachen Rittberger beherrschst.«

»Gib mir eine Woche.«

Amüsiert drückte er ihr einen Kuss auf die Schläfe.

Eine halbe Stunde später saßen sie dicht nebeneinander auf der Tribüne, sahen der Eismaschine zu, die auf der leeren Bahn ihre Runden drehte, und aßen die wohl fettigsten Pommes frites, von denen Scott jemals probiert hatte. Da die Schulklasse gerade gegangen war, war es geradezu himmlisch ruhig in der Eishalle.

»Das hat Spaß gemacht.«

»Ich bin nur froh, dass dir niemand die Finger abgefahren hat«, bekannte Scott. »Nicht auszudenken, wie du ohne Finger die beste Köchin der Stadt werden könntest.«

»Die beste Köchin des Landes«, korrigierte Hailey ihn und stupste ihn an.

»Stimmt, ich vergaß.« Er schob sich eine der salzigen Pommes in den Mund und spürte die feurige Schärfe der Sauce, die er dazu bestellt hatte. Aus langjähriger Erfahrung konnte er sagen, dass das Essen, das in Eishallen zu kaufen war, niemals sonderlich gut war.

Hailey, von der er im vergangenen Jahr erfahren hatte, dass sie gerne sehr gut aß, und die er im Scherz einen kleinen

Gourmet nannte, erfreute sich dennoch an ihrem Snack und stopfte sich die Pommes ebenfalls in den Mund.

»Zum Schluss konntest du sogar ohne Hilfe aufrecht fahren. Du warst gar nicht mal so schlecht.«

»Ich war grottenschlecht«, widersprach sie belustigt. »Tatsächlich habe ich ein paar Mal sogar überlegt, einem der Kinder diesen Pinguin wegzunehmen.«

Scott lachte fröhlich und nippte an seiner Coke. »Ich will dich nicht beleidigen, Süße, aber die Kinder waren weitaus schneller als du. Du hättest sie eh nicht einholen können.«

»Vermutlich. Beim nächsten Mal stelle ich mich sicherlich geschickter an.«

»Beim nächsten Mal? Heißt das, dass du es noch einmal versuchen willst?«

»Aber natürlich.« Sie blinzelte ihn an. »Es hat Spaß gemacht.«

»Mir auch.«

»Vielleicht werde ich sogar irgendwann ein paar Meter fahren können, ohne hinzufallen. Dann sollten wir beide eine Runde Eishockey spielen, wenn du mir versprichst, mich nicht gegen die Bande zu drücken.«

»Ich werde es mir merken«, versprach er augenzwinkernd.

Neugierig wollte sie von ihm wissen: »Wie lange hast du gespielt?«

»Ein paar Jahre während der Schulzeit. Ich war nicht besonders gut«, gab er zu und leckte sich das Salz von einem Finger.

»Hast du gerne gespielt?«

Scott zuckte mit den Schultern. »Ich schätze schon.«

»Du schätzt es?«

»Es war völlig okay, aber ich hätte auch zu Hause Computerspiele spielen können, um ehrlich zu sein«, offenbarte er.

»Das klingt nicht so, als hättest du viel Spaß gehabt. Warum hast du überhaupt Eishockey gespielt?«

»Wegen meiner Mom«, entgegnete er und spürte, wie seine Ohren zu glühen begannen.

»Du hast wegen deiner Mom Eishockey gespielt?« Hailey klang verwundert. »War sie besonders stolz auf dich?«

Er lachte leise und stellte die leere Schale auf den Boden neben sich. »Ich denke schon, dass sie auch stolz war, aber mir ging es eher um die Zeit, die ich mit ihr verbringen konnte, weil sie mich zum Training fahren musste.«

»Das verstehe ich nicht.«

Scott schaute Hailey in die Augen und fuhr sich über die Lippen. »Meine Eltern haben beide gearbeitet, als ich ein Kind war, und kamen erst nach Hause, wenn meine Brüder und ich bereits daheim waren. Dad meistens noch später. Mit drei älteren Brüdern war es ziemlich selten, dass ich meine Eltern ganz für mich hatte – bis auf die Autofahrten zum Training und wieder zurück. Dann saßen nur meine Mom und ich im Auto und unterhielten uns über ihren und meinen Tag. Das Telefon klingelte nicht, keiner brüllte durch das Haus, dass er Hunger hatte, und die Waschmaschine konnte auch warten. Ich glaube, ich habe nur so lange Eishockey gespielt, weil ich auf diese Weise meine Mom mal für mich hatte.«

In der Annahme, ihr etwas Peinliches gestanden zu haben, forschte er in ihrem Blick.

Aber sie schien an seiner Aussage nichts Peinliches zu finden, denn sie hakte sich mit einem Arm bei ihm unter und lehnte sich gegen ihn. »Das klingt süß.«

Scott verdrehte die Augen. »Irgendwie war mir klar, dass du das süß finden würdest.«

»Ich meine es ernst. Es *ist* süß.« Sie seufzte leise. »Als ich klein war, bin ich meinem Dad zu Hause auf Schritt und Tritt gefolgt, und ich habe es geliebt, wenn er sich die Zeit nahm, mit mir eine Teestunde abzuhalten oder draußen im Garten zu spielen. Für mich war das einfach wunderbar.«

Die Eismaschine fuhr direkt unter ihnen entlang und blies einen Schwung eiskalter Luft zu ihnen hoch. Hailey kuschelte sich enger an ihn, und Scott drehte den Kopf in ihre Richtung. Ihr Haar kitzelte sein Kinn.

»Vermisst du deine Mom?«, fragte er in die Stille hinein.

Unruhig rutschte sie umher, bis sie den Atem ausstieß und seufzend erwiderte: »Ich weiß es nicht. Wie kann ich sie vermissen, wenn ich sie gar nicht gekannt habe?«

»Eine gute Frage«, murmelte er.

»Manchmal wünschte ich mir, eine Mom zu haben. Vor allem als Teenager gab es viele Gelegenheiten, in denen ich gerne eine Mutter gehabt hätte, mit der ich über Tampons, Jungs oder die Dickköpfigkeit meines Dads hätte reden können. Und es wäre schön gewesen, wenn meine Mom meinen Dad dazu überredet hätte, mir mit fünfzehn dieses kurze Sommerkleid zu kaufen, von dem er behauptet hatte, es würde Triebtäter anlocken. Oder wenn sie mir gezeigt hätte, wie ich mich schminken muss, damit ich nicht wie ein Clown aussehe.«

»Das hast du auch allein sehr gut hinbekommen mit dem Schminken.«

»Jahre voller Übungen und Unglücke. Wenn du mich mit sechzehn gesehen hättest, wärst du schreiend davongelaufen.«

»Das bezweifle ich.«

»Glaub mir ruhig.« Hailey fuhr sich über die Lippen und lächelte anschließend schief. In ihren blauen Augen sah er einen Funken Wehmut. »Ja, ich denke, ich vermisse meine Mom. Deshalb kann ich dich gut verstehen. Vermutlich wäre ich auch liebend gern zum Eishockeytraining gegangen, wenn das bedeutet hätte, mit ihr in einem Auto zu sitzen und reden zu können.«

Zusammen blickten sie auf die spiegelglatte Eisfläche, und Scott wusste, dass er niemals schreiend vor Hailey davongelaufen wäre – ob mit Clownsschminke oder ohne.

# 19

»Hi, Hailey. Was tust du denn hier?«

Hailey sah von der Zeitschrift auf, in der sie seit einer halben Stunde blätterte, ohne überhaupt zu wissen, was drinstand, und begegnete dem überraschten Gesicht von Mitch O'Leavy, der vor dem Wartebereich stehen geblieben war, zu dem man sie eskortiert hatte.

Es war nämlich gar nicht so einfach, mit Scott zu sprechen. Und anders als vor ein paar Wochen hatte sie es heute nicht so einfach in sein Büro geschafft, sondern war zuvor abgefangen worden. Man hatte sie zwar höflich und äußerst zuvorkommend behandelt, als man sie gebeten hatte, hier zu warten, weil sie keinen Termin mit *Mr. MacIntosh* hatte – aber Hailey hatte mittlerweile begriffen, dass Scott nicht mit ihr reden wollte.

Vermutlich musste sie bis zum Tag des Jüngsten Gerichts warten, bis er sich dazu herabließ, mit ihr zu reden.

Er beantwortete weder die Nachrichten, die sie ihm schickte, noch ging er an sein Telefon, wenn sie anrief. Hailey hatte sich also gezwungen gesehen, ihn in seinem Büro zu besuchen. Dass es peinlich wirken mochte, dass er sie hier auf der eleganten Sitzgruppe aus dunklem Leder warten ließ, wobei alle Angestellten, die vorbeikamen, sie sehen konnten, machte ihr nichts aus. Wenn er sie schmoren lassen wollte, sollte er es tun.

Sie war endlich über ihren Schatten gesprungen und hatte eingesehen, dass sie sich falsch und völlig ungerecht ihm gegenüber verhalten hatte. Dafür schämte sie sich. Und sie wollte sich dafür entschuldigen. Doch wie sollte das funktionieren, wenn er sie nicht sehen wollte?

Dass sein Freund Mitch, den sie seit drei Jahren nicht gesehen hatte, nun Zeuge wurde, wie Scott sie warten ließ, machte ihr nichts aus. Wenn sie eingesehen hatte, dass sie einen Fehler gemacht hatte, stand sie auch dafür ein. Sollte Mitch doch denken, was er wollte. Hailey war nur wichtig, dass Scott ihr verzieh.

Und dass er endlich mit ihr sprach.

»Ich warte, bis Scott mit mir sprechen will«, erläuterte sie also offen und klappte das Magazin zu. »Gibt es hier irgendwo einen Kaffeeautomaten? Ich fürchte nämlich, dass ich noch ziemlich lange hier sitzen werde«, scherzte sie.

Er lachte heiser auf und setzte sich zu ihrer Überraschung auf einen der Sessel, während er sie freundlich ansah. »Wie lange sitzt du schon hier?«

»Eine halbe Stunde«, erwiderte sie leichthin und legte das Magazin beiseite.

»Hattest du denn einen Termin mit ihm?«

»Als ob ich einen Termin bei ihm bekommen hätte«, erwiderte sie trocken. »Momentan ist er nicht sonderlich gut auf mich zu sprechen.«

»Das habe ich schon gehört.« Er legte den Kopf schief. »Gut siehst du aus. Die neue Frisur steht dir.«

»Vielen Dank.«

»San Francisco und Dubai scheinen dir bekommen zu sein.«

»Vorsicht, Mitch, sonst muss ich noch glauben, dass du mit mir flirtest.«

Wie die Unschuld vom Lande hob er seine Hände und grinste großspurig. »Darf ich dir nicht einmal ein paar Komplimente machen?«

»Bei deinen Komplimenten bin ich lieber vorsichtig.« Hailey maß ihn misstrauisch. »Wie ich gehört habe, ist es dir zu verdanken, dass er auf der Restauranteröffnung mit dieser Mandy aufgetaucht ist.«

»Kein Kommentar.«

»Er hat es mir selbst gesagt.« Nun ja, Scott hatte es ihr wütend entgegengeschleudert, aber das würde sie Mitch nicht erzählen. »Du verrätst deinen Kumpel also nicht.«

Mitch blinzelte ihr amüsiert zu. »Du kannst dir sicherlich denken, dass ich mich aus eurem Liebesleben raushalten möchte.«

Liebesleben? Da musste Mitch etwas falsch verstanden haben, überlegte Hailey, denn das, was Scott und sie miteinander hatten, war sicherlich kein Liebesleben. Es war das absolute Chaos, und Haileys pessimistische Seite befürchtete, dass sie Scott für immer vergrault hatte.

Nach ihrem letzten großen Streit hatte Hailey einen emotionalen Kassensturz gemacht und der Wahrheit ins Auge gesehen.

Sie hatte sich nicht einmal die Mühe gemacht, über Scotts Gefühle nachzudenken oder mit ihm über die Fehlgeburt zu reden. Schlimmer noch: Sie hatte nicht darüber nachgedacht, ob er ebenso unglücklich war wie sie. Er hatte einfach nicht gezählt. Innerhalb weniger Minuten hatte für sie festgestanden, dass Scott falsch reagiert hatte und damit für sie gestorben war. Die wenigen Sätze, die er direkt nach der Untersuchung von sich gegeben hatte und die seiner eigenen Verwirrung und Trauer zuzuschreiben waren, hatte Hailey als Grund genommen, weshalb sie nicht mehr mit ihm zusammen sein konnte.

Scott war nicht der Böse.

Aber diese Erkenntnis kam vermutlich zu spät.

Was hatte er gesagt? Dass er einen Fehler gemacht hatte, weil er auf sie gewartet hatte?

Es war sehr wahrscheinlich, dass Scott sie weder anhören würde noch dass er ihre Entschuldigung akzeptieren würde. Jetzt, da Hailey sich eingestand, dass sie bei ihm sein und ihn nie wieder verlassen wollte, würde Scott wohl ablehnen und *sie* nicht mehr haben wollen.

Hailey hatte es wirklich versaut.

»Scott kriegt sich schon wieder ein«, prophezeite Mitch.

Sie war sich überhaupt nicht sicher, dass er recht hatte, und setzte ein schiefes Lächeln auf, das darüber hinwegtäuschen sollte, wie frustriert sie war. »Gratulation zu deinem Job, Mitch. Wenn du dich hier oben in der Chefetage blicken lässt, musst du es weit geschafft haben.«

»Wieso klingst du nicht so, als würdest du mir ein Kompliment machen?« Er lachte erheitert.

»Vielleicht kann ich mir nur nicht vorstellen, dass du und Scott an der Spitze einer so großen Firma steht.«

Seine Augenbrauen wanderten in die Höhe. »Danke für dein grenzenloses Vertrauen in unser Können und Wissen.«

Hailey seufzte gutmütig. »So habe ich das nicht gemeint.«

»Sondern?«

»Es kommt mir irgendwie wie gestern vor, dass ihr mit euren Bierflaschen auf unserer Feuerleiter gesessen und die halbe Nacht über eure Sommerpraktika gesprochen habt.«

»Ich erinnere mich. Damals hast du diese wahnsinnig

leckeren Fleischspieße gemacht. Die verfolgen mich heute noch bis in meine Träume.«

Auch Hailey erinnerte sich daran. Und sie erinnerte sich daran, dass Mitch einen ganzen Tag mit Scott für den Aufbau der Wohnzimmerwand gebraucht hatte und abends bei ihnen auf der Couch eingeschlafen war.

Sie schluckte schwer und fragte zögernd: »Weißt du, warum Scott noch immer in unserer Wohnung lebt? Er hätte doch mittlerweile in eine Penthousewohnung oder ein schickes Stadthaus umziehen können.«

»Das solltest du ihn lieber selbst fragen.«

Ihre Mundwinkel fielen hinab. »Er lässt mich doch nicht.«

»Abwarten.« Mitch streckte seine Beine von sich. »Er ist nicht nachtragend.«

Mitchs Gewissheit hätte Hailey gerne gehabt. Frustriert ließ sie die Schultern sinken. »Darf ich dich darauf festnageln?«

Er gluckste fröhlich.

»Miss Sinclair?« Eine förmlich gekleidete Sekretärin trat mit einem unsicheren Ausdruck auf dem Gesicht zu ihnen. »Es tut mir wahnsinnig leid, aber Mr. MacIntosh wurde zu einem wichtigen Termin gerufen und wird Sie heute nicht mehr empfangen können.« Sie schaute irritiert zwischen Hailey und Mitch hin und her.

»Danke.« Hailey schaute bedeutungsvoll zu Mitch. »Wichtiger Termin. Soso.«

»Komm doch morgen einfach wieder«, erklärte er grinsend und erhob sich. »Du kennst ihn doch. Scott kann niemandem lange böse sein.«

Das mochte stimmen. Aber niemand hatte ihn vorher so verletzt, wie sie es getan hatte.

***

Scott schaute auf die riesige Karte über sich, auf der die verschiedenen Kaffeeangebote abgedruckt waren, und runzelte die Stirn.

Früher, als es noch schlichten schwarzen Kaffee gegeben hatte, war den Kunden die Auswahl vermutlich nicht so schwer gefallen. Bei einigen Spezialitäten wusste er nicht einmal, ob es sich tatsächlich um ein Kaffeeprodukt oder um einen Kuchen handelte. Was zum Teufel war ein Iced Caramel Mocca Macchiato?

Weil er nach einem langen Arbeitstag einfach einen Schuss Koffein brauchte und schnell nach Hause wollte, griff er nach seinem Portemonnaie und erklärte der jungen Frau mit der Zahnspange und der albernen Schirmmütze, die hinter der Theke stand: »Einen Filterkaffee mit Milch und Zucker, bitte.«

»Er hätte gerne einen Flat White. Für mich bitte das Gleiche.«

Als er nach rechts schaute, begegnete er Haileys Blick und verfolgte, wie sie der Kassiererin einen Zehndollarschein reichte.

Ganz automatisch versteifte er sich und presste die Zähne aufeinander.

Seit Tagen versuchte sie schon, ihn zu sprechen, und quatschte seine Mobilbox voll oder schickte ihm eine Nachricht nach der nächsten auf sein Handy. Sogar ins Büro war sie gekommen und hatte mit ihm reden wollen.

Scott wusste nicht, was es noch zu reden gab. Dass sie jetzt hier in der Kaffeebar auftauchte, die genau gegenüber seiner Firma lag, konnte kein Zufall sein.

»Was willst du hier?«, fragte er mit einem Grollen in der Stimme nach, ohne sich darum zu kümmern, dass die Kassiererin oder der ältere Mann, der vor ihm stand und auf seinen entkoffeinierten Caffè Latte wartete, zuhören konnten. Scott hatte einfach keine Lust mehr, Rücksicht zu nehmen.

»Ein Flat White ist ein doppelter Espresso mit aufgeschäumter Milch. Du wirst ihn mögen«. erwiderte Hailey unbeeindruckt von seiner finsteren Tonlage oder seiner düsteren Miene.

»Was willst du hier?«, wiederholte er.

»Ich hatte Durst auf einen Kaffee.«

»Aber sicher.« Verächtlich schnaubte er und maß sie kritisch. »Vermutlich ist es reiner Zufall, dass wir uns hier begegnen.«

»Das würde ich nicht sagen.«

»Hast du mich etwa gestalkt?«

Ihre Mundwinkel kräuselten sich. »Weißt du noch? Wir kennen uns seit zehn Jahren. Ich weiß, dass du nach einem langen Arbeitstag aus dem Büro kommst und als Erstes einen starken Kaffee brauchst. Das würde ich nicht Stalking nennen.«

Scott ging zwei Schritte weiter, weil der Mann vor ihm sein Getränk in Empfang genommen hatte und mit einem letzten Blick auf sie beide das Geschäft verließ. »Du lauerst mir auf.«

»Ich will nur mit dir reden.«

»Ich wüsste nicht, was es noch zu bereden gäbe.« Absichtlich schaute er geradeaus und nicht zu ihr, womit er nicht mit Hailey sprach, sondern sich eher an die Buttermilchcupcakes richtete, die, einsam und verlassen am Ende des Tages übrig geblieben, in der gläsernen Vitrine standen.

»Du musst auch gar nichts sagen, sondern mich einfach reden lassen, Scott.« Hailey schnappte sich eine Serviette und schien sich nicht daran zu stören, dass die Kassiererin jedes Wort hören konnte, während sie die doppelten Espressi mit aufgeschäumter Milch zubereitete.

Scott war müde, erschöpft und nicht in der Stimmung, um mit ihr zu reden – ganz sicher nicht nach einem anstrengenden Tag wie dem heutigen. Er war sich nicht einmal sicher, ob er überhaupt mit ihr reden wollte. »Ich bin müde«, erklärte er und griff nach einem kleinen Zuckerpäckchen. »Ich will in Ruhe einen Schluck Kaffee trinken und nach Hause fahren. Was ich *nicht* will, ist, mit dir in einem Coffeeshop oder mitten auf der Straße zu diskutieren.«

»Ich will doch gar nicht diskutieren«, wandte sie leise ein.

»Wenn wir schon dabei sind«, fuhr er grantig fort. »Ich will auch nicht, dass du im Büro auftauchst, Hailey.«

»Was hätte ich denn tun sollen, wenn du nicht ans Telefon gehst oder meine Nachrichten beantwortest?«

»Schreib einen Brief«, spottete er und nahm den Pappbecher entgegen, den die Kassiererin ihm reichte.

Ohne auf Hailey zu warten oder sich bei ihr zu bedanken, marschierte er aus dem Geschäft hinaus und überlegte kurz, ob er einfach in der Tiefgarage verschwinden sollte, bevor Hailey neben ihm auftauchen konnte – als sie auch schon wieder an seiner linken Seite stand.

»Eigentlich bin doch ich der sture Esel von uns beiden, Scott. Nicht du.« Sie machte einen Schritt nach vorn und stand nun direkt vor ihm. »Wieso lässt du mich nicht das sagen, was ich zu sagen habe?«

In ihre blauen Augen zu schauen berührte eine Saite in ihm, die er lieber nicht bemerkt hätte.

»Mein Kaffee wird kalt«, informierte er sie kühl. »Sprich also schnell.«

»Ich will mich bei dir entschuldigen, aber das kann ich nicht, wenn du nicht mit mir redest.«

»Du willst dich bei mir entschuldigen.« Das war keine Frage, sondern eine Feststellung.

»Ja, es tut mir leid, dass ich dich verletzt habe, Scott. Und es tut mir wahnsinnig leid, dass ich so egoistisch war, nur an mich und meine Trauer zu denken, aber nicht an deine.«

Schweigend sah er sie an.

Hailey wirkte ernst und ehrlich, sogar ein wenig verloren, wie sie mit ihrem Kaffeebecher in der Hand vor ihm stand und zu ihm aufsah. Sie schien so verletzlich zu sein, wie er sich fühlte. Ihre blauen Augen glänzten verdächtig, ihr großer Mund war ein wenig geöffnet, ihre dunklen Augenbrauen zusammengezogen und ihr Kinn zitterte etwas. Früher wäre er bei diesem Anblick dahingeschmolzen.

Und heute?

Ein Teil in ihm zog sich sehnsüchtig zusammen und wollte ihr glauben und ihr zuhören. Das war vermutlich der Teil, der drei Jahre lang davon ausgegangen war, dass sich zwischen ihnen beiden alles wieder einrenken würde. Der Teil, der Hailey noch heute vermisste.

Aber ein anderer Teil war mittlerweile größer und vor allem lauter. Er sagte ihm, dass er lange genug ein Idiot gewesen war, der sich hatte manipulieren lassen.

»Das war es? Das ist alles?«

Erschrocken schnappte sie nach Luft.

»Das war deine Entschuldigung?«

Er konnte sehen, wie sie schluckte.

»Scott …«

»Was erwartest du dir davon? Dass jetzt alles wieder gut ist?«

Hailey trat einen Schritt zurück. »Ich wollte mich doch einfach nur bei dir entschuldigen.«

»Was du hiermit getan hast.«

»Du bist wütend auf mich und hast allen Grund dafür, aber sei nicht ungerecht«, flüsterte sie und schüttelte den Kopf. »Ich möchte mich bei dir entschuldigen und mit dir reden, Scott. Das heißt aber nicht, dass du mich anblaffen musst.«

Sie hatte recht, dass er sie nicht anblaffen sollte.

Und sie hatte recht, wenn sie sagte, dass er alle Gründe dafür hatte, wütend auf sie zu sein.

Er hob seinen Becher in die Höhe und prostete ihr zu. »Danke für den Kaffee.« Dann ließ er sie stehen.

***

*Sechs Jahre zuvor*

»Diese Fleischspieße sind echt ein Traum, Scott. Warum kocht Hailey nicht öfter für uns?«

»Wenn du die schon lecker findest, solltest du erst einmal ihre selbst gemachten Spaghetti probieren.«

»Ich stehe auf Spaghetti«, ertönte Mitchs Stimme. »Aber ohne Fleisch geht's nicht. Zu Spaghetti brauche ich Fleischklöße oder so. Tiffany hat letzte Woche welche kochen wollen – verdammt. Die Qualitäten dieser Frau liegen eindeutig nicht in der Küche.«

»Tiffany? Wer ist Tiffany?«

»Das Mädchen, mit dem ich momentan ausgehe.«

»Ich dachte, das wäre Nicole.«

»Mit Nicole ist seit zwei Wochen Schluss«, informierte Mitch Scott mit einem Schnauben. »Die Frau hat sich zur Superzicke entwickelt.«

Hailey warf einen Blick über ihre Schulter in Richtung Fenster, durch das man die Feuerleiter betreten konnte, auf der Scott mit seinem Kumpel Mitch saß. Auch wenn Mitch ihnen den ganzen Tag dabei geholfen hatte, Möbel aufzubauen und Kartons in ihre Wohnung zu tragen, konnte sie sich einen

Kommentar nicht verkneifen. Also rief sie laut und deutlich in Richtung Fenster: »Welche Frau entwickelt sich nicht zur Superzicke, wenn jede zweite Frau Bostons deine Telefonnummer besitzt?«

Fröhliches Lachen war zu hören. »Nur jede zweite? Da unterschätzt du mich aber, Hailey!«

Sie verdrehte die Augen. So eine Antwort war natürlich typisch Mitch. Aber vermutlich hatte er nicht ganz unrecht, schließlich war er nun einmal ein umgänglicher Typ, der es nicht nur schaffte, Frauen reihenweise mit seinem Charme zu bezirzen, sondern der auch auf jeden Kommentar eine passende Antwort parat hatte. Er würde später sicherlich einen fabelhaften Anwalt abgeben, sagte sich Hailey mit einem Seufzen.

»Ich fand Nicole nett«, informierte sie ihn, indem sie wieder über ihre Schulter brüllte.

»Tiffany ist auch nett«, entgegnete er genauso laut und sagte anschließend etwas, das Hailey nicht verstehen konnte. Scott musste es jedoch verstanden haben, weil er lachte.

Hailey verzog das Gesicht. Vermutlich wollte sie gar nicht wissen, was Mitch vom Stapel gelassen hatte. Sosehr sie ihn auch mochte, hieß das nicht, dass sie seinen Frauenverschleiß oder die leicht machohafte Meinung, die er Frauen gegenüber vertrat, leiden konnte. Und dass er Nicole den Laufpass gegeben hatte, war zwar seine Sache, aber Hailey hieß das dennoch nicht unbedingt gut. Im Gegensatz zu den vielen Frauen, die er ihnen in den vergangenen anderthalb Jahren vorgestellt hatte, war Nicole die Erste gewesen, mit der man sich vernünftig hatte unterhalten können. Mit einem leichten Schaudern dachte sie an Amy, mit der er vor einem halben Jahr ausgegangen war und die bei einem gemeinsamen Kinoabend doch allen Ernstes einen Animationsfilm mit sprechenden Lebensmitteln vorgeschlagen hatte. Hailey hatte sich schlichtweg geweigert. Mittlerweile waren Kinoabende purer Luxus, denn ihrer und Scotts Job waren so zeitintensiv, dass Abende mit einer großen Leinwand und Popcorn sehr selten geworden waren. Die wollte sie nicht mit einem Film für unter Sechsjährige ruinieren.

»Ich will gar nicht wissen, was du gerade meinem Freund gesagt hast.«

»Das ist auch besser so«, erwiderte Scott glucksend.

Hailey schaute zum Fenster, durch das Scott genau in diesem Moment seinen Kopf steckte und sie fragend anblickte.

»Brauchst du Hilfe?«

»Ich bin gleich fertig«, entgegnete sie mit einem winzigen Lächeln und beobachtete, wie Scott sich den Schweiß von der Stirn wischte.

In Boston herrschten momentan unangenehm subtropische Temperaturen.

Es war so heiß, dass sie alle Fenster aufgerissen hatten und Scott mit Mitch draußen hockte, um den etwas kühleren Abendwind zu genießen.

Hailey war an Hitze gewöhnt, schließlich verbrachte sie einen nicht unerheblichen Teil ihrer Zeit in einer Küche. Von daher hatte es ihr auch nichts ausgemacht, heute Abend Fleischspieße zu machen. Männer mochten nun einmal Fleisch. Mit Haileys momentanem Favoriten in der Küche, einem leichten Ricottaküchlein auf frischen Sommertomaten und einer Avocadocreme, hätte sie die zwei Männer nicht begeistern können. Vor allem dann nicht, wenn sie den ganzen Tag Möbel hin und her trugen und diese dann auch noch aufbauten.

Mittlerweile befürchtete Hailey, dass dieser Umzug nie ein Ende nehmen würde. Wer hätte gedacht, dass sie beide zusammen so viele Sachen besaßen, und wer hätte außerdem gedacht, dass Scott diesen Ehrgeiz entwickeln würde, die neu erworbenen Möbel selbst aufzubauen. Wegen seines neuen Jobs hatte er nicht besonders viel Zeit, aber die investierte er komplett in ihre gemeinsame Wohnung. Hailey hätte glücklicher nicht sein können.

Sie packte den letzten Schwung Fleischspieße auf einen Teller, nahm sich eine Flasche Bier aus dem Kühlschrank und trug beides zum Fenster. Während Scott ihr den Teller und das Bier abnahm, kletterte sie durchs Fenster und atmete erst einmal tief ein und aus, denn draußen wehte gerade ein wunderbar kühles Lüftchen.

»Super! Nachschub. Ich darf doch, oder?«

Da sich Mitch bereits bediente und sich einen der Spieße griff, war seine Frage überflüssig. Also erwiderte Hailey trocken: »Greif zu.«

»Danke.«

Amüsiert nahm sie Scott das Bier ab und ließ sich auf seinem Schoß nieder.

»Willst du nichts?«

»Esst ihr erst mal. Bei uns im Restaurant gab es ein üppiges Mittagessen«, antwortete sie auf Mitchs Frage und lehnte sich gegen Scott, der einen Arm um ihre Hüfte schlang und ihr einen Kuss in den Nacken drückte. Nach einem langen Tag auf den Beinen tat es unglaublich gut, sich an ihn zu schmiegen und durchatmen zu können. Sie konnte es kaum erwarten, mit ihm in ihrer gemeinsamen Wohnung zu leben.

Diese Wohnung war weder seine Studentenwohnung, in der er in den letzten zwei Jahren nach dem Studentenwohnheim gelebt hatte, noch war es ihr winziges Apartment in New York, in dem es kaum genügend Platz für einen Tisch, geschweige denn für eine Küche gegeben hatte. Das Jahr dort, das sie nur mit einer Herdplatte und ohne Scott verbracht hatte,

hatte ihr gereicht. Jetzt wollte sie zusammen mit ihm in einem Zuhause sein.

»Ihr esst zusammen im Restaurant?«

»Jeden Mittag«, erläuterte sie lächelnd. »Das gehört zur Routine. Morgens besprechen wir den Tagesablauf und das Tagesmenü, vormittags bereiten wir die Speisen vor, danach kocht einer für die ganze Mannschaft und anschließend essen wir gemeinsam zu Mittag.«

»Da hockt ihr aber ganz schön viel aufeinander.«

»Kann man so sagen«, entgegnete sie schulterzuckend. »Ihr doch auch.«

»Überhaupt nicht«, ließ sich Scott hinter ihr vernehmen und legte sein Kinn auf ihre Schulter. Sie konnte sein Feixen beinahe hören. »Mitch gehört zu den traurigen Gestalten, die hundertseitige Verträge aufsetzen müssen, während ich neue Anlagemöglichkeiten auftun darf.«

Sein Kumpel, den Scott auf der Uni in einem Seminar für Wirtschaftsstatistik kennengelernt hatte und der kurz vor seinem Examen in Wirtschaftsrecht stand, schnaubte auf. »Ich sehe das ganz anders, schließlich dreht sich mein Job darum, einen hieb- und stichfesten Vertrag aufzusetzen und euch *Anlageprofis* juristisch zu beraten, damit ihr euch nicht in die Nesseln setzt. Langweilig ist dagegen, wie du stundenlang in den Computer zu starren und Aktienkurse und Umsatzzahlen zu beobachten.«

»Ha! Akquise, mein Freund, ist alles andere als langweilig«, belehrte Scott ihn.

Mitch gähnte demonstrativ. »In drei Wochen starte ich mit meinem Praktikum bei *Easton, Dartmoor & Partner* – die beraten unter anderem Firmen aus Hongkong und Tokio. Glaub mir, langweilig wird es da nicht.«

»Mit wem musstest du schlafen, um das Praktikum zu

bekommen?«, frotzelte Scott und entlockte Mitch ein breites Grinsen.

»Es würde zu lange dauern, sie alle aufzuzählen.«

»Haha!«

»Mit wem du geschlafen hast, um bei Haileys Dad Unternehmensluft zu schnuppern, wissen wir ja alle.« Er deutete fröhlich auf sie.

Hailey warf ihm einen schiefen Blick zu. »Du weißt, wie ich koche. Meinst du wirklich, dass Scott noch mehr Anreize braucht, um sich vor mir auszuziehen?«

»Dein fabelhafter Musikgeschmack und dein außerordentliches Geschick beim Bowling nicht zu vergessen«, erklärte Scott hilfreich.

»Genau.« Sie lachte, weil Bowling nicht ihre größte Stärke war.

»Daran habe ich auch nie gezweifelt.« Mitch schwenkte seinen Fleischspieß wie eine Fahne hin und her. »Hailey, Schätzchen, willst du Scott nicht verlassen und zu mir ziehen? Ich würde auch gar nicht erwarten, dass du jeden Tag kochst. Jeden zweiten würde schon reichen.«

Nun musste sie wirklich lachen und hätte sich an ihrem Bier beinahe verschluckt. Scott grummelte ihr währenddessen irgendetwas ins Ohr, das sie nicht verstand.

»Nein, mein Lieber, ich glaube, das wäre nichts für mich«, beschied sie und zwinkerte ihm zu. »Du bist ein netter Kerl …«

»Bekomme ich gerade etwa eine Abfuhr?«

»Und was für eine«, stimmte Hailey ihm zu.

Scott prustete vergnügt. »Soll ich es mit dem Handy aufnehmen, Mitch? Dann kannst du diesen besonderen Moment immer und immer wieder erleben.«

Hailey stupste Scott an, konzentrierte sich jedoch voll und

ganz auf Mitch, der ein engelsgleiches Lächeln aufgesetzt hatte. »Wie gesagt, du bist ein netter Kerl, aber selbst wenn Scott und ich gerade nicht zusammenziehen würden und ich nicht hoffnungslos in ihn verliebt wäre, wärst du für meinen Geschmack doch etwas zu freizügig mit deiner Zuneigung.«

Er grinste alles andere als reumütig. »Freizügig in meiner Zuneigung? Was soll das denn heißen?«

»Dass du so oft deine Freundinnen wechselst, dass mir schwindelig wird«, erwiderte sie trocken.

»Eigentlich würde ich sie nicht unbedingt Freundinnen nennen, Hailey.«

»Das weiß ich auch«, sagte sie seufzend, bevor sie den Kopf zurücklegte und an Scott gewandt nachhakte: »Wieso hast du eigentlich keinen mäßigenden Einfluss auf ihn? Eine *richtige* Freundin für Mitch wäre eine nette Abwechslung ...«

»Bloß nicht!« Mitch machte ein entsetztes Gesicht. »Ich bin noch nicht bereit für das ganze Zeug.«

»Das ganze Zeug?« Kritisch musterte sie ihn.

»Ja.« Er machte eine ausholende Handbewegung. »Händchenhalten in aller Öffentlichkeit, gemeinsame Thanksgiving bei unseren Familien, der Name auf der Notfallkontaktliste ganz oben und eine gemeinsame Wohnung.« Er setzte eine Miene auf, als wäre er soeben in einen Hundehaufen getreten.

»Ich kann mich über *das ganze Zeug* nicht beschweren«, antwortete Scott und küsste Hailey auf die Schläfe. »Überhaupt nicht.«

»Hailey kann ja auch kochen«, entgegnete Mitch und klang dabei so pragmatisch, dass sie die Nase rümpfte. »Momentan geht meine Karriere vor. Irgendwann vielleicht einmal.« Er zuckte mit den Schultern.

Scott klang nachsichtig. »*Irgendwann vielleicht* sind alle guten Frauen weg. Und Hailey gebe ich eh nicht mehr her.«

Während Mitch einen Ton von sich gab, der wie die Mischung aus einem Stöhnen und einem Lachen klang, drehte Hailey den Kopf zur Seite und küsste Scott auf den Mundwinkel.

# 20

Bevor er ins Büro fuhr, wollte Scott in aller Frühe eine Runde laufen gehen, um den Kopf freizubekommen.

Da er sowieso schlecht geschlafen und sich die ganze Nacht nur hin und her gewälzt hatte, schnürte er sehr früh seine Sportschuhe und wollte gerade die Wohnung verlassen, als er den Brief bemerkte, den jemand unter der Tür hineingeschoben haben musste.

Hailey.

Instinktiv wusste er, dass der Brief von ihr stammte.

Langsam bückte er sich und hob ihn auf, während er ihn unschlüssig betrachtete.

Wenn man die ganze Nacht nachgedacht und sich an unzählige Dinge erinnert hat, die man zusammen erlebt hat, ist es schwierig, seine Wut aufrechtzuerhalten.

Gestern Abend im Coffeeshop war er rigoros gewesen und hatte Hailey von sich gestoßen. Aber heute früh empfand er viel weniger Wut und eher Traurigkeit darüber, wie es mit ihnen geendet war.

Mit dem Brief in der Hand setzte er sich auf das Sofa und fragte sich unschlüssig, was er machen sollte.

Scott hatte sich nie als einen nachtragenden Menschen gesehen, aber er musste sich nun doch fragen, warum er sich so vehement weigerte, mit ihr zu reden. Ja, er war verletzt, dass Hailey so schlecht über ihn gedacht und ihm unterstellt hatte, seine Karriere vor ihre gemeinsame Zukunft gestellt zu haben. Aber auf der anderen Seite hatte er sich mit seiner Wortwahl anscheinend wirklich ungeschickt und wie der Elefant im Porzellanladen verhalten. Auch seine Worte mussten sie verletzt und erschüttert haben.

Haileys Fehler war gewesen, dass sie sich so sehr in diese Idee verrannt hatte, dass er gefühlskalt und skrupellos war – und dass sie nicht mit ihm geredet hatte.

Machte er nun also den gleichen Fehler?

Unsicher öffnete Scott den Umschlag und zog einen zweiseitigen Brief heraus.

*Lieber Scott,*

*weil du gesagt hast, dass ich einen Brief schreiben soll, und weil ich ehrlich gesagt nicht weiß, wie ich dir sonst erklären kann, wie leid mir alles tut, hoffe ich, dass du diesen Brief liest – und ihn nicht sofort in den Papierkorb wirfst.*

*Zuerst einmal: Mir tut so vieles leid, was in den vergangenen drei Jahren passiert ist. Heute weiß ich, dass ich mich völlig falsch verhalten habe und dass ich nicht einfach hätte gehen dürfen. Das hat kein einziges Problem gelöst, sondern alles nur schlimmer gemacht. Wenn ich mit dir geredet hätte, wäre mir klar geworden, dass ich völlig falschlag. Ich hatte mich so sehr in die Vorstellung hineingesteigert, dass du wegen deiner Arbeit erleichtert über die Fehlgeburt warst, dass ich an nichts anderes denken konnte. Du glaubst nicht, wie sehr ich mich heute dafür schäme, schließlich kannte ich dich in- und auswendig.*

*Und ich schäme mich dafür, dass ich völlig übersehen habe, dass nicht nur ich ein Anrecht darauf hatte, um das Baby zu trauern. Dich habe ich absichtlich von mir gestoßen und wollte dich nicht an meiner Trauer teilhaben lassen.*

*Ich glaube sogar, dass ich dich bestrafen wollte, weil ich nicht glauben konnte, dass du wirklich meintest, was du gesagt hast. Jetzt habe ich begriffen, dass deine Worte aus deiner Hilflosigkeit geboren waren, aber damals war ich zu verbohrt, um weiter zu denken. Leider habe ich nur an mich gedacht. Deshalb bin ich auch gegangen. Es war leichter, mich im Mitleid zu suhlen und stur darauf zu beharren, dass du derjenige warst, der sich falsch verhalten und alles kaputt gemacht hatte, als mich zu fragen, welchen Anteil ich an unserer Trennung getragen habe.*

*Wir beide haben früher immer über alles reden können, und ich weiß nicht, wann und warum wir damit aufgehört haben.*

*Warum ich damit aufgehört habe.*

*Die Wahrheit ist, dass ich dich vermisst habe, Scott. Ich habe dich in den ganzen drei Jahren vermisst. Vielleicht habe ich so getan, als wäre alles in Ordnung und als hätte ich neu begonnen, aber ich wusste im Inneren, dass das nicht stimmte. Ohne dich hat es einfach nicht funktioniert.*

*Ohne dich bin ich nicht glücklich.*

*Ich möchte so gerne meinen besten Freund wiederhaben – den Mann, der mein Vertrauen besitzt und der die Liebe meines Lebens ist. Bei dir konnte ich einfach nur ich sein und wusste immer, dass du mich verstehst. Wie selten das ist, habe ich erst verstanden, als es schon zu spät war.*

*Noch wichtiger ist mir jedoch, dass du mir verzeihst. Ich habe mich grauenvoll aufgeführt und dir wehgetan, obwohl du der letzte Mensch auf Erden bist, den ich verletzen möchte. Das tut mir von Herzen leid, Scott.*

*Als wir damals die Torte für die Hochzeit ausgesucht und uns die*

*Bäuche vollgeschlagen haben, hätte ich nie gedacht, dass ich einmal hier sitzen und dir einen Brief schreiben würde, um dich um Verzeihung zu bitten, weil ich drei Jahre lang eine Vollidiotin gewesen bin.*

*Und um dir zu sagen, wie dankbar ich dafür bin, dass du dich um Dad gekümmert hast, als ich nicht da war.*

*Ich kann nicht wiedergutmachen, was passiert ist, aber ich kann mich wenigstens entschuldigen.*

*In Liebe*

*Hailey*

Scott betrachtete den Brief und spürte, wie seine Mundwinkel zuckten.

Dass seine Hailey so sehr über ihren Schatten springen konnte, hatte er gar nicht gewusst!

Und er hatte nicht gewusst, dass ein simpler zweiseitiger Brief ihn so sehr berühren konnte.

Er las ihn noch einmal und noch einmal, bis Scott klar wurde, dass sie beide bereits drei Jahre verschwendet hatten, in denen sie sich gegenseitig vermisst und sich nach dem anderen gesehnt hatten.

Wieso sollten sie noch einen einzigen weiteren Tag verschwenden?

***

Schlafmangel gepaart mit einem nervösen Magen und der Erkenntnis, dass man eine grauenvolle Verfasserin von Briefen war, war kein guter Zustand, um einen neuen Tag zu beginnen.

Hailey schloss die Tür ihres Schlafzimmers und fühlte sich wie eine Schlafwandlerin, als sie die Treppenstufen nach unten schlich. Obwohl es sehr früh am Morgen war und sie erst gegen Mittag im Restaurant sein musste, machte sie sich bereits jetzt auf den Weg. Sie konnte sowieso nicht schlafen, auch wenn sie die ganze Nacht wach gewesen war, um einen Brief an Scott zu schreiben, den sie unter seiner Tür durchgeschoben hatte, als es gerade hell wurde. Anschließend war sie wieder nach Hause gefahren, um sich aufs Ohr zu legen.

Nur leider waren die Gedanken in ihrem Kopf so laut gewesen, dass sie nicht hatte schlafen können.

Bevor sie noch verrückt wurde, fuhr sie also lieber ins *Bonfire* und machte sich nützlich.

Hoffentlich bemerkte Theresa nicht die ungefähr einhundert Papierseiten, die sie gebraucht hatte, bis sie mit dem Brief an Scott einigermaßen zufrieden gewesen war. Er mochte nicht besonders gut sein, aber die vielen vorherigen Versuche waren noch viel schlimmer gewesen. Sie hätte nicht gedacht, dass es so schwer sein konnte, ihre Gedanken zu Papier zu bringen.

Vermutlich würde er den Brief sowieso nicht lesen, überlegte sie niedergeschlagen und lief auf leisen Sohlen durch den Eingangsbereich. Heute Morgen wollte sie weder mit Theresa noch mit ihrem Dad reden.

Ebenso leise öffnete und schloss sie die massive Eingangstür, drehte sich um und wollte zu ihrem Auto gehen, als sie erstarrte.

Denn Scott stand dort.

Er lehnte gegen ihr Auto, trug Sportklamotten und hatte die Arme vor der Brust verschränkt. Und er sah sie an.

Hailey zögerte kurz und fragte sich, was er zu dieser Uhrzeit hier tat. Nein, sie fragte sich, was er überhaupt hier tat.

Sie atmete tief durch, schulterte ihren Rucksack und ging auf ihn zu.

»Guten Morgen.«

»Du siehst nicht aus, als hättest du viel geschlafen«, erwiderte Scott ihren Gruß.

»Du auch nicht.«

Hailey beobachtete, wie er sich kurz über die Lippen fuhr, bevor er mit den Schultern zuckte. »Mir ging einiges durch den Kopf. Außerdem wird Schlaf überbewertet.«

»Mh.«

Beide verfielen ins Schweigen.

Vermutlich hätte Hailey angespannt und nervös sein sollen, weil Scott vor ihr stand und sie ihm erst vor wenigen Stunden einen emotionalen Brief unter der Tür durchgeschoben hatte, in dem sie ihn um Verzeihung bat. Komischerweise löste sich ihre Anspannung in Luft auf, als seine Gesichtszüge weicher wurden und er sie mit seinen dunkelgrauen Augen ansah, in denen sie weder Wut noch Bitterkeit finden konnte.

»Ich habe deinen Brief gelesen.«

Ihr Mund öffnete sich. »Oh.«

»Wie viele Anläufe hast du dafür gebraucht?«, wollte er mit einem winzigen Feixen wissen.

»Ungefähr einhundert«, entgegnete sie ehrlich und spürte, wie ihre Mundwinkel zuckten. »Es war ziemlich schwierig, den richtigen Ton zu treffen.«

»Den richtigen Ton?«

Sie nickte und rümpfte die Nase. »Kein Jammern und kein Betteln, aber auch keine Forderungen.«

Wieso Scott amüsiert gluckste, wusste sie nicht.

»Was meinst du mit Forderungen?«

Ein wenig hilflos zuckte sie mit den Schultern. »Ich wollte mich bei dir entschuldigen und nicht in typischer Hailey-

Manier auftreten. Du weißt schon: stur, bestimmend, beharrlich, selbstbewusst …«

Scott unterbrach sie, indem er sich mit einem leisen Lachen von ihrem Wagen abstieß und sich dicht vor sie stellte. Als er seine Hand ausstreckte und sie vorsichtig auf ihre Wange legte, hielt Hailey den Atem an.

»Eigentlich mag ich die typische Hailey-Manier.«

Sie wusste, dass er auf ihrem Gesicht den Funken Hoffnung erkennen musste, den seine Worte in ihr auslösten, und es macht ihr nichts aus. Scott *sollte* wissen, wie sehr sie sich wünschte, ihn wiederzuhaben. »Tust du das?«

»Oh ja«, flüsterte er. »Schließlich weiß ich, dass du die typische Hailey-Manier vor allem immer dann einsetzt, wenn du unsicher bist.«

»Das kann sein«, flüsterte sie zurück und legte ihre Hand auf seine. Sie musste schlucken, weil ihre Kehle staubtrocken war. »Und ich bin unsicher, weil ich nicht weiß, wie ich dir erklären kann, dass es mir leidtut und dass du für mich der wunderbarste Mensch …«

»Hailey.« Scott unterbrach sie leise und sah sie ernst an. »Wir waren beide ziemlich dumm und haben uns falsch verhalten. Belassen wir es doch einfach dabei und machen weiter. Wir zwei. Zusammen.«

Sie nickte und drückte einen Kuss in seine Handfläche, bevor sie ihm die Arme um den Hals schlang.

Und dann küssten sie sich genau dort, wo alles begonnen hatte.

# Epilog

Vermutlich gab es keine schönere Hochzeitszeremonie als die, der Hailey gerade beiwohnte. Zwar musste sie zugeben, dass die einzigen Hochzeiten, die sie jemals erlebt hatte, die beiden Trauungen ihres Dads gewesen waren, aber angesichts der traumhaften Landschaft, des wunderschönen Wetters und des verliebten Brautpaares konnte Hailey gar nicht anders, als verzückt zu lächeln.

Wer konnte von sich schon behaupten, dass er unter freiem Himmel auf einer Klippe heiratete und dabei das Meeresrauschen hörte? Maine und vor allem das winzige Städtchen Sunport waren wirklich ein Paradies auf Erden.

»Findest du nicht auch, dass Drew etwas blass um die Nasenspitze ist?«

»Pst«, ermahnte sie Scott flüsternd und grinsend zugleich, weil auch sie bemerkt hatte, dass der Bräutigam im Gegensatz zu seiner Braut etwas nervös wirkte.

Das Brautpaar, das vor ungefähr fünfzig Gästen von einem Friedensrichter getraut wurde und sich dazu entschieden hatte, die Hochzeit im eigenen Restaurant zu feiern, schaute sich tief in die Augen und versprach einander nun ewige Treue.

Eigentlich war Hailey kein Fan von romantischem Kitsch, und die opulente weiße Dekoration, die laut Aussage der Braut von ihrer Mom stammte, war tatsächlich etwas kitschig, aber auch so schön und romantisch, dass Hailey automatisch das Herz aufging. Brooke sah in ihrem schlichten weißen Kleid und dem Blumenkranz in ihrem Haar wunderschön aus, und Drew, der seine Braut überragte, machte ebenfalls eine tolle Figur. Wenn man von der Nervosität in seinem Gesicht einmal absah.

Als er sich bei seinem Treueschwur verhaspelte und Brooke einsprang, um ihm den genauen Text vorzusagen, lachte die Gästeschar vor sich hin.

Auch Hailey lachte, weil sie nicht gedacht hätte, dass sie den Tag so sehr genießen würde. Und doch fühlte sie sich ausgesprochen wohl. Mit Scott hatte sie gestern in einer winzigen Pension eingecheckt und war mit ihm am Meer spazieren gewesen, bevor sie beide Claire und Nick getroffen hatten, die ebenfalls bereits einen Tag vor der eigentlichen Feier angereist waren. Zusammen hatten sie alle vier in einem Pub zu Abend gegessen. Scott hatte Nick mehrfach darauf hingewiesen, dass er sozusagen sein Chef war und es begrüßen würde, wenn Nick im *Bonfire* mehr Wert auf ein breiteres Publikum legen und Hausmannskost servieren würde, um den Umsatz zu steigern, und Claire, deren Babybauch im fünften Monat nicht zu übersehen war, hatte Hailey erzählt, dass sie nach dem Mutterschutz ein weiteres Buchprojekt angehen wollte.

Mittlerweile versetzte der Anblick von Claires Babybauch Hailey auch keinen Stich mehr. Es war vielmehr ein Gefühl von Wehmut, das ab und zu auftauchte, aber Hailey kam damit klar. Seit Scott und sie wieder zueinandergefunden hatten, schmerzte es nicht mehr allzu sehr, an das Baby zu denken.

Sie beide ließen es ruhig angehen, verbrachten reichlich

Zeit zu zweit und redeten viel miteinander. Noch wohnte sie offiziell bei ihrem Dad, auch wenn sie jede Nacht bei Scott schlief. Sicherlich würde seine Wohnung bald wieder ihre gemeinsame Wohnung sein, aber Scott und sie setzten sich nicht unter Druck, was das Zusammenziehen betraf. Es hatte früher geklappt. Warum sollte es jetzt anders sein?

Mit einem zufriedenen Seufzer schmiegte sie sich noch enger an Scott und griff nach seiner Hand.

Er beugte sich zu ihr. »Ich wette fünfzig Mäuse, dass er gleich wieder seinen Text vergisst«, raunte er ihr ins Ohr.

»Seit still«, erwiderte sie halblaut. »Es wird gerade romantisch, du Banause.«

Vor ihnen drehte sich Nicks schwarzhaariger Kopf herum. Sein Flüstern war vermutlich bis nach Kanada zu hören. »Und ich wette fünfzig Mäuse, dass er den Ring fallen lässt.«

Bedeutungsvolles Räuspern ertönte.

Als Hailey sah, wie Drew sichtlich zusammenzuckte und konzentriert die Stirn runzelte, weil er mit Sicherheit die Stimme seines Freundes gehört hatte, verdrehte sie die Augen, beugte sich vor und gab Nick eine Kopfnuss. »Pst! Ich will deinetwegen nichts verpassen.«

»Aua!«

»Pst«, ermahnte auch Claire ihren Freund. »Benimm dich, Nick!«

Plötzlich erklang Adams Stimme. Er gehörte mit Liz ebenfalls zur Hochzeitsgesellschaft und saß direkt hinter ihnen. »Ich wette fünfzig Mäuse, dass er seinen eigenen Namen vergisst.«

»Deal!« Scott reichte ihm die Hand. »Das ist schnell verdientes Geld.«

»Abwarten.«

»Ihr seid unmöglich«, gab Hailey von sich und beobachtete,

wie der Bräutigam Brookes Hand in seine nahm. »Ihr solltet euch schämen«, tadelte sie die drei Männer und erklärte im gleichen Atemzug: »Hundert Mäuse, dass er es nicht sofort schafft, ihr den Ring an den Finger zu stecken.«

Zu ihrer Überraschung flüsterte Liz von hinten: »Deal!«

Genau in dem Moment drehte Brooke den Kopf in ihre Richtung und maß sie alle kritisch, bevor sie sich wieder auf ihren Bräutigam konzentrierte, der weder seinen Namen vergaß noch sich verhaspelte oder den Ring fallen ließ. Und zu Haileys Verdruss schaffte er es gleich beim ersten Versuch, Brooke den Ring an den Finger zu stecken.

Als sich ein sichtlich erleichterter Drew und eine strahlende Brooke küssten, sobald sie zu Mann und Frau erklärt wurden, fand Hailey den Gedanken gar nicht mehr so schlimm, Liz einhundert Dollar zu schulden. Sie war viel zu beschäftigt, sich verstohlen ein paar Tränen wegzuwischen.

Glücklicherweise stellte sich die restliche Hochzeitsfeier als ausgelassen und fröhlich heraus, sodass Hailey kein weiteres Mal in die Verlegenheit kam, feuchte Augen zu bekommen. Auch wenn Brooke und Drew auf Trauzeugen verzichtet hatten, ließen es sich Nick und Brookes beste Freundin Lauren nicht nehmen, eine Rede auf das Brautpaar zu halten, die beide so witzig waren, dass die gesamte Hochzeitsgesellschaft laut lachte.

Nick erzählte, wie er Brooke kennengelernt hatte, und unterhielt sie alle mit seiner Erinnerung an eine rasende Frau, die sich mit Drew in der Kühlkammer des Restaurants eingesperrt hatte, um ihm die Leviten zu lesen.

Und Lauren gab zum Besten, wie Brooke Drew gleich nach ihrem Kennenlernen nackt im Badezimmer überrascht hatte und sich vor Schreck beinahe den Zeh gebrochen hätte, als sie Hals über Kopf das Weite gesucht hatte.

Gutmütig ließ das Brautpaar alle Witze über sich ergehen, eröffnete wenig später die Tanzfläche und schnitt die grandiose Hochzeitstorte an, die Liz für sie gemacht hatte.

Hailey verputzte bereits ihr zweites Stück der himmlischen Limetten-Mandel-Torte mit zarter Mascarponefüllung, als Scott seinen Arm über ihre Stuhllehne legte und nah an sie heranrückte.

»Die Torte schmeckt gut, oder?«

»Sehr gut«, stimmte sie ihm zu und verschlang einen weiteren Bissen. »Es ist die perfekte Hochzeitstorte. Leicht, köstlich und ziemlich süchtig machend.«

»Und hübsch anzusehen ist sie auch.«

»Mh.« Hailey leckte sich etwas Füllung von der Lippe. »Wir sollten uns mit Liz unbedingt gutstellen, damit sie auch unsere Hochzeitstorte macht.«

Erst als Scott länger schwieg, begriff sie, was sie gerade von sich gegeben hatte. Sie hatte zwar im scherzhaften Ton gesprochen, aber sie hatte gesagt, was sie gesagt hatte.

Zögerlich schaute sie Scott an, der neugierig wirkte.

»Unsere Hochzeitstorte?«, wollte er halb belustigt, halb ernst wissen.

Hailey schluckte. Zu ihrer Erleichterung saßen sie im Moment allein an dem runden Tisch, da sich die anderen Paare auf der Tanzfläche tummelten. Sie nickte und zögerte gleich darauf.

»Ich meine ...« Hilflos stieß sie den Atem aus. »Irgendwann ... wenn du noch willst.«

»Wenn ich noch will?« Scott lächelte sanft und fuhr mit seinem Daumen zärtlich über ihren nackten Oberarm. »Denkst du, ich will dich nicht mehr heiraten?«

»Ich denke, wir sollten es dieses Mal richtig machen und uns nicht hetzen«, flüsterte sie und legte ihre Hand auf sein

Knie, um es zu streicheln. Sie wusste, dass sie wahnsinnig verliebt aussehen musste, und es war ihr egal, dass alle anderen es sehen konnten. »Oder wir brennen nach Las Vegas durch und lassen uns von Elvis trauen.«

Seine Mundwinkel kräuselten sich. »Elvis? Dein Dad würde mich lynchen, wenn nicht er, sondern ein übergewichtiges Elvis-Double dich zum Traualtar führt.«

»Auch wieder wahr«, stimmte sie ihm lachend zu.

»Außerdem will ich das ganze Paket«, fuhr Scott mit belegter Stimme fort. »Eine Kirche, ein weißes Kleid für dich, eine romantische Zeremonie, dein Dad, meine Familie und ein rauschendes Fest mit Torte und peinlichen Reden.«

Der Idiot schaffte es, dass sie kräftig schlucken musste, weil sie so gerührt war. »Peinliche Reden? Ich fand Nicks und Laurens Reden ganz und gar nicht peinlich.«

»Weil sie nicht von dir und mir handelten.«

»Ich will unbedingt peinliche Reden«, bekannte sie heiser und sah ihm in die Augen. »Und eine Torte von Liz.«

»Das wird sie bestimmt machen.«

Langsam ließ sich Hailey gegen ihn sinken und schmiegte ihr Gesicht an seinen Hals.

Um sie herum herrschte fröhliches Treiben. Die Band spielte ein ziemlich schnelles Lied, und auf der Tanzfläche amüsierten sich die Gäste über den übermütigen Tanz des Bräutigams und seines besten Freundes. Hailey wollte in diesem Moment nirgendwo sonst sein als auf dieser Feier hier neben Scott.

Seine Stimme klang völlig beiläufig, als er plötzlich das Wort ergriff. »Lauren ist ein schöner Name.«

»Wie kommst du denn jetzt darauf?«

»Nur so.«

»Willst du mich wieder eifersüchtig machen?«, wollte sie

amüsiert wissen, ohne den kleinsten Funken von Eifersucht zu spüren.

»Überhaupt nicht, Liebling.« Scott drehte den Kopf und küsste sie auf die Stirn. »Vielleicht sollten wir den Namen in dein Notizbuch schreiben.«

Ahnungslos sah sie zu ihm auf. »Von welchem Notizbuch sprichst du?«

Seine Hand umfasste ihren Oberarm etwas stärker. »Dein Notizbuch, in das du schöne Namen für das Baby geschrieben hast.«

Hailey öffnete verwirrt den Mund. »*Das* Notizbuch?«

»Genau.«

Wie kam er plötzlich auf das kleine Büchlein, das sie früher überallhin mitgeschleppt hatte? Sie hatte seit Ewigkeiten nicht daran gedacht! »Ich weiß nicht einmal, wo es ist. Vermutlich habe ich es verloren.«

»Hast du nicht.«

Verwundert rundeten sich ihre Augen. »Du hast es noch?«

»Natürlich. Es liegt zu Hause in der untersten Schublade des Wohnzimmerschranks.« Scott küsste sie zärtlich auf die Nasenspitze. »Ich habe es aufbewahrt, weil ich es nicht ertragen hätte, es wegzuwerfen«, erklärte er mit bebender Stimme. »Und weil ich gehofft habe, es irgendwann noch einmal zu brauchen, Liebling. Zusammen mit dir.« Der Blick aus seinen dunkelgrauen Augen verschmolz mit ihrem eigenen. »Ich will dich heiraten, Hailey, und wenn du es auch willst, dann könnten wir noch einmal versuchen, ein Baby zu bekommen.«

Schweigend sah sie ihn an – und langsam, ganz langsam entstand in ihrem Innern ein warmes Gefühl, das sich nach und nach in ihrem ganzen Körper ausbreitete.

»Lauren ist ein Mädchennamen«, erinnerte sie ihn leise. »Bist du sicher, dass du mich im Doppelpack bewältigen könntest?«

Sein Grinsen beschleunigte ihren Herzschlag. »Aber hallo!«

# Mein Dank gilt

An dieser Stelle möchte ich mich zuerst bei meiner Schwester Catharina bedanken, die mir während der Arbeit an diesem Roman den Rücken freigehalten hat und meine Hunde bändigen konnte, wenn ich am Schreibtisch saß. Zudem möchte ich mich bei der Agentur Copywrite sowie beim Verlag Bastei Lübbe bedanken. Mit ihnen zusammen zu arbeiten macht immer wieder unendlich viel Spaß – und zu lachen gibt es auch wahnsinnig viel. Insbesondere bei Bettina Steinhage und Steffi Korda möchte ich mich für die großartige Zusammenarbeit bedanken.

Danke auch an meine Leserinnen und Leser, die mich seit der Veröffentlichung von »Geheimzutat Liebe« darauf hinweisen, dass sie bei der Lektüre der Buchreihe großen Hunger entwickeln. Das war keine böse Absicht. Mir geht es ähnlich, denn auch mein Magen knurrt regelmäßig, wenn ich über Schokoladensoufflés, Macarons und andere Köstlichkeiten schreibe.